GODORI

GODORI

ELAINE U. CHO

Tradução
Luara França

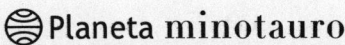

Copyright © Elaine U. Cho, 2024
Publicado originalmente nos Estados Unidos, pela Hillman Grad Books, um selo da Zando.
Copyright © Editora Planeta do Brasil, 2025
Copyright da tradução © Luara França, 2025
Todos os direitos reservados.
Título original: *Ocean's Godori*

Preparação: Bárbara Prince
Revisão: Thiago Bio e Caroline Silva
Projeto gráfico e diagramação: Matheus Nagao
Capa: Evan Gaffney
Ilustração de capa: Jee-ook Choi
Adaptação de capa: Isabella Teixeira

Dados Internacionais de Catalogação na Publicação (CIP)
Angélica Ilacqua CRB-8/7057

Cho, Elaine U.
  Godori / Elaine U. Cho ; tradução de Luara França. -- São Paulo : Planeta do Brasil, 2025.
  304 p.

  ISBN 978-85-422-3166-3
  Título original: Ocean's Godori

  1. Ficção norte-americana 2. Ficção científica I. Título II. França, Luara

25-0095   CDD 813

Índice para catálogo sistemático:
1. Ficção norte-americana

Ao escolher este livro, você está apoiando o manejo responsável das florestas do mundo

2025
Todos os direitos desta edição reservados à
Editora Planeta do Brasil Ltda.
Rua Bela Cintra, 986, 4º andar – Consolação
São Paulo – SP – 01415-002
www.planetadelivros.com.br
faleconosco@editoraplaneta.com.br

O PRIMEIRO SEMPRE SERIA DA MINHA 엄마.
OBRIGADA POR TUDO, MÃE.

MINHA MÃE ME DEU À LUZ APENAS PARA QUE
MINHAS MÃOS FICASSEM CALEJADAS DE REMAR?
— MÚSICA TRADICIONAL DAS HAENYEO, AS MERGULHADORAS

PRÓLOGO

Hadrian está sentado no bar, engolindo um drinque que odeia. A tela acima transmite uma holonovela islandesa bastante famosa cujas personagens parecem tirar as roupas umas das outras em qualquer oportunidade. Um dos clientes grita pedindo um congelamento de cena, e as pessoas enfileiradas nos bancos próximos ao balcão se agitam quando o barman ajusta a cena de forma que possam cobiçar a atriz.

Hadrian, sem muito esforço, se imagina arrebentando a boca deles. Começando pelo garoto boquiaberto que está no final do balcão, quase babando, até chegar ao homem que agita seu cachecol de time de futebol no ar enquanto um hino soa em outra tela. Hadrian chega a tremer quando imagina os dentes daquelas pessoas rasgando os punhos dele, o sangue pingando, a dor alcançando os olhos deles. Ele se controla e os pensamentos permanecem submersos, mas à espreita, como crocodilos.

— Conselheiro Einarson?

Hadrian se vira na direção da mão em seu ombro e dobra os lábios em um sorriso assimétrico; consegue sentir a covinha em sua bochecha direita se afundando, sinal de que os movimentos foram corretos. O homem espichado atrás dele é do tipo desconfortável, como se nunca tivesse se ajustado ao estirão de crescimento dos próprios membros, como Alice depois de tomar seus remedinhos. Ele cerra os olhos para Hadrian, que resiste à tentação de se encolher diante do escrutínio. O homem desenrola o cachecol e depois espana o casaco ao sentar-se.

— Lugar incomum para um encontro, não é?

— É um dos meus refúgios favoritos, conselheiro Rawls.

Hadrian coça a barba cerrada do pescoço, em um tique nervoso típico de Einarson. Rawls faz uma expressão de preocupação.

— Por que me chamou aqui, Einarson? — pergunta ele. — Para se gabar? O referendo ecológico já está praticamente aceito. Você venceu.

Rawls levanta a mão para fazer um pedido.

— Talvez. — Hadrian mantém a voz baixa, e isso afeta o suave sotaque praticado na última semana. Está torcendo para que o barulho do bar encubra qualquer falha em sua encenação. — Mas não vamos falar de trabalho enquanto estamos aqui, está bem?

Rawls desiste de seus esforços infrutíferos para chamar a atenção do barman. Encara Hadrian mais uma vez. Rawls é o alvo perfeito. Nunca foi próximo a Einarson. Tecnicamente, são inimigos políticos, mas Rawls nunca foi popular com ninguém. Ele é um político sorrateiro que não costuma ser convidado para sair e tomar alguns drinques, nem mesmo um único drinque.

— Atendente! — Hadrian bate os nós dos dedos no balcão de madeira e o barman finalmente vem até eles. — Você costuma pedir um old-fashioned, não é, Rawls? Um old-fashioned para o meu amigo aqui.

Hadrian percebe o rubor de agrado de Rawls mesmo no bar à meia-luz. Já deu o primeiro passo para a diminuição da suspeita. O álcool vai dar conta do restante. Não é difícil seguir adiante com a conversa, e Hadrian continua pedindo que o barman traga mais drinques. Certa hora, pede licença para ir ao banheiro e chega a tropeçar em uma mesa próxima para se fazer de bêbado. Para se certificar da performance, ele derruba vários drinques quando se levanta, causando uma onda de zombaria.

Ao final da noite, após se certificar de que Rawls está bêbado, mas não a ponto de não se lembrar de nada, Hadrian paga a conta, escondendo o desprezo pelo valor. Ele iça Rawls do banco e os dois saem do bar. Sem hesitar, Hadrian os leva por um beco escuro.

— Einarson? Meu carro... está para o outro lado.

Hadrian joga Rawls em uma pilha de neve no chão. Sua respiração sai em bufadas frias e brilhantes. Ele se agacha e pega o rosto de Rawls.

— Preciso que você preste atenção.

— Einarson? — Rawls o encara. Estupidamente boquiaberto. — Grimur, me ajude, por favor.

— Você é uma tristeza de conselheiro — diz Hadrian, com facilidade. E ainda assim consegue manter o sotaque islandês de Einarson, a cadência na língua comum. Ele não tem mais o barulho do bar para encobrir seus deslizes, mas agora isso não deve mais importar.

— O que você disse?

Aquele crocodilo formado por seus pensamentos tenta mais uma vez escapar para a superfície e, dessa vez, consegue. Hadrian soca o rosto de Rawls. Repetidas vezes. Jorros de sangue quente e viscoso pintam aquele quadro, a golfada em contraste ao frio do ambiente.

— Grimur! Pare! Grimur!

Rawls urra aquele nome sem parar, mas não vai adiantar de nada. Não é nem mesmo o nome correto. Os gritos se transformam em balbucios quando ele derrapa pelo chão congelado, os pés tentando encontrar alguma tração. Hadrian continua batendo. As mãos doem, mas a dor que dispara por seu corpo o deixa aceso como uma máquina de pinball. A dor o conecta a Rawls. Ele se mantém alerta a qualquer som que venha do bar, mas só escuta a torcida do jogo de futebol. O rebanho comportado está surdo para a violência que acontece do outro lado da parede.

Hadrian é deliberado em seus movimentos para que a câmera mais próxima tenha apenas uma visão parcial de seu rosto enquanto ele cerra os dentes e dispara murros. Reykjavík, uma terra rica em energia renovável e repleta de inabaláveis câmeras de segurança.

Arfando, Hadrian coça o pescoço mais uma vez. Depois, sai correndo.

Quando analisarem as imagens de segurança mais tarde, vão conseguir segui-lo até que ele tire o casaco e limpe o próprio rosto com o cachecol, usando um pouco de neve da rua para a tarefa. Vão conseguir segui-lo até o mercado, onde Einarson se perderá na multidão.

E quando Hadrian aparecer nas filmagens mais tarde, será como um inocente e inconsequente mercuriano.

GLOSSÁRIO DE LINGUAGEM DA ALIANÇA FEITO POR MAGGIE

Então você acabou de se inscrever para uma passagem pela Aliança! Parabéns! Como líder no espaço, a Coreia tem realmente o melhor programa para quem deseja ver um pouco do Sistema Solar, mesmo que não seja um membro de pleno direito da Aliança! Mas você pode ter descoberto que, embora todos afirmem falar em língua comum, as pessoas usam muitas palavras com as quais você talvez não esteja familiarizado. Sempre boa samaritana, eu, Margaret Thierry, elaborei um pequeno guia não oficial[1] para você, para que não pareça um caipira todo bruto.[2]

1. Fui alertada a informar a todos que este conteúdo não foi autorizado pela Aliança em formato algum.
2. Confirmei a grafia dos termos em hangeul com Ocean Yoon; então, se houver algum erro quanto a esse ponto, converse com ela.

AIGO 〈아이고〉 **//** Pode significar algo como "Oh, não" ou "Oh, nossa". Como acontece com a maioria das coisas, o tom é o que define. Há uma grande diferença entre quando alguém tropeça e cai e outra pessoa diz "Aigo! Você está bem?" e os momentos em que você faz algo um pouco tolo e alguém te olha de soslaio com um "Aigo...". Tenho um colega de tripulação mais velho que suspira "Aigo aigo aigo" para si mesmo sempre que se acomoda em um assento.

AISH 〈아이씨〉 **//** Sei que muitos de vocês podem ter vindo a este guia esperando uma introdução sobre palavrões. Eu tinha incluído alguns, mas me disseram com muita firmeza para removê-los. Mas fiquem tranquilos, algumas semanas com a Aliança e você provavelmente será tão versado quanto eu! De qualquer forma, esta é uma palavra muito leve de frustração que nem sequer é um xingamento, mas que provavelmente não deveria ser usada perto de seu superior. Na escala de mesa para merda, o termo se aproxima de mesa.

AJUMMA 〈아줌마〉 **//** Este é um termo para uma mulher de meia-idade, mas tome cuidado com onde/quando você o usa. Descobri que algumas pessoas ficam realmente ofendidas quando você as chama assim... Ah, e eu *não* chamaria sua capitã assim. Não seria nada respeitoso.

ANJU 〈안주〉 **//** Acompanhamentos de bebidas: sejam pratos principais ou lanches para acompanhar o álcool! Mas ouça, há uma ciência nisso, se é que você me entende. Por exemplo, o frango frito deveria acompanhar a cerveja e o ensopado de peixe deveria acompanhar o soju... De qualquer forma, é muita coisa para caber aqui, mas tenho um outro guia para isso, então, se quiser saber mais, me mande uma mensagem na AV (informações de contato na parte inferior).

BAB 〈밥〉 **//** Você está na Aliança, então provavelmente ouvirá palavras como jeong e han sendo usadas como o que é mais importante para a identidade coreana, mas não estou bem preparada para falar sobre o que elas significam. Esta palavra é provavelmente a minha favorita. Bab é a palavra para arroz, mas pode simplesmente significar comida em geral. Descobri que quando os coreanos falam uns aos outros, em vez de perguntar "Como vai você?", é mais significativo perguntar "Bab meogeoseo?" ou "Você já comeu?". Os coreanos, como todas as pessoas de qualidade, entendem a importância da comida para o corpo e a alma.

BANCHAN 〈반찬〉 **//** Seguindo corretamente nossa entrada bab está banchan, que são os acompanhamentos da refeição. Eles normalmente vêm em pequenas porções, são compartilhados na mesa e acompanham o arroz antes da refeição principal. Meu banchan favorito é kkagdugi ou kimchi de rabanete, mas especificamente o tipo feito pela mãe de Ocean. Também gosto do banchan de espinafre temperado. E talvez de anchovas? E... Bem, você entendeu.

BANGPAE 〈방패〉 **//** Uma das três escolas preparatórias da Aliança. Esta é para o corpo principal ou soldados. Seu nome significa "escudo" e sinto que eles ficaram para trás. Quer dizer, as outras escolas são Dragão e Tigre. E eles acabaram com... escudo?

CALL OU KOL 〈콜〉 // Na linha de "Okay" ou "Tudo bem!". Se alguém disser "Ei, deixe-me pagar uma cerveja para você" ou "Vamos ver um filme", você pode responder com "Call!". Só se você realmente quiser.

CHEOT-GARAK 〈젓가락〉 // Utensílio usado para comer (palitinhos), muitas vezes feitos de metal. Além de serem considerados mais higiênicos, também recebem o apelido de "hashi coreano".

DAKSAL 〈닭살〉 // Pele de frango. Embora isso signifique carne de frango, também é uma gíria para algo semelhante a arrepios. Você pode usá-la sempre que algo arrepiar os pelos da sua pele, seja porque alguém está te assustando ou quando você é uma vela para um casal que se pega muito em público.

DANGYEOL 〈단결〉 // Isto é o que você fala quando está saudando alguém na Aliança. Significa "unidade" ou "unificação". Ouvi dizer que outras palavras eram mais comumente usadas para saudações no exército coreano antes da reunificação da Coreia do Norte e do Sul, mas este é o padrão agora.

GAMSAHAMNIDA 〈감사합니다〉 // Maneira formal de dizer obrigado.

GEONBAE 〈건배〉 // Ah, isso é importante! Usamos essa palavra para dizer "Saúde" quando bebemos com outras pessoas. Também importante: quando você estiver servindo álcool para um seonbae (um geonbae com seu seonbae, por assim dizer), sempre sirva com as duas mãos. E, quando você beber, certifique-se de virar a cabeça ou a parte superior do corpo para longe de seu seonbae, como se estivesse escondendo sua ação deles. Se o seu seonbae servir para você, sempre segure o copo com as duas mãos. É assim que eu me lembro: sempre que estiver interagindo com seu seonbae e houver álcool envolvido, imagine a honra como algo muito pesado, então você precisa usar as duas mãos para carregá-la.

GISUKSA 〈기숙사〉 // Dormitório. Como você sabe, o dormitório da Aliança fica em Seul! Na verdade, é um lugar muito bom. Os alunos ocupam os cinco andares inferiores e os níveis superiores são para ex-alunos que podem ficar gratuitamente. Sem falar que a Aliança tem uma loja de conveniência própria no terceiro nível (supermercado americano) e um subnível que se conecta ao sistema de metrô de Seul.

HORANGI 〈호랑이〉 // Uma das três escolas preparatórias da Aliança. Este é o comando, ou escola de liderança. Horangi significa tigre, e o animal tem sido uma figura importante na Coreia há centenas de anos. Eles tinham estátuas de tigres guardando os túmulos reais e uma mascote de tigre quando sediaram as Olimpíadas de 1988!

HWATU 〈화투〉 // Um popular jogo de cartas coreano, também conhecido como go-stop (고스톱) ou godori (고도리). Os cartões têm ilustrações bem distintas com verso vermelho. Comumente é chamado de go-stop porque, quando um jogador ganha uma rodada, ele tem a opção de continuar o jogo, para ter a chance de ganhar mais pontos (dizendo "go"), ou encerrar o jogo ali mesmo (dizendo "stop"). É quase certo que vocês verão isso sendo jogado nos quartéis da Aliança, e agora estou sendo lembrada de dizer que o jogo é terminantemente proibido na Coreia. Pelo menos para os coreanos. Você sabia que os cassinos e salões hwatu são criados para que os estrangeiros possam jogar na Coreia, embora os nativos não tenham permissão? Doido. Não que eu fosse participar...

INJEONG 〈인정〉 // Esta é uma palavra de reconhecimento e pode ser usada para dizer "Sim, reconheço que você está certo" ou "Aceito". Muitas vezes, no quadro da AV ou em mensagens, você pode ver o termo reduzido às letras ㅇㅈ. Às vezes, alguém pode dizer "Injeong halggeh", uma forma mais longa, que pode significar algo como "Nossa, tudo bem, você está certo" ou como "Eu reconheço e aceito você". Novamente, como a maioria das coisas na vida, descobri que é uma questão de tom.

INSA 〈인사〉 // Insa é um termo abrangente para saudações. Isso é algo que eu gostaria de ter sabido antes de ingressar na Aliança! Os coreanos são preocupados com respeito, cortesia e hierarquia (falo mais sobre isso adiante). Existem maneiras adequadas de cumprimentar alguém, mas grande parte disso é fazer reverências. Você deve sempre se curvar ao cumprimentar alguém que está acima de você na cadeia da Aliança, mas a maioria do pessoal tem isso arraigado desde que era criança, então você os encontrará se curvando ao conhecer novas pessoas ou até mesmo abaixando a cabeça ao pedir algo para a ajumma em um restaurante. O ângulo da reverência, o posicionamento dos braços ou a duração da reverência podem variar. E eles têm versões mais formais conhecidas como jeol (절). Diferentes tipos de jeol são específicos para casamentos, funerais e muito mais. É muita coisa para explicar, mas talvez eu envie um vídeo mais tarde com exemplos. Fique atento!

JAL MEOKKESSEUMNIDA ⟨잘 먹겠습니다⟩ **//** Vou comer bem. Lembra do que eu disse sobre os coreanos e a comida? Os membros da Aliança dirão isso antes de uma refeição (óbvio), ou você pode dizer "Jal meogeoseumnida" (잘 먹었습니다) depois de comer, o que significa "Eu comi bem". Se alguém lhe serviu comida ou fez comida para você, é muito importante que demonstre o seu apreço desta forma. Qualquer uma das frases pode significar "Obrigado por esta refeição", o que considero um sentimento agradável de se ter em cada refeição que comemos.

JANSORI ⟨잔소리⟩ **//** Implicância, basicamente. Tipo, "Odeio ligar para casa porque recebo muitos jansori dos meus pais". Ou "Você acredita no jansori que recebi por chegar atrasado?". Mas ouça, talvez às vezes esse jansori seja merecido. Ligue para sua mãe com mais frequência!

NAMISA ⟨남이사⟩ **//** Eu não recomendaria usar isso porque não é muito educado, mas é você quem toma as próprias decisões, eu acho. Basicamente significa: "Cuide da sua vida" ou "Que direito você tem de se importar?". A parte "nam" se traduz em "pessoa" ou, mais precisamente, "pessoa com quem não tenho conexão".

NONGDAM 〈농담〉 // Uma piada. Mas não leve para o lado pessoal se as pessoas na Aliança não rirem das suas piadas, ou se, quando você contar uma, elas disserem com uma voz maldosa: "Isso era para ser uma nongdam?". Aprendi que às vezes as pessoas simplesmente não riem das mesmas coisas que eu, e respeito isso.

NOONCHI 〈눈치〉 // Vou tentar explicar, mas me disseram que não tenho uma boa compreensão do assunto. Literalmente, significa algo como "sensação ocular" e tem a ver com o quão bom você é em captar vibrações ou perceber sinais sociais. Se lhe disserem que você tem um noonchi bom ou um rápido, isso é um elogio e você provavelmente é bom em entender o ambiente. Mas já que você está lendo este guia, talvez você, assim como eu, seja alguém que precisa trabalhar no noonchi...

NORAEBANG 〈노래방〉 // Se você está na Aliança, é provável que já tenha experimentado essas salas de karaokê. Se está preocupado com o quão mal você canta, não se preocupe... Os noraebang sempre têm microfones perfeitamente projetados para fazer sua voz soar 76 vezes melhor que o normal. Mas se realmente não quiser cantar, tudo bem, apenas esteja preparado para brandir um pandeiro e pelo menos mantenha o ritmo. Afinal, a Aliança tem uma forte mentalidade de grupo e de apoio mútuo.

OHNEUL 〈오늘〉 // Esta é a minha nave! O que eu acho que pode não ser tão útil para você, mas este guia é meu... Ela é capitaneada por Dae Song e a palavra significa "hoje", o que também é uma brincadeira com o nome da capitã Dae! "Hoje" em inglês se fala igual "to day", "para Dae". De qualquer forma, a *Ohneul* é Classe 4 e já viu dias melhores, mas acho que ela tem uma tripulação ótima.

OORI DA 〈우리 다〉 // Este é um dos melhores lugares de churrasco coreano em Seul. Eles não usam carvão, mas emulam artificialmente o cheiro dele e isso se infunde na carne. Eu estava conversando com a ajumma que o administra, e Oori Da se traduz como "todos nós" em coreano. Então, quando você diz "Oori Da Gaja", pode querer dizer "Vamos para Oori Da" ou "Vamos, todos nós!". Eu achei fofo.

PA-SEU 〈파스〉 // Você deve conhecer isso pelo cheiro, se não pelo nome. São adesivos medicamentosos que podem ser aplicados em qualquer dor. O médico da minha nave confia neles, embora eu não tenha certeza de quão bem eles realmente funcionam. Em seriados antigos, você verá velhos coreanos colocando grandes pa-seu nos ombros no final do dia.

SAVOIR-FAIRE (SAV-FAIRE) // Você ainda não ouviu falar na Sav-Faire? Você realmente precisa sair mais de casa, não é? De onde acha que vêm todos os nossos diplomatas? A Sav-Faire, ou escola de diplomatas, é um grande internato sofisticado em Netuno, para onde as crianças são enviadas aos oito anos e treinam até se formarem, dez anos depois. Oficialmente, elas aprendem política e cultura. Mas, extraoficialmente, ouvi dizer que não são muito legais por lá.

SEONBI ⟨선비⟩ **//** Muitas pessoas pensam por engano que os Seonbi, ou Estudiosos, fazem parte da Aliança, mas são uma entidade separada. A tradição Seonbi remonta às dinastias Goryeo e Joseon e refere-se a homens virtuosos e instruídos que levam vidas de estudo e integridade. Igual às haenyeo, eles experimentaram um ressurgimento nos últimos dois séculos, especialmente porque a Coreia estava tentando honrar suas tradições enquanto avançava para o futuro. Essa é a razão pela qual o décimo seowon do Sol foi construído na Lua, em Artemis! Não sei muito mais sobre isso, exceto que agora eles cumprem muitos deveres diplomáticos para com a Coreia devido ao seu estatuto neutro. Ah, e eles usam chapéus legais.

YONG ⟨용⟩ **//** Uma das três escolas preparatórias da Aliança. Esta é para o programa de voo. Yong significa dragão e se refere àqueles que se tornaram verdadeiros dragões e podem voar. Na Coreia, acredita-se que os dragões trazem chuva e em geral são seres míticos bem legais quando comparados a alguns outros dragões lendários que saqueiam e acumulam seus tesouros.

YEOKSHI ⟨역시⟩ **//** Claro, ou como esperado. Por exemplo: "Yeokshi, Kim Minwoo ganhou o prêmio de melhor ator este ano".

UM POUCO SOBRE TÍTULOS HONORÍFICOS

A Aliança se preocupa muito com status e idade. Se alguém estiver acima de você em status, você deve sempre lhe falar com respeito e usar o título da pessoa (capitão, segunda-oficial etc.). Alguém que tenha um posto semelhante ao seu, mas seja mais velho ou mais experiente, deve ser chamado de seonbae (선배).

Agora, se você já assistiu a alguma série, deve estar familiarizado com outros honoríficos mais casuais. Vou dar um rápido resumo:

- Se você se identifica como mulher, pode se referir a uma mulher mais velha como unni (언니), a um homem mais velho como oppa (오빠) e a uma pessoa não binária mais velha como ilssi (일씨).
- Se você se identifica como homem, pode se referir a uma mulher mais velha como noona (누나), a um homem mais velho como hyeong (형) e a uma pessoa não binária mais velha como reunsaeng (른생).
- Se você não se identifica exclusivamente como mulher ou homem, pode se referir a uma mulher mais velha como keunnim (큰님), a um homem mais velho como joji (조지) e a uma pessoa não binária mais velha como noinna (노인나).

Você descobrirá que a Aliança tende a ser um pouco mais conservadora do que o resto da sociedade coreana, mas geralmente a forma como você se identifica e como a pessoa a quem você está se dirigindo se identifica é fluida. Os títulos honoríficos também podem ser fluidos. Por exemplo, eu sou mulher e minha segunda-oficial Ocean é mulher, mas costumo chamá-la de hyeong, porque ela está sempre me dando vibrações de irmão mais velho. (Ou às vezes, por diversão, até a chamo de hyeongnim, que é como os gângsteres chamam o chefe da máfia nas séries.)

Em última análise, o uso de qualquer uma dessas palavras indica um nível de proximidade, então, você deveria apenas perguntar como as pessoas preferem ser chamadas ou se elas se sentem confortáveis em serem chamadas por títulos honoríficos diferentes de forma intercambiável, porque não há resposta certa ou errada. (Embora eu ache que a resposta errada seria chamar alguém de algo que a pessoa não quer ser chamada... então, deixa pra lá, acho que há sim uma resposta errada.) Algumas pessoas se identificam como unni e também como reunsaeng, ou noona e também hyeong. Algumás pessoas não. E algumas prefeririam não ser categorizadas.

UM

Ocean se pergunta há quanto tempo ele a está traindo.

Adama e o restante da tripulação da *Fafnir* protestam à mesa barulhenta do restaurante. O lugar é uma homenagem aos antigos restaurantes de churrasco, mesmo que o carvão sob as grelhas seja apenas um holograma. As paredes de vidro liso brilham com anúncios de soju e fotos de celebridades que não parecem conhecer o termo "ressaca".

Oori Da é uma luta de idiomas e barulho de barriga de porco sendo grelhada. Pessoas dos mais diversos lugares vêm para cá, mas todas saem cheirando ao mesmo aroma de carne. Ajumma andam no ritmo dos copos e na harmonia das vozes que se levantam em um clamor bêbado ou em um desastre amoroso. Ocean ama o estalar da alface enrolada na carne junto do arroz quentinho, da pimenta doenjang pungente e do kimchi picante. Não há nada como dividir comida com pessoas na mesma mesa: servir um pedaço individual de carne ou receber a oferenda, como um deus benevolente.

Logo no começo da relação, Ocean levou Adama a Oori Da para se exibir, mas hoje ela se arrepende. Ele voltou mais cedo de Marando a fim de se encontrar com a tripulação dele para jantar antes do baile de gala da Aliança, no dia seguinte. É difícil encontrar tempo para ficarem juntos, já que pertencem a tripulações diferentes, mas sempre se esforçaram. Para ela, isso nunca foi um problema, mas é claro que Adama não tem a mesma opinião.

— Ocean! Deixa eu encher seu copo! — Robert, o capitão da *Fafnir*, balança uma garrafa verde em frente a ela. — Aish, me desculpa — diz ele, quando o soju transborda do pequeno copo que ela segura com ambas as mãos. Ele bate seu copo no dela, para um brinde. — Skål!

— Geonbae! — Ela se vira para o lado para beber o conteúdo do copo de uma vez.

— Mais um? — pergunta ele, e ela levanta o copo mais uma vez, mas o coloca na mesa depois de uma performática golada. — Você não é de beber muito, é?

Ocean nunca ficou mais do que levemente alcoolizada, mas é Adama quem responde por ela, do outro lado da mesa.

— Ocean não suporta soju.

O sorriso fácil dele mostra os dentes impossivelmente brancos. Ele estende o braço escuro e comprido para pegar o drinque de Ocean do outro lado da mesa e bebê-lo com facilidade. Os colegas de tripulação dele o provocam enquanto ele pisca para Ocean e coloca o copo, agora vazio, de volta na frente dela. A piscadela deveria irritar Ocean, mas o que a aborrece, mais do que qualquer coisa, é o gesto supostamente cavalheiresco. E o fato de que, embora a maioria das pessoas à mesa esteja rindo e encorajando Adama, a mulher ao lado dele, Liesl, estuda tudo em silêncio. Ela observa a grelha do churrasco como se sua vida dependesse da cor daquela barriga de porco.

— Você não deveria ter soju nas veias? — provoca Robert.

Ocean traz o copo vazio mais para perto e responde:

— Soju só é bom em alguns contextos: com cerveja, misturado em algum drinque ou como tira-gosto pro jjigae.

Adama tem razão; ela nunca gostou muito de álcool, não entende o apelo daquele líquido transparente e ardido. A não ser aqui, depois de uma porção quente de jjigae ou um pedaço de picles servido em palitinhos de metal. Ela pega a garrafa de soju e se serve de mais uma dose, a expressão neutra, os olhos em Adama.

Pela primeira vez na noite, o sorriso dele diminui. Mas só por um momento. Ele a cutuca com o ombro e volta a conversar com ardor. Ao lado dele, Liesl não precisa nem participar para fazer parte. A delicada

Liesl se juntou à tripulação da *Fafnir* há apenas seis meses, mas sempre se encaixou bem no grupo ruidoso. Ela é bonita e pequena, cílios escuros e um rosto oval. O cabelo preto e fino cai como uma cascata nos ombros. Ambas são coreanas, mas, ao contrário de Ocean, se você cortasse Liesl, provavelmente jorraria soju das veias dela.

Adama e Liesl evitaram se tocar a noite toda, mesmo que de forma casual. Tem gente que se denuncia pelos olhos, mas Ocean sempre soube prestar atenção no que as pessoas não estão olhando. Qualquer outro poderia dizer que era apenas paranoia, que talvez Adama e Liesl tenham tido um desentendimento ainda não superado. É uma evidência tão pequena, mas Ocean conhece bem o sentimento: uma percepção extrema da presença da outra pessoa, vê-la com sua visão periférica como o brilho dourado em sua pele após um dia de trabalho. Fazia tempo que Ocean não sentia isso, mas não queria dizer que não perceberia a sensação em outra pessoa.

Personagens das séries de Von sempre têm um copo por perto para jogar em quem insultar a honra de sua família. Mas copos de soju não contêm álcool suficiente para molhar um gatinho, e o copo de água de Ocean está cheio de gelo. Ela fica imaginando os cubos batendo no rosto dele. Todo mundo bebe água em temperatura ambiente nas séries?

A mesa está repetindo as histórias da última missão deles. Adama está falando perto de Liesl, e coloca o braço no encosto da cadeira dela, o que a faz ir quase imperceptivelmente para a frente. Todos riem de uma piada de Adama. A Ocean de alguns anos atrás, ainda na Sav-Faire, teria colado um sorriso no rosto. A pior coisa não era ser ignorada; era que as pessoas percebessem que ela estava sendo ignorada. Mas a vida de Ocean já estava cheia de sorrisos sem significado que gostaria de não mais conceder. Ela vira a cabeça para trás. O anúncio na parede muda do idol coreano piscando para uma imagem em baixa qualidade de um ator posando junto ao dono do restaurante, distorcida porque o tamanho do arquivo está errado. Barulho vem de todos os lados, em ondas que competem para engoli-la por completo.

Ocean abaixa a cabeça a tempo de ver Liesl derrubar as ferventes pinças de metal e soltar um delicado "Oh" quando elas encostam no braço nu de Adama. Ele se levanta com tudo, batendo a cabeça no exaustor da grelha.

Liesl também se levanta, mãos ansiosas enquanto ela tenta entender se deve cuidar primeiro da cabeça ou do braço dele e, em seu pânico, olha para Ocean. Liesl não está com a expressão de alguém muito preocupada em ser flagrada se preocupando demais com outrem, mas carrega uma dúvida: *Você não deveria estar preocupada?*

Em vez de se preocupar em parecer uma namorada cuidadosa — não, uma pessoa cuidadosa —, Ocean deixa a face sem expressão. Liesl e Adama paralisam como se ela tivesse rosnado para eles. Ocean vira de uma vez sua dose de soju. Coloca o copo de volta na mesa e escuta o vidro bater na madeira, mesmo com o barulho do restaurante.

— Há quanto tempo vocês estão juntos? — pergunta ela.

A mesa toda fica em silêncio, mas Ocean está concentrada em Adama e Liesl. Mentirosos têm dois tipos de reação quando são confrontados. Adama escolhe a primeira possibilidade: negação.

— Do que você está falando? Quem? Nós dois? Está doida?

Ele levanta as sobrancelhas, deixando os olhos ainda maiores. Adama não abusa da incredulidade ao perguntar como Ocean poderia suspeitar de algo assim entre ele e Liesl, colegas de tripulação. Mas, enquanto ele tenta mudar o rumo da conversa para a insegurança de Ocean, que entendeu errado aquela relação, ela começa a observar Liesl com mais atenção, e a delicada moça escolhe a segunda possibilidade: afastamento. Liesl está pálida. Os olhos de encontro ao teto, como se estivesse procurando ali a resposta, e depois na enorme quantidade de banchan na mesa. Se Ocean precisasse esconder um corpo, não pediria ajuda a Liesl.

A julgar pela maneira estranha como estão agindo em proximidade, não faz muito tempo que estão juntos, mas Ocean não se importa. Ela apenas não se importa. Embaixo do banco em que está, Ocean pressiona levemente a gaveta. Depois de identificar a impressão da palma de sua mão, abre-a e retira sua pequena mala. Ocean se levanta e dá um tapinha no ombro de Robert.

— Você é um bom capitão, Robert.

Os olhos azuis dele estão tão arregalados que combinam com a boca em formato de O. Ele provavelmente não suspeitava de nada; se tivesse aquele tipo de noonchi, não tentaria fazê-la beber em todo encontro. Ocean lança um olhar perscrutador para a mesa, mas, ainda que ela tivesse tentado gravar aqueles rostos em sua mente no último ano, eles já são como estranhos.

— Ajumma! — chama Ocean, ao virar-se abaixando a cabeça enquanto acena com a mão, passando pelas mesas apinhadas. No caixa, levanta a manga da blusa para mostrar o bracelete, que é escaneado para o pagamento da parte dela, mesmo que não tenha comido mais do que alguns bocados. Sem pensar muito, puxa uma mecha do cabelo, mas ele não chega nem ao seu nariz. É provável que ela não tenha passado tempo suficiente ali para ter ficado com cheiro de fumaça.

Ocean sobe as escadas daquele restaurante que é um arauto de séculos passados e desemboca nas ruas extremamente brilhantes da vida noturna de Seul. A umidade e o cheiro opressivo da rua a acertam em cheio, como se tivesse levado um tapa de esgoto. Ocean pega a nimbus de sua bolsa e a posiciona sobre a cabeça, puxando um pouco para baixo ao prender um dos lados na orelha direita. A voz de Kim Yongim é um trinado sobre um amor perdido, acompanhada de uma batida animada. Ocean imediatamente vira os olhos para a esquerda e a música para de tocar. Ela rola pela biblioteca de músicas e duas garotas passam por ali em uma corrida de hover, os cabelos longos e os sobretudos esvoaçando enquanto disparam pela rua animada.

— Ocean! — Adama aparece no topo da escada.

Ela não devia ter vacilado escolhendo sua trilha sonora pessoal. Adama coloca uma das mãos no ombro oposto, os músculos do braço em evidência. Por um instante, Ocean se lembra da sensação daquele braço enrolado nela, quando estava colada a ele no limiar do sono e do despertar. Mas ele só está aqui agora porque não pode ser um babaca na frente dos amigos, não pode deixá-la ir embora assim.

— Aonde você vai? — pergunta ele.

— Namisa. — É infantil, mas também é verdade.

Ele passa a mão no cabelo raspado rente.

— Então é isso? Não vamos conversar sobre o que aconteceu?

Ocean o encara.

— O que temos para conversar? — pergunta ela, branda. Adama disse tudo o que era preciso com suas ações.

— Você não quer saber o motivo? Ou quando? Ou... nada?

— Então você não vai mais negar?

Os lábios de Adama se estreitam e ele diz:

— Você... você me perdoaria?

O que ele realmente está perguntando é: se voltassem, ela conseguiria esquecer o que ele fez? Quando beijasse Adama, ela pensaria naqueles lábios nos de Liesl? Quando ele estivesse dentro dela, ela se perguntaria se ele compara as duas? Ela conseguiria superar?

— Claro — responde Ocean.

O rosto de Adama se contrai.

— Qual é o seu problema? — pergunta ele.

— Você realmente está me perguntando isso?

Adama solta um suspiro, como se fosse ela a irracional, e uma onda quente se acumula no peito de Ocean.

— Você quer mesmo ficar comigo? E quanto a Liesl? — pergunta ela.

— Foi um erro. Eu... Você... — Ele olha ao redor, mas ninguém está parado na rua, interessado no drama amoroso que se desenrola em público. — Você me deixou sozinho.

— Sozinho? — repete ela. — Não posso confiar em você sozinho? É isso que está dizendo?

— Não! — grita Adama. — Você me deixou *sozinho*. O tempo todo! — As luzes neon brilham na pele suada dele, uma nesga de dentes aparece quando ele tenta sorrir e, de repente, olhos marejados. Ocean entende o que ele quer dizer. Ela também sabe que é verdade. Ele bate com o dorso da mão na sobrancelha, um gesto que só performa quando quer que o cenho não se franza, e Ocean repara no tom cor-de-rosa da palma daquela mão. Ela já traçou aquela palma com os dedos, pressionou-a contra a sua como se rezasse. — Eu devia ter escutado o que eles diziam de você. Tem todo tipo de falatório desde a escola Yong.

As palavras arrancam dela qualquer simpatia ainda existente. Ela não vai presenteá-lo com esse último monólogo. Adama deveria saber que ela nunca funcionava com provocações. Mas ele não sabe, e isso provavelmente é tanto culpa dela como dele. Ocean coloca a mão na nimbus de novo, e o rosto de Adama se contrai.

— Você sempre estava procurando uma desculpa para terminar. — As palavras são mais audaciosas do que o olhar dele. — Por que aceitou sair comigo se sempre procurava uma desculpa para ir embora?

— Você acabou de me dar essa desculpa, não é? — Ocean abaixa a nimbus até a testa. Coloca a mão no ouvido direito. Provavelmente tornaria tudo mais fácil para ele, ele se sentiria vingado, se ela demonstrasse a mesma raiva. Mas ela não lhe deve mais nenhuma emoção fabricada, se é que deveu algum dia. As palavras que diz agora são gentis. — Acabou, Adama.

Ocean dá um toque na nimbus e o brilho azulado pisca enquanto ela passa a bolsa pelo ombro. Os primeiros acordes do piano sufocam o que mais ele possa estar dizendo e são seguidos pelo crescente som das hastes de metal passando pelo címbalo. Antes mesmo que o timbre inconfundível do trompete faça sua entrada, ela reconhece a música. É melancólica demais para o presente humor dela, mas era o que estava na direção de seus olhos quando Adama interrompeu a rolagem pessoal dela.

Ocean se dobra para enfrentar a onda de pessoas. Deixa que seus pés a levem enquanto seu queixo erguido corta um caminho na multidão. Um grupo de estudantes uniformizados, provavelmente indo para algum hakwon,[3] passa por ela, cabeças coladas para dividirem a fita de peixe do espetinho odeng. Ela captura o odor quando eles se cruzam, e o estômago dela responde.

Bem, pelo menos isso ela consegue resolver.

Haven escuta a campainha quando passa a mão no botão de desligar o chuveiro. Não é a campainha da porta, o som indica que alguém está na janela. Ele sai do banho, os pés molhados no piso enquanto tenta pegar a cueca. É difícil vesti-la com a pele molhada. A campainha da janela toca

3. Tipo de "cursinho" comum na Coreia. (N.T.)

mais uma vez. Ou o vendedor ambulante está adiantado, ou Haven perdeu completamente a noção do tempo sob os infinitos jatos de água quente, os quais ele não precisava se preocupar em virarem jatos frios enquanto ainda estava ensaboado. Pulando pelo pequeno dormitório, Haven se seca com uma mão e veste a calça em uma perna. Chega à janela assim que a roupa passa do quadril, e espalma o botão que está naquela parede.

O painel da janela se dobra para cima e revela um coreano sorridente. Imediatamente, uma nuvem de aromas o alcança, vindos da cozinha minúscula e abarrotada atrás dele.

— Peço desculpas — diz Haven. — Devo ter perdido a noção do tempo.

— Ah, não se apresse por minha causa. Sempre gosto de fazer essa viagem até a Aliança. — O velho sorri bem largo, mostrando uma linha de dentes perfeitamente alinhados e brancos. Ele fala a língua comum com bastante sotaque, mas é fácil para Haven compreender. — Obrigado pelos seus serviços.

Haven encosta o dedo no guichê e um menu surge, a tela se acende com uma lista da melhor comida de rua que Seul pode oferecer. Ele olha as imagens com cuidado, já salivando. O velho se aproxima para dar zoom e Haven automaticamente move a mão para evitar o toque.

— Estou surpreso por você não estar lá fora curtindo a vida noturna da cidade. Hoje metade de Seul consiste em membros da Aliança que chegaram para o baile de gala de amanhã. Precisa de um guia? Dicas dos melhores noraebang? — O senhor pega um panfleto velho debaixo do balcão do guichê, se inclina para a frente e dá uma piscadela. — Dicas de onde encontrar as pessoas mais bonitas? Que tal...

Água pinga do cabelo de Haven, que ainda está sem camisa. Ele pigarreia.

— Você se importaria se eu pegasse...

— Euh, geurae geurae. Que garoto educado! — O velho balança a cabeça. — Por favor, leve o tempo que precisar! Estou às suas ordens.

Haven se abaixa para apanhar a toalha que caiu no chão. Pega a túnica limpa que está na cama e a veste, o tecido se ajeita em seu corpo. Muito melhor. Ele se volta novamente para o aéreo, secando o cabelo, mas se interrompe ao perceber a expressão do homem. O rosto desfigurado em nojo.

— Você... — Ele perde as palavras e aponta para o ombro de Haven.

Haven percebe o erro que cometeu. Até aquele momento, não estava tão preocupado com o fato de expor a pele, mas pelo menos tentava prestar atenção no quanto deixava exposto.

— Sou — confirma Haven, mesmo sem ter existido uma pergunta.

— Abutre. — O homem cospe e Haven esconde a careta enquanto o cuspe cai no chão do quarto. Ele bate em um botão e sua aeronave se descola da janela de Haven com um grunhido de metal. Enquanto sai pelo céu noturno, cautelosamente pinça o panfleto (que Haven tocara) e o joga para dentro do quarto. — Não sirvo Mãos da Morte. Você sabe o que isso faria aos meus negócios?

Com uma virada de volante, ele se vai, para longe.

Haven encara a não mais obstruída visão da noite em Seul. Uma de suas mãos da morte, anteriormente repreendidas, bate novamente no botão de fechar a janela. Passa a toalha para secar o cuspe do chão e depois joga o panfleto na reciclagem. A barriga de Haven ronca enquanto o compactador identifica e categoriza o lixo com uma série de bipes. Uma olhada rápida no espelho revela a pena entalhada na pele da nuca. Haven pega um casaco e diz a si mesmo que não se importa se alguém a vir. Só não quer mais drama. Então calça os sapatos e sai do quarto.

O corredor está mais silencioso do que em todas as outras noites. O velho tinha razão — todo mundo estava aproveitando a vida noturna de Seul. Haven pega o elevador e aperta o botão do subsolo que o levará diretamente à conexão com o metrô. O elevador se abre em um piso com diversas saídas e escadas que levam a diferentes níveis. A placa ajudaria, se ele soubesse para onde está indo, mas um bêbado aparece em uma das escadas rolantes gritando bobagens, e Haven rapidamente decide pegar outra escada qualquer. Desce até a plataforma que vai para Apgujeong.

A plataforma está vazia, e uma lufada de ar reciclado é a única coisa que o recebe quando ele entra no vagão. Até onde sabe, esses são bons sinais. A parte do vagão em que está tem iluminação fluorescente, além do silvo constante dos limpadores UV que passam pelos assentos. Um display anuncia que, do lado de fora, a noite está tranquila com 97% de umidade, mas essa informação é apenas um pouco inconveniente. Ele já percebeu que

33

as pessoas na Terra tendem a correr de um prédio ao outro como baratas que evitam a luz.

A voz automatizada, um sistema perfeito de contralto, anuncia a próxima estação; primeiro em coreano, depois em língua comum. Os anúncios que passam acima da cabeça de Haven também exibem os dois idiomas. Um belo homem coreano acaricia o rosto com uma mão e segura um pequeno recipiente com a outra, como se dissesse "Você também pode ter a pele perfeita e branca". Mesmo só prestando um pouco de atenção desde que chegou a Seul, Haven reconhece aquele rosto como o mesmo de quase todos os demais anúncios.

Ele sai do vagão, que então dispara para a próxima parada. Ao escolher entre as saídas, ele a vê.

Na plataforma oposta, esperando pelo trem que a levará de volta ao dormitório da Aliança, está uma jovem. Talvez seja uma oficial ou esteja visitando alguém, a julgar pela pequena mala no banco atrás dela. O cabelo é curto e preto, e a pele clara parece ter feito uso do creme anunciado no metrô. Haven chutaria que ela é coreana, mas de longe é difícil ter certeza. Um halo eletrônico brilhante ilumina a sua testa e ela está de olhos fechados.

Ela está dançando.

A julgar pela hora e pelo local, Haven poderia pensar que ela está embriagada, mas os movimentos são muito controlados para tanto. Quase imediatamente ele consegue saber que ela teve treinamento clássico de balé, quando o *soutenu* se transforma em um *arabesque*. O lento e sensual esticar-se esconde força na suavidade, o rosto está em um *épaulement* — que George Balanchine descreveu como o movimento de uma bochecha pedindo um beijo. Contudo, se ele fosse chutar, diria que a técnica é Vaganova, não Balanchine. Nessa situação, a bochecha da mulher é beijada pela luz da estação de metrô.

Quando ela gira mais uma vez, os braços subindo e descendo em arco, Haven vê um halo ligado a fones de ouvido. Ela ergue bem os braços, os pulsos soltos, os dedos para fora, como se estivesse esticando as asas. A perna direita se levanta em linha reta e, ao mesmo tempo, a perna de Haven também se levanta em um gesto irmão.

Um trem passa por ela, soltando uma baforada de ar quente que desfaz o encanto. Haven baixa a perna e olha ao redor. Ainda não tem mais ninguém ali. Ele corre até a escada mais próxima, mas, enquanto sobe, olha para os trilhos.

O trem se foi, a plataforma está vazia.

DOIS

Kim Minwoo está dizendo alguma coisa, mas Teo está distraído observando seus dentes inferiores um pouco tortos e absolutamente adoráveis. Qualquer pessoa poderia deixá-lo mais "certinho": pálpebras marcadas, facetas de porcelana ou mesmo um umbigo mais alongado para que a barriga parecesse menor. Mas ultimamente a Coreia tem procurado o tipo de beleza natural que dinheiro nenhum poderia comprar. Por isso pequenos defeitos, como um nariz mais pontudo, alguns dentes tortos ou orelhas com dobras estranhas, estão na moda. E sardas. Coreanos ficam *loucos* com sardas. Está na crista da onda agora adquirir uma pinta por meio de uma inserção cirúrgica, e Teo tem uma queda por pintas estrategicamente incluídas perto da boca.

Mas o desejo por marcas naturais tem um limite. Minwoo ainda tem a pele perfeita, anda de sombrinha e pratica pilates anti-grav e ioga jjimjil por duas horas ao dia a fim de acabar com qualquer imperfeição do corpo. Ele o viu — não, experimentou — de todos os ângulos possíveis nas séries. Dizem as más línguas que ele fez preenchimento nas linhas do pescoço, e Teo sabe que o maxilar foi mexido para tornar o rosto mais anguloso.

Minwoo assopra a franja para longe da testa. Ele é educado demais para chamar a atenção de Teo, o segundo filho do império Anand Tech, por não ouvir, mas a breve mordida no lábio significa algo. Não existem muitas pessoas capazes de chamar a atenção de Teo.

Ele ainda consegue ver o rosto do capitão Hong quando Teo disse que precisava que a *Scadufax* atracasse em Seul um dia antes para acomodar esse encontro em específico. O baile da Aliança aconteceria só mais tarde, e a *Scadufax* precisou queimar energia extra para atender ao pedido. O ultraje automático do capitão Hong, "Como assim?", foi instantaneamente seguido pela frustração sendo engolida quando ele lembrou quem era o pai de Teo. E Teo pôde ver como foi fácil para o capitão engoli-la como se fosse um gole de ginseng medicinal.

— Com quem é o encontro? — perguntou o capitão, educado. Teo apenas sorriu.

— Não saio por aí contando, capitão. Você vai ficar sabendo em breve, ao mesmo tempo que o restante do Sistema Solar.

Mas apenas se ele se sair bem nessa jogada. Teo está aqui fazendo um favor a seu pai, mas nem por isso precisa ser grosseiro. E nunca foi acusado de desperdiçar o tempo de uma pessoa com quem saiu.

Ele pigarreia.

— Sinto muito. Você estava falando sobre *Cemitério de Vênus*? — Ele enche novamente as xícaras de chá, primeiro a de Minwoo, claro. — Você já esteve em Vênus?

— Foi a primeira vez.

— Sei que você sabe, mas eu levaria protetor solar extraforte. Para preservar sua pele. Os lasers de hoje são ótimos, mas sei que você se esforça para manter a cútis.

Minwoo se aproxima por sobre a mesa e pergunta:

— Por que você não os usa para tirar sua cicatriz?

— Cuidado. — Teo pega a mão de Minwoo antes que chegue a seu rosto. Ele pressiona os lábios de leve nos dedos do outro. — Você ainda não ganhou o direito de tocá-la.

Minwoo enrubesce e retrai a mão até a xícara. Leva um minuto até que o rubor desapareça.

— Você reservou este espaço privativo. — Ele faz um gesto mostrando ao redor. — Mas eu estava pensando...

O enorme aposento fica na parte mais cobiçada do Han Oak, um restaurante exclusivo que planta seus ingredientes no jardim ao lado. É o melhor restaurante de alta gastronomia que povoa a rua próxima ao templo

Bongeunsa. Aparentemente o chef estudou por anos com monges budistas e depois abriu um restaurante sob a filosofia deles de conexão com a natureza. Conquistou grande fama e sucesso. Teo não sabe muito bem como isso se encaixa com a filosofia budista, mas ninguém parece estar reclamando.

É bastante difícil conseguir uma mesa ali, mas Teo reservou toda a área próxima à enorme janela que vai do chão ao teto e dá para a rua principal. É possível ver o terreno do templo de dia e de noite, e Seul funciona como pano de fundo para um buda Maitreia iluminado, e Teo se lembra de que a estátua deve passar por manutenção em breve. Normalmente o aposento se abre para mais uma área de jantar, mas hoje as portas estão fechadas, assegurando que a ralé não receba nenhum raio de sol. Eles só podem olhar com inveja para as breves nesgas de luz que aparecem por debaixo das portas.

— Você não gosta do ambiente intimista? — pergunta Teo.

Minwoo hesita e diz:

— É bem agradável.

— "Agradável" é uma palavra banal — diz Teo. Ele não sabe por que Minwoo está pisando em ovos. — Parece inócuo, mas é um dos adjetivos mais condenatórios que existem. — Ele vira a cabeça para uma das pessoas que está atendendo, cuja única função tem sido ficar no canto sem atrapalhar. A pessoa em serviço se abaixa ao chegar ao lado de Teo. — Pode colocar o jantar de todos no restaurante na minha conta? E pode adicionar uma gorjeta de 40%. Conte para todos, assim eles podem adicionar mais coisas e pedir alguns drinques a mais às minhas custas. Mas, por favor, não revele meu nome.

Minwoo o encara, pasmo. Teo quase consegue ouvir sua mente calculando o número de mesas do outro lado da porta, os jantares de nove pratos e os drinques que vão rechear aquela conta.

— Coreanos não dão gorjeta — diz ele, baixinho.

— Mas eu dou — responde Teo.

A pessoa em serviço recebeu treinamento o suficiente para não deixar nada escapar. Essa pessoa faz mais uma reverência, diz "Nae, gamsahamnida" e sai do recinto. O pai ensinou a Teo a importância das gorjetas. Tal generosidade vai beneficiar não só quem está jantando no restaurante, mas também os trabalhadores. O que significa que a fofoca vai se espalhar ainda mais rápido.

— Eu não sou *agradável*, Minwoo-ssi. — Com delicadeza, Teo pega uma flor de abóbora frita com os *cheot-garak*. — A Shinjeong Co. fez um acordo com meu pai. Você precisa de exposição. A estreia de *Cemitério de Vênus* não foi tão boa quanto eles esperavam, e querem que ajudemos a melhorar um pouco os números. Em troca, a Shinjeong vai transmitir dois anúncios da campanha do meu pai no futuro. Estamos, ao que parece, cumprindo ordens dos nossos pais, literalmente ou não. Por que não aproveitar enquanto fazemos isso? — Teo coloca a flor na boca e engole. Ele não assistiu à série, mas é difícil evitar os incessantes vídeos promocionais. A Shinjeong está se esforçando um pouco demais, e as pessoas costumam fugir desse tipo de desespero. — Obviamente, nós, oficiais da Aliança, não ganhamos o bastante para pagar a conta de um restaurante todo, mas isso equivale a menos do que um dia de trabalho do meu pai.

Teo acompanhou muitos jantares que o pai deu para dignatários de Marte.

— Você disse que deseja que a Anand Tech produza trajes com melhorias tecnológicas para você e que pagará bem por isso. Mas já pensou no preço que nossa imagem pagará por fornecer tais trajes? — disse Ajay Anand no passado, sorrindo enquanto servia chá para Anthony Chau, o bule bem no alto para demonstrar a beleza da cascata de água dourada. — Ah, me desculpe. Parece que queimei a brentaris.

Brentaris era uma planta marciana muito estimada, pois a dificuldade para seu cultivo fazia com que os preços fossem elevadíssimos, chegando a trinta marcos por grama. Teo observou o pai chamar o garçom.

— Errei de novo, Dana. Você poderia jogar este bule fora e trazer um novo?

Chau compreendeu.

Em outro jantar, com a embaixada de Mercúrio, Teo teve lugar privilegiado para observar como o pai lidava com pessoas que o odiavam.

— Você disse que seus mineiros estão protestando contra as condições de trabalho e se recusando a continuar? Acredito que o problema vá se resolver logo, porque, quando a Aliança souber que não há mais nada a ser ganho com a parceria entre a Anand Tech e suas minas, vão pedir que façamos negócios com outro lugar. Mas, acredite, simpatizo com seu impasse.

Tradução: seu impasse, não meu.

Teo acompanhou o irmão, Declan, enquanto ele pulava de bar em bar com alegres empresários de Tóquio, Ceres e Nova York.

— Bebam! Esse pode ser o fim do uísque que conhecemos! Os mercurianos estão abrindo negociações para terraformar turfeiras no planeta deles para produzirem o próprio uísque. Conseguem imaginar tal coisa?

Na semana seguinte, quando um diplomata mercuriano peticionou a terraformação do planeta, o pedido recebeu uma contrarreforma que, não se sabe como, já estava pronta.

E quanto a Teo? Bem, ele vai em encontros e gasta o dinheiro da família. A Terra é seu parque de diversões. A pessoa que está atendendo não está por perto agora, então ele se vê livre para explanar um pouco.

— Pode parecer paradoxal que estejamos aqui fechados e longe dos olhares curiosos, já que, bem, o objetivo de hoje é exposição — diz Teo. — Mas gosto de cultivar um ar de mistério. As pessoas odeiam ser deixadas de fora. Conversas, segredos, festas de aniversário. Neste momento, muito já foi espalhado pela cozinha, entre os garçons, e para os demais fregueses, dizendo que as refeições foram pagas por outrem.

— Mas você pediu à pessoa em serviço que não revelasse seu nome. Está esperando que fale?

— Aqui no Han Oak, eles são muito discretos. Mas o pedido para deixar um nome em segredo nada mais é do que uma bravata de humildade. Agora as pessoas vão prestar ainda mais atenção às nossas portas fechadas. Alguns nos viram entrar, é inevitável. Quero que prestem ainda mais atenção em nossa saída. — A porta que dá para a cozinha se abre. — Falando nisso, chegou a sobremesa.

Mais do que isso, quando as pessoas estão sendo pagas, seja diretamente ou por meio de uma refeição grátis, esperam alguma pegadinha. Presumem que, como o benfeitor anônimo está pagando pela refeição, existe um pedido implícito por discrição. Cerca de meia hora depois, já tendo provado a sobremesa e o café, Teo abre a porta para o ambiente principal e sabe que os olhos de todos estão colados nele. Dando um passo para o lado, ele segura a porta aberta para Minwoo. Quando estão os dois emoldurados pelo batente, Teo se aproxima do ouvido de Minwoo e sussurra um segredo.

— Acha que a Shinjeong ficará satisfeita com esta exposição? — murmura ele, se certificando de que cada comunicador e cada palmite que está tentando tirar uma foto sejam agraciados com a curva de seus longos cílios. Minwoo também não é bobo. Ele faz biquinho para Teo com aqueles lábios estrategicamente afastados, então coloca a mão no peito de Teo e a retira timidamente.

— Bastante — responde Minwoo.

Teo passa a mão de Minwoo por seu braço e eles saem juntos do restaurante. O carro de Minwoo já está esperando por ele, e Teo abre a porta e o ajuda a entrar, como o cavalheiro galante que é. Depois que fecha a porta, a janela se abre e Minwoo se inclina para fora.

— Se quiser ir num encontro de verdade um dia, me ligue. Acho que poderia ser interessante.

Teo pensa. Ele *é* bonito. E charmoso. E... agradável.

— Um encontro sem segundas intenções? Não sei se sei fazer isso.

— Sempre posso ensinar a você.

A janela se fecha e Teo ajeita as abotoaduras enquanto observa o carro se distanciar. É o primeiro dia que as usa, mas agora que fotos já foram feitas, elas deverão ser aposentadas. Não sabe o que acontecerá com ele quando sua própria utilidade como acessório brilhante acabar.

Ocean está mexendo no laço do seu jeogori quando sua nimbus toca. Ela confere o display e aceita a chamada.

— Não se preocupe, Dae. Estou indo.

"Estou indo" significa que ela está quase pronta para ir, claro. Ela arruma o jeogori pela quinta vez.

— Então, quanto a isso... — A voz da capitã parece alta demais. — Preciso que você faça uma coisa antes. — Ocean espera, ouvindo o barulho de risadas do outro lado da linha. — Pode trocar o lugar da *Ohneul*? Eu faria isso, mas já estou no Coex. Eles fizeram um evento especial para a diretoria.

Um evento com bebida liberada, a julgar pela voz de Dae.

— Onde você quer que eu a coloque? — pergunta Ocean.

— Na doca da Aliança em Seul. Vai ser mais conveniente quando formos embora amanhã. — A voz de Dae fica mais afetada. — Dangyeol, tenente Seo! Sim, sim, estou falando com a minha piloto agora mesmo. — Quando Dae está respondendo a um superior, usa uma risada habilmente calibrada que transmite um caloroso elogio. Ela solta uma dessas, e Ocean confere mais uma vez o laço do jeogori. Talvez ela devesse assistir de novo ao vídeo de instruções. A voz de Dae fica mais baixa. — Acho que hoje será uma noite difícil, com todas as naves da Aliança no hangar por conta do baile.

— Se você estiver preocupada com a nave, não me importaria em ficar lá...

— Preciso que apareça na festa — diz Dae. — Fica chato para mim se você sempre faltar.

Como se Ocean precisasse de mais um lembrete sobre o que a espera no baile, alguma apresentação inevitável na frente dos superiores de Dae, lembrando a eles de que é Dae quem mantém Ocean na linha há todos esses anos. O problema de dar um perdido em todos os eventos sociais do ano é que Ocean precisa aparecer pelo menos em um, e Dae escolheu o maior. Todo mundo viajou para isso. A única vantagem é que vai estar tão cheio que talvez ela não veja Adama e seus amigos.

— Estarei aí — diz Ocean.

— Se você chegar depois das sete da noite, vou exigir que compareça ao próximo evento da Aliança também.

— Você quer que eu chegue antes das *sete*? É impossível!

— Então é melhor correr, não acha? — Dae desliga abruptamente.

Ocean sai do quarto. No elevador, aberta o botão do P2 com um pouco mais de força do que precisava. Depois de deixar a palma da mão ser escaneada e inserir o ID de nave da *Ohneul*, um mapa se ilumina com as instruções do estacionamento. Quando as portas se abrem, setas de luz azul a guiam. O salto dos sapatos faz barulho no concreto, ecoando no enorme hangar. Ao seguir a seta, ela escuta vozes baixas. Não sabe exatamente de onde elas vêm (o som rebate no teto e nas naves gigantes) até chegar à

Ohneul e ver dois sujeitos amontoados por perto. Um deles, um asiático grandalhão de cabeça raspada, está abaixado no chão analisando a nave, enquanto a outra, uma mulher negra com tranças que formam um coque no alto da cabeça, prepara o punho para socar a porta lateral. Ela usa luvas enormes que brilham com uma luz verde. Se Ocean fosse chutar, diria que são luvas de força. Os três paralisam.

— Poxa, isso é constrangedor — diz Ocean.

A mulher abaixa a mão, e o homem fala, de um jeito nem um pouco convincente:

— Ah, não. Essa não é a nossa nave?

A mulher leva a mão ao ouvido.

— Lupus! Você deveria estar de guarda! — sibila ela e, depois de uma pausa, fala em língua comum: — O que você *quer dizer* com "era sua cena favorita"?

— Eu disse para você não confiar em Lupus enquanto *Meia-noite na Europa* estivesse passando — diz o homem, se endireitando. — Toda cena é a cena favorita delu.

Ocean analisa suas opções. A arma dela está em algum armário a oito andares dali. Ela odeia carregá-la consigo, mesmo que seja exigido; o peso em seus quadris parece errado. Suspira. Parece que Dae estava certa em se preocupar, afinal de contas. A ideia dos saqueadores não foi ruim: a garagem está lotada e, com a festa indo até altas horas, eles só precisariam tirar algumas câmeras da jogada e teriam o caminho livre.

— Você estava pensando em socar a porta até ela abrir? — pergunta Ocean.

— As configurações dessa porta não eram exatamente o que esperávamos — explica o homem.

— Aries!

— Cass — responde o homem, sem entonação.

— Ocean. — Ocean aponta para si mesma e depois para a *Ohneul*. — E esta é uma 180-Han. Modelo antigo. Nada muito chique e normalmente é fácil de abrir. Mas nossa mecânica atualizou o sistema de segurança. — Maggie vai ficar feliz em saber que conseguiu enganar dois saqueadores. Ocean olha as horas no comunicador. Se ela quiser seguir o horário ridículo imposto por Dae, precisa sair agora. — Se estão procurando por naves da série Han, outras três estão naquela fila. As naves Narae também têm entradas similares. Dá para identificar pela pena na popa.

— Nossa, que sangue-frio. — Cass estreita os olhos. — Achei que vocês da Aliança fossem leais uns aos outros.

— Estou com um pouco de pressa — responde Ocean, ignorando o incômodo que aquele comentário causa.

— Ah, sinto muito — zomba Cass, observando o jeogori de seda, o vestido preto formal por baixo que já viu dias melhores e os saltos que são altos demais para serem úteis nesta situação. — Estamos atrapalhando a sua festa?

— Minha chefe pediu que eu mudasse a nave de lugar — diz Ocean. — Tenho que levá-la para a doca da Aliança de Seul e voltar para o Coex até as sete da noite.

Aries olha o próprio comunicador enquanto Cass bufa:

— Impossível.

— Está ficando mais improvável a cada minuto — concorda Ocean.

Aries continua:

— Você não parece muito preocupada por ter visto a gente arrombando sua nave.

— *Tentando* arrombar. E vocês não parecem muito maus para saqueadores — diz Ocean. Para começo de conversa, eles estão calmos; se estivessem nervosos, ela teria um problema. — Vocês devem ser do baixo escalão se estão aqui pilhando naves da Aliança.

— Baixo escalão? — gagueja Cass. — Pois saiba que...

— Então vocês são *mesmo* saqueadores? — pergunta Ocean. Pela experiência dela, quanto mais na defensiva está um saqueador, mais ele acha que deve provar algo. Ocean está desarmada e não tem nenhuma chance de conseguir vencer uma pessoa no soco, ainda mais se a pessoa tiver luvas de força. — Para mim não faz diferença, mas preferiria não me atrasar.

Aries olha para Ocean sem julgamento, diferentemente de sua parceira. Depois disso, ele acena. Saindo para o corredor e pegando Cass pelo ombro, ele faz um gesto para que Ocean continue seu caminho.

— Também preferimos que você não se atrase.

— É sério isso? — pergunta Cass. — Você não pode confiar nesses lixos da Aliança, Aries.

Ocean passa por eles, mas ainda espera até que se afastem mais para inserir a senha da porta e apertar o painel.

— Ah, não me importo com nada disso — diz Aries, tranquilo, enquanto a porta se abre com um barulho de metal. — Mas sei que ele vai ficar desapontado se você chamar atenção. Você prometeu que não seríamos percebidos. — Ele toca a orelha e diz: — Lupus, você vai vigiar mesmo desta vez?

— Obrigada — diz Ocean, ao fechar a porta.

— Você nunca vai chegar a tempo! — grita Cass.

As luzes do corredor piscam, a não ser por uma lá no fundo, que sempre pisca algumas vezes e depois desiste. Ocean apruma os ouvidos; ela meio que esperava encontrar Gremio ali, dormindo no quarto próximo da enfermaria, mas a nave tem o indiscutível ar da solidão. Que bom. Ela consegue imaginar Gremio todo desarrumado saindo da nave para bater com a bengala na cabeça dos pobres saqueadores. E ele definitivamente não aprovaria a corrida que ela está prestes a começar.

Ocean confere as horas mais uma vez ao entrar na cabine. Aish. Talvez não consiga mesmo. Ela se encaixa em seu assento e liga alguns botões com uma das mãos enquanto a outra desamarra os sapatos de salto. Chutando-os para longe, Ocean descansa o pé no pedal.

Imediatamente, toda a tensão em seu corpo se esvai. A mão direita pega o volante, a esquerda continua no câmbio. Essa sensação pode ser o motivo de ela ter aceitado a ordem de Dae.

A cada cinco minutos o metrô sai da estação de Seul. De lá até o Coex leva por volta de doze minutos, já considerando as paradas. Isso lhe dá seis minutos para mover a *Ohneul* e estacionar. Só por diversão, Ocean conecta sua nimbus ao console e abre o Gilla Maps para conferir qual seria a rota sugerida. Dezessete minutos. Ótimo. Ocean aciona a mudança para a direita e para baixo, e o satisfatório peso mecânico abaixo dela confirma que Ocean existe. A nave levanta voo, e no display esquerdo Ocean vê dois saqueadores indo para onde ela apontara as naves Han. A mais próxima é a *Samjogo*, pilotada por Kim Seunghoon, que já tentou brigar com Von na entrada de um dos supermercados americanos.

— Boa sorte — diz Ocean, ainda que não saiba se está falando para Cass ou para si mesma.

Ocean digita o código para abertura do portão e segue lenta pelo hangar até sair para o céu de Seul. O sol está se pondo, e ela admira os tons de roxo que o céu toma, misturando-se às luzes da cidade.

Outra lembrança vem à mente, mãos no volante, vento passando por uma janela aberta. Ela se permite um momento de reminiscência, depois pisa na embreagem, o pé direito já pronto para liberar combustível ao propulsor, a mão esquerda no volante, tudo sincronizado. A *Ohneul* dispara para a frente.

— Cinco minutos — diz ela quando se dirige à Lotte World Tower e ao World Peace Gate. Ela conhece melhor o céu de Seul do que as ruas, e o tempo está bom; não está com trânsito aéreo, provavelmente porque Ocean é a única que foi enviada em uma missão por sua superior. Pelo menos é o que ela pensa até ver, de soslaio, uma junção de luzes piscando. O console bipa, Ocean faz uma careta antes de, relutantemente, aceitar a transmissão. Se for um oficial da Aliança e ela o ignorar, vão comentar por aí e Dae vai ficar sabendo.

— Dae jurou que você sairia do dormitório da Aliança.

A transmissão está vindo da *Nuvem Voadora*, então quem pilota é Lim Yeri.

— Eu saí — responde Ocean.

— Mentirosa. Sem chance de você ter chegado tão rápido. Ainda assim, deixa as coisas interessantes, não é?

— Como assim?

— Eles não falaram pra você? Só tem uma vaga de estacionamento na doca de Seul. Nossos capitães fizeram uma aposta para ver qual de nós chegaria primeiro.

Ocean se lembra da voz meio bêbada de Dae.

— Ótimo — sussurra ela.

— Estamos à mercê dos desejos de nossos seonbae, afinal.

— Pode ficar com a vaga. — Ocean não poderia se importar menos com a queda de braço mais recente de Dae.

— Ah, para! — Lim ri. — Eu estava querendo ver o que a famosa Grua tem a oferecer, mas acho que era só papo furado, né?

Mesmo sem querer, Ocean fica tensa. Em um reflexo, olha para a tatuagem em sua mão direita. O perfil de uma grua em voo com o bico tomando todo o espaço até o nó do indicador, as asas tomam o dorso da mão, as patas apontam para o pulso.

A *Nuvem Voadora* chegou perto o suficiente para que Ocean visse o padrão de nuvens em seu casco. O modelo dela é Byeol-10X, uma nave de corrida de verdade. É o modelo do ano anterior, a asa em X prestando homenagem aos caças espaciais de outrora, a construção em camadas do escudo é um sonho aerodinâmico. Ocean agarra o volante. Para ser sincera, ela não quer ser obrigada a ir para mais uma festa.

— Depois não diga que eu não dei uma chance pra você — diz ela ao apertar o acelerador.

O display pisca azul e depois verde. A *Ohneul* dispara, acelerando enquanto Lim faz chover palavrões. Uma onda de puro prazer toma conta de Ocean, que não consegue se lembrar da última vez que se sentiu tão focada, tão desperta. Lim a alcança com facilidade. Modelos Byeol-10X são feitos para correr, e a *Ohneul* quase não se sustenta mais. Se a rota estivesse desimpedida, Ocean não teria chance. Mas Lim não se atreve a subir tanto, já que a doca da Aliança está tão próxima, e Ocean conhece Seul como a palma da mão. Lim corta a frente de Ocean, atrapalhando seu caminho. Ela vira à direita, depois à esquerda, mas tem seu caminho bloqueado.

— Você acha que vai me ultrapassar com essa lata-velha? — grita Lim.

Ocean não precisa. Lim levou a nave tão para a esquerda que agora ela não conseguiria passar entre a *Nuvem Voadora* e a torre Shinjeong, com sua inconfundível lua crescente no topo. Ocean finge que vai virar à direita, e, quando Lim tenta bloqueá-la mais uma vez, ela pisa no freio. Ela adora sentir as mudanças da nave no próprio corpo. Pilota a *Ohneul* há cinco anos e, mesmo que nunca a tenha usado para apostar corrida, ainda assim reconhece cada barulho, cada flutuação e a exata resistência das rodas. Na hora certa, vira o volante para a direção oposta, lutando contra a inércia da nave, e os breques traseiros da *Ohneul* são disparados para fora. Ela vira a nave de lado e a leva para cima, para encaixar-se no espaço da curva da lua crescente da torre Shinjeong antes de completar o salto.

Ocean previu as luzes de freio da *Nuvem Voadora* antes mesmo de Lim apertar o freio. Sabe que aquele novo prédio está logo à frente. Já calibrou a própria aterrisagem, então, assim que passa em frente à *Nuvem Voadora*, está pronta para fazer uma curva fechada e deixar a nave de Lim para trás. Como se ouvisse seus pensamentos, o painel solta um bipe para avisar Ocean de que a nave não foi feita para viajar a tal velocidade. Ela sorri enquanto desvia de um bloco de hotéis. Nesse ponto, nem está mais preocupada com Lim; só está indo pela melhor rota. Os portões da doca de Seul estão bem à sua frente, ela vai conseguir.

— Injeong halggeh. — Lim ri e Ocean escuta pela transmissão. — Eu nem tô puta. O que caralhos você está fazendo pilotando uma Classe 4?

E, simples assim, a emoção se esvai das veias de Ocean.

— Pode ficar com a vaga — diz ela.

— O quê? Sério?

Ocean desliga a transmissão e encosta a cabeça no banco, jogando a *Ohneul* para o lado. O console bipa e Ocean bate no botão de resposta.

— Estou falando sério, só pega...

— Ocean-ah. — Droga. Não é Lim desta vez. Ocean só percebeu tarde demais que o som era diferente do de chamadas entre naves. Ela se apoia no volante. — Por que você não ligou? Disse que ia ligar quando viesse para Seul. Está ocupada demais com seu amigo para ligar para a sua umma?

A insistência da mãe em chamar todos os casinhos dela de "amigos" é, pelo menos, consistente. Ela provavelmente ficaria feliz em saber que não são mais *amigos*.

— Desculpa, umma. Esqueci.

A umma de Ocean tem o inequívoco instinto de ligar nas absolutamente piores horas. Mas não é como se Ocean tivesse tido tempo de escolher suas próprias batalhas. Ela leva a nave para cima, para poder guiá-la pelas nuvens com apenas uma mão no volante.

Sua umma solta um suspiro.

— Babeun meogeoseo?

— Ainda não, umma. — Uma onda de culpa sempre acompanha essa resposta, mas ela não pode mentir. Sua mãe consegue identificar uma mentira mais rápido do que um padre no confessionário. — Estou indo ao baile da Aliança. Vai ter comida lá.

— Baile da Aliança?

— Isso, umma. A festa que eles fazem todo ano.

— Euh, o baile. Onde eles deram o prêmio pro Hajoon?

— Isso, esse mesmo. — Foi anos antes de Ocean entrar para a Aliança, mas a memória está dolorosamente nítida. Ela se lembra do barulho do hanbok novo da mãe. Mais palpável ainda foi o orgulho que os pais vestiram naquela noite, as lágrimas nos olhos da mãe quando o irmão mais velho de Ocean subiu no palco.

O silêncio é tão profundo que, se Ocean suspirar, a mãe vai ouvir, não importa quão controlada seja a reação.

— Eu ia ligar, umma. Me desculpe por não ligar. Mas agora estou voando e preciso estacionar a nave.

Ocean segura a respiração.

— Quanto tempo mais você vai viver assim? — A preocupação na voz da mãe é tanta que o ar parece sumir da cabine.

— Preciso ir. Ligo mais tarde, umma.

Ocean desliga. O display da nimbus mostra que a chamada durou pouco mais de um minuto. O sol já se pôs, mas Seul continua mostrando suas cores vívidas abaixo de Ocean. A mão continua no câmbio. Ela ainda precisa ir a uma festa.

TRÊS

O centro de convenções do Coex foi adaptado para o baile, e o hall está cheio de gente. As luzes baixas encobrem as pessoas que rodopiam pela pista de dança, a música alta o suficiente para impedir conversas. Não que Haven tenha com quem conversar.

A capitã Song insistiu que ele participasse do evento, ainda que até agora ele só tenha pisado na nave dela para uma entrevista. Segundo ela, será um jeito divertido de ele começar sua "ilustre carreira na Aliança". Haven espera ficar na Aliança apenas até que seu pai esteja satisfeito. Nem uma missão a mais. Mas nunca é uma boa ideia contar isso para a pessoa que contratou você. Contudo, ele deve ter deixado algo transparecer na expressão, porque a capitã logo soltou uma risada forçada e disse:

— Não sei por que é tão difícil fazer minha tripulação aparecer nessas festas.

É um tipo de exigência diferente da que Haven sentiu no treinamento espacial da Aliança, quando os professores e seonbae diziam "Você vai comer esta terra, e ainda vai me agradecer". Mas é uma exigência mesmo assim. Ela é a capitã. Ainda que agora seja difícil dizer se ele sequer vai conseguir encontrá-la. Por educação, aceita um drinque oferecido por um dos garçons, e agora está na estranha posição de andar com o copo por aí, já que não quer desperdiçar. A música o golpeia até o outro lado do salão, onde uma longa mesa, cheia de comida, cobre uma das paredes.

A barriga de Haven está apertada e os sentidos agitados demais, mas olhar a mesa é uma tarefa que ele consegue executar. Os pratos são extravagantes como o evento; deve ser a maior quantidade de comida que Haven já viu em um só lugar. Faz com que se lembre da primeira vez que foi comer em um restaurante coreano, a ajumma empurrando mais e mais complementos na mesa que já estava cheia. Ele se esforçava para terminar tudo, mas os pratos eram substituídos por novos, fazendo com que ele se perguntasse o que acontecia com as inevitáveis sobras. Haven não conhece quase nenhum dos pratos aqui, mas um display no canto da mesa brilha, indicando que ele pode digitar ali qualquer alergia alimentar, o que fará com que as bandejas sejam movidas para a frente ou para trás.

A multidão atrás dele tem uma aura caótica parecida com a da mesa: alunos da Aliança em uniformes e oficiais que estufam o peito para mostrar suas condecorações enquanto conversam uns com os outros. Membros da Aliança que não estão em nenhuma das duas posições e os civis se vestem em roupas formais. Haven passa a mão pelo viés bordado de sua chuba, herança de um dos períodos que o pai passou no Tibete, que foi dada a Haven quando este partiu para a Aliança.

Gritinhos se sobressaem à música e Haven se vira para ver o homem alto e atraente que causou a comoção. Com um terno de veludo vinho e o cabelo preto penteado para trás, ele se desloca com facilidade entre o grande grupo de admiradores. Como Moisés abrindo o Mar Vermelho de pessoas à frente dele. Haven o reconhece vagamente, talvez de algum anúncio ou série. É possível ver o sinal de uma antiga cicatriz na bochecha dele, a linha se destaca na pele marrom. Quando o homem sorri ostensivamente, uma pessoa com uniforme escolar da Aliança suspira e cai nos braços dos amigos. Uma bufada incrédula escapa da boca de Haven.

— Haven! Você conseguiu!

A voz alegre corta o barulho, inegavelmente afetada pelo álcool. A capitã Song, corada da bebida, anda na direção dele, segurando dois copos de forma magistral.

— Dangyeol, capitã Song — diz Haven para recepcioná-la. A situação fica um pouco constrangedora quando ele faz isso.

— Ah, não precisa disso. Estamos aqui para nos *divertir*. Não é maravilhoso? Todo ano, eles não economizam. — Ela passa um dos copos para ele e percebe que Haven já está segurando uma bebida. — É bom que sobra mais para mim.

A capitã ri e bebe um dos copos de uma vez. Quando ela o coloca na mesa, é possível ver a marca vermelha do batom na borda. O uniforme de oficial que ela usa tem quatro diamantes acima do bordado CAP SONG do lado esquerdo, onde fica o coração. Os diamantes brilham, e sua cintilância é mais afiada do que suas pontas.

— Beba com sua capitã — diz ela ao segurar o outro copo para um brinde. Quando Haven obedece, ela diz: — Ao seu futuro na *Ohneul*. — Haven faz uma careta interna enquanto bebe, o champanhe tão quente quanto suas mãos suadas. — Adoraria que você conhecesse o restante da tripulação enquanto está aqui. Vamos ver se consigo encontrá-los.

Haven se endireita ao perguntar:

— Eles estão aqui?

— Uma delas vai chegar um pouco mais tarde do que eu gostaria. — O rosto da capitã Song se torna sombrio por um momento. — Mas ela vai chegar. — Haven gostaria de saber por que aquilo parece uma ameaça, mas a capitã já colou novamente o sorriso no rosto. — Até lá, talvez eu possa apresentar você a outros oficiais da Aliança. Eles estão interessados em saber...

A capitã olha para além de Haven, e ele não sabe o que seria pior: ela procurar mais uma bandeja de drinques ou um grupo de oficiais, mas a expressão da capitã congela.

— Capitã Song? — diz ele.

Haven tenta se virar, mas a capitã segura seu braço. Ele se endireita e se desvencilha dela, antes que possa pensar em como isso poderia ofendê-la.

Ela não nota. Em vez disso, diz:

— Como você chegou aqui?

Um homem de smoking se aproxima. Também segura um drinque e, enquanto ele balança o copo, Haven percebe que o primeiro botão da camisa está torto, fazendo com que o tecido também fique.

— Que falta de educação, Dae — diz o homem.

A capitã passa a mão pelos cabelos firmemente trançados e olha de Haven para o homem.

— Desculpe, Haven. Este é... bem, ele é um cliente. Precisamos falar de negócios.

— Ah, claro — responde Haven. — Senhor, meu nome é Haven Sasani e faço parte da *Ohneul* como...

— Está ótimo, Haven — interrompe a capitã. — Não precisa... Quer dizer...

As orelhas de Haven queimam enquanto a capitã se enrola.

— Entendi — responde ele, educadamente. — Me atrapalhei.

O homem parece estar se divertindo com o próprio desdém pelo outro. Haven consegue controlar a vontade de verificar se seu colarinho está torto. O instinto o deixa com calor e nauseado.

— Ah, Haven, não se preocupe. — A capitã Song abre um sorriso trêmulo e amplo. — Por que não aproveita a festa? Não é uma noite para você pensar em negócios. Nos dê licença.

Ela empurra o homem para longe, como se estivesse ansiosa para afastar-se de Haven. Eles vão até uma alcova um pouco escondida, ainda que Haven consiga ver a expressão séria da capitã, já não mais disfarçada por gentilezas cordiais. Ele deveria deixar para lá, comer alguma coisa, mas continua a encará-los. Depois de alguns minutos, outra pessoa se junta a eles. Haven se vira para ver se a capitã vai dispensar o visitante, mas hesita.

Ela deixa o drinque na mesa e começa a caminhar. Mesmo de lado, percebe algo na postura dela, o cabelo, a forma como levanta a mão para saudar a capitã. Ao se aproximar, Haven quase não percebe o homem sair, ou como o rosto da capitã está sombrio. Não percebe o quão próximo está até ouvir a voz da capitã:

— Haven! Chegou bem na hora! Quero que conheça...

A mulher se vira e, como Haven imaginou, é ela, a mulher que ele viu dançando no metrô. Mas, quando ela o encara, ele percebe outra coisa que o assusta.

— *Você* é Ocean Yoon?

A foto dela apareceu no relatório secreto da Aliança que Haven leu em segredo. Uma foto antiga, de quando ela se formou na academia de voo, há anos, com o cabelo mais longo. Talvez tenha sido isso, ou a distância, que o impediu de fazer a conexão na noite passada. Ela também tem uma cicatriz na sobrancelha direita que ele não viu na foto. O cabelo escuro de Yoon está preso, revelando um pescoço longo e gracioso. Os anos a deixaram mais angulosa, mas a bochecha alta e o lábio superior cheio continuam iguais.

— Sinto muito em desapontá-lo.

Os olhos dela parecem ainda mais duros que as palavras, eles o perfuram. Mas logo a atenção de Ocean está em outro lugar. Haven rapidamente segue a direção do olhar dela e vê um terno vinho sendo engolido pela multidão.

Ele começa a dizer:

— Eu...

Yoon o interrompe com uma saudação à capitã.

— Dangyeol, capitã Song. Aproveite o restante da festa.

Ela vai embora, mostrando a insignificância dele sem dizer uma palavra. Haven não pode nem ficar bravo, pois sempre desejou ser incisivo assim.

— Não acredito... Haven, me desculpe! Olha, Ocean pode ser a segunda-oficial da *Ohneul*, mas ela é grosseira com todo mundo. Prometo que vou falar com ela sobre isso.

Haven não sabe como responder à capitã. Tenta engolir algumas vezes, mas a boca está seca demais. Não era assim que ele queria conhecer Yoon.

De repente, a música para, e o palco no meio do salão se ilumina. De princípio, Haven não consegue se concentrar e só presta atenção quando o mestre de cerimônias diz:

— Por favor, deem as boas-vindas a Ajay Anand, um dos generosos patrocinadores do evento de hoje e da futura embaixada Seonbi em Marte.

O salão aplaude enquanto o homem alto e confiante, com saudáveis bigodes, sobe no palco seguido de seu time, nenhum deles de uniforme. Ajay Anand, chefe da Anand Tech. Haven já viu esse nome estampado em diversos equipamentos da Aliança.

— Muito obrigado. Estou especialmente orgulhoso de estar aqui esta noite, já que...

Uma mulher que estava atrás dele se apressa para a frente, e Ajay se cala, colocando a mão sobre o microfone enquanto ela sussurra algo em seu ouvido. Ele franze a testa e olha para trás, depois encara a multidão. Diz algo para o belo homem parado ao seu lado, que parece uma versão mais jovem dele. O mesmo carisma liga os dois e o homem de terno vinho que Haven pensou ser uma celebridade... Os três devem ser parentes. Em resposta a Ajay, o homem franze o rosto e esfrega a testa com dois dedos, irritado.

Ajay Anand se volta ao microfone mais uma vez.

— Como estava dizendo, obrigado a todos pelas boas-vindas. Durante anos nossa parceria, da Anand Tech com a Aliança, tem sido próxima, e estou particularmente feliz em apoiar essa próxima viagem a Marte, para onde a Aliança vai levar os Seonbi. Manter boas relações significa promover encontros e trocas de ideias constantes, e estou feliz em ver que a embaixada Seonbi vai nos representar com tanta honra quanto representa o passado e o futuro da Coreia.

Haven sempre gostou da ideia de que precisamos entender de onde viemos para saber para onde vamos. Os Seonbi gozam de status neutro na Coreia, para além de política e de ganhos próprios. São estudiosos dedicados a preservar a rica história do país e que levam vidas íntegras; a possibilidade de estudar com eles já atraiu muito Haven. Infelizmente, descobriu que eram uma entidade em teoria separada da Aliança. E nada além da Aliança deixaria o pai de Haven satisfeito.

Ajay Anand, tendo se recuperado rapidamente da interrupção, continua com o discurso, mas Haven conhece muito bem a expressão que ele tenta esconder. É familiar demais para que não reconheça — decepção, não apenas com seu filho, mas também com ele próprio por ter esperado algo diferente.

Por um triz, Teo consegue escapar sem ser reconhecido e pega a rota comum para o supermercado americano. Quando chega, ela já está esperando, em frente aos anúncios volantes da loja de conveniência: anúncios de aulas da Aliança, inscrições para o futebol intramural, promoção de duas cebolinhas pelo preço de uma. O monitor pisca e se transforma em um enorme pôster de Phoenix. Ninguém diria que é uma foto tirada na prisão e que anuncia o prêmio dado a quem capturar o saqueador. Ele posa com um sorrisinho confiante, o cabelo dourado está bagunçado no limite entre não-me-importo e poderia-arrumar-para-mim? Donna, a segunda-oficial da *Scadufax*, tem um pôster impresso com essa mesma foto no quarto dela na nave. Contudo, algo de atrevido demais, confiante demais na própria beleza, habita aquele sorriso. Não que Teo possa falar muito.

A tela muda para um anúncio menor de Kim Minwoo implorando. Teo suspira, ela olha para ele.

— Você está atrasado. E foi ideia sua sair da festa — diz Ocean.

— Você estava desesperada por uma desculpa para ir embora, beija-flor.

Ela poderia ser desenhada usando apenas linhas retas: postura impecável, cicatriz na sobrancelha, corte de cabelo no estilo flapper. Até a pálpebra sem dobras poderia ser esculpida em pedra. Mas enquanto Teo fala, os olhos castanho-escuros se suavizam e o canto esquerdo da boca de Ocean sobe um pouquinho, desfazendo a simetria habitual.

— Estava muito nítido? — pergunta ela.

— Seu nojo era palpável até do outro lado do salão.

— Estou surpresa que você tenha reparado em algo além da sua nuvem de consortes.

Tirando a cicatriz, Ocean tem a pele perfeita, fruto de uma estrita rotina noturna de cuidados que Teo testemunhou várias vezes. Provavelmente ela terá esse mesmo rosto até algum dia na casa dos sessenta, quando vai acordar como uma maga que esqueceu de beber sua dose diária do sangue de uma virgem. Seria generoso chamar o vestido dela de ultrapassado. Obviamente ele vem dos anos que passou na Sav-Faire, onde treinou para ser discretamente charmosa e não seguir a moda. Teo já desenhou diversas roupas para Ocean, roupas que ele adoraria produzir, mas ela recusou todas injustamente, dizendo que eram aparecidas demais.

— Eu realmente gostaria... — começa ele.

— Não. — Ela viu para onde foram os olhos dele e já corta a conversa.

Ocean se aproxima da porta e pressiona a palma da mão no painel que fica na altura de sua cintura. Ele a identifica como YOON OCEAN antes de deixá-la seguir em frente. Teo faz o mesmo, e o nome ANAND TEOPHILUS aparece na tela. Ele pega um carrinho. Como suspeitava, e esperava, o único som no supermercado abandonado é a música do Muzak.

— Procurando alguma coisa específica? — pergunta Ocean ao empurrar o próprio carrinho.

— Só lanches para o caminho. Vamos viajar semana que vem para a cerimônia de lançamento em Artemis.

— Cerimônia de lançamento?

— Vamos escoltar a embaixada Seonbi até Marte, lembra? — Teo explica.

— Para relações interplanetárias?

— Estamos passando por problemas com Marte?

Teo para o carrinho no meio do corredor e Ocean aproveita a oportunidade para examinar os pacotes de cereal na frente deles. Ele respira fundo, pronto para explicar a história tensa de Marte e talvez até citar aquela matéria descolada que leu na semana anterior na AllianceVision, "Marte: uma independência educada", mas Ocean já está com a expressão que diz: *Vou fingir que estou escutando, mas só porque sou sua amiga.*

— Sua pestinha. — Teo dá um peteleco na cabeça dela. — Tem certeza de que estudou para ser diplomata?

— Existe um motivo para eu ter desistido da Sav-Faire. — Ocean analisa os pacotes com cuidado. Assim como Teo, prefere que estejam sem defeitos, e por isso costuma pegar os do fundo da prateleira.

Teo tem uma suspeita bastante justificada de que seu pai mexeu alguns pauzinhos para que o grupo dele fosse selecionado para a missão. Provavelmente vai ser mencionado no discurso desta noite, fazendo com que ele se sinta mortificado por Teo não estar na plateia com olhos encantados. Teo não faz o tipo humilde e acanhado.

— É tudo um grande golpe de marketing, sabe. Uma grande comoção por estarmos escolhendo os Seonbi. Mais importante ainda, eles ganharam trajes espaciais desenhados por Yi Jeong, e essa vai ser a primeira viagem com eles.

— Achei.

Teo ignora.

— São feitos de neoprene branco e fazem referência ao período Joseon da história do *seu* país. — Teo já viu alguns desenhos e modelos. É incrível a forma como Yi Jeong integrou a graça velada dos etéreos robes tradicionais Seonbi aos trajes espaciais. Ela até desenhou os capacetes na forma de chapéus heungnip semitransparentes. — Você está prestando atenção?

— Claro.

Ocean coloca no carrinho de Teo o produto que esteve examinando, e ele é temporariamente apaziguado pelas embalagens perfeitas de seus cereais favoritos, Anéis de Saturno e Cinturões de Asteroide com marshmallows. Teo empurra o carrinho para alcançá-la, dobrando o corpo ao virar a esquina do corredor.

— Como foi na sua casa?

— Foi... tudo bem. O de sempre.

Tudo bem. Aham. Claro. Quando se conheceram, Teo apelidou Ocean de "Tudobem", já que era assim que ela respondia a todas as perguntas. Não foi a ideia mais inovadora, mas também não era o pior apelido que ele poderia inventar.

Mas os dois não falam sobre isso. Lidar com Ocean é como tentar fazer carinho em um gato. É preciso fingir completo desinteresse e deixar a porta encostada para que ela abra quando quiser.

— Visitei Hajoon. Dei soju para ele. É um ouvinte melhor que meus pais — diz Ocean.

— Tenho certeza de que ele ficou feliz. Vocês foram nadar?

Os ombros de Ocean se levantam antes que ela consiga forçosamente fazê-los voltarem ao lugar.

— Não.

Teo pega uma caixa de leite de banana da prateleira mais alta para Ocean. Depois coloca mais uma caixa de leite 2% no carrinho dela.

— Osteoporose afeta mais mulheres do que homens — diz ele quando Ocean o encara. — Você deveria tomar os remédios que sua mãe mandou.

Ocean sorri.

— Como você sabe?

— Sua mãe sempre dá um monte de suplementos para você. — As malas de Ocean estão sempre cheias quando volta de Marado. Algumas pessoas podem trocar afeto com abraços e beijos, a mãe de Ocean o faz com cápsulas de vitamina D. — Vai pegar Choco Pies pro Vonderbar?

— Algumas caixas.

Eles andam pelos corredores em agradável silêncio, apenas um pouco mais rápido que uma lesma. E é só depois de chegarem a um corredor mais para a frente, depois de Teo se agachar para debater se escolhe fusilli ou ziti, que ele diz, casualmente:

— Você quer conversar? Sobre Adama? — Ele balança uma caixa ao acaso, como se estivesse testando algo, mas na verdade está dando a Ocean uma desculpa para fingir que não ouviu o que ele disse.

Ocean coloca uma mão no próprio ombro e, depois de um tempo, responde:

— Fiquei mal por Liesl. Isso é estranho?

Teo encara a caixa de macarrão cabelo de anjo e diz:

— Só é estranho se você ficar pensando muito sobre ser ou não estranho.

Teo fica sabendo sobre a vida de Ocean através de fofocas da Aliança, e é mais rápido do que perguntar diretamente a ela. Os relacionamentos dela costumam durar, mas não devido a qualquer esforço da parte dela. Ele entende o desejo de Adama de despertar alguma coisa nela — raiva, paixão —, qualquer coisa além do tudo bem, aham, claro. Não que ele aprove a atitude de Adama. Mas não é a primeira vez que Teo se pergunta quanto tempo Ocean vai continuar na Aliança. Quanto tempo vai continuar no limbo emocional em que se encontra. Como sempre, o pensamento queima no peito dele, como carvão. Ocean poderia facilmente encontrar um emprego em outro programa espacial, mesmo com os antecedentes dela. Os russos fariam de tudo para aceitá-la, mas nada seria como a Aliança.

Teo estende a mão e ela o ajuda a levantar. Vai fazer ravioli; dá mais saciedade.

— Fiquei sabendo por Declan que você não viu o discurso do seu pai — diz Ocean.

— Meu velho vai superar. — Teo não pergunta como o irmão mais velho sabia; Declan sempre teve boa intuição para as travessuras de Teo. Ele consegue ouvir Ocean nutrindo o pensamento seguinte. O problema não é ele faltar ao discurso, é *com quem* ele está enquanto faz isso. Teo balança a cabeça. — Quem vai ficar sabendo? Todo mundo está na festa, inclusive o filho favorito do meu pai.

Ocean faz uma careta.

— Espero que tenha razão, porque, ao contrário de você, *eu* tenho uma reputação a zelar. — Teo tenta dar um peteleco nela, mas Ocean se inclina sobre o carrinho e o empurra com o pé, como se estivesse andando de hover. — *Você* quer conversar? — pergunta ela.

— Querido diário — começa ele. — Sou eu de novo, o filho favorito do Sistema Solar, o que se sai bem. — Ele para de brincar e coça a testa. — Às vezes, é melhor criar novos problemas com os quais o meu pai possa se preocupar do que pedir desculpa por algo que fiz há muito tempo. — O carrinho de Ocean para quando ela salta, esperando que Teo a alcance. — Não posso ser isso para sempre — diz ele, aproximando-se.

Ocean olha para ele e sorri.

— Por que não? Eu gosto de você assim.

Teo sente um aperto no peito que pode levá-lo a chorar, mas em vez disso pega um saco de Jolly Pong da prateleira e coloca no carrinho de Ocean. Eles fazem uma parada no corredor dos refrigerantes, mas, como sempre, um vazio ocupa o lugar onde deveria estar o refrigerante de lichia.

— Esgotado. De novo.

— É melhor desistir — diz Teo. — Só tem um lugar para comprar isso.

— Por que você não me conta?

— Vou levar essa informação para o meu túmulo.

Eles pagam as compras para o solitário atendente. É um mundo, um Sistema Solar na verdade, onde quase todas as transações acontecem por aproximação, automaticamente. A não ser na Coreia. Onde sempre existe alguém na porta para dar as boas-vindas, pessoas vindo encher o tanque de combustível, e mesmo aqui, em um mercadinho que atende apenas o dormitório da Aliança, é um ser humano que os atende. *Honra em servir.* O lema da Aliança.

Os dois pegam as compras e levam para um pequeno deque atrás da loja. Teo os direciona a um banco específico que fica entre duas câmeras, ao qual chama de "ponto cego de ruído branco". A lâmpada acima emite um zumbido de inseto e eles ficam fora do alcance de ambas as câmeras de segurança. Um vento quente os recepciona. O deque está vazio, as cadeiras de plástico viradas em cima das mesas. Ocean e Teo furam a tampinha de metal do Yakult com um canudinho e depois brindam com um geonbae.

— Você sabe por que nunca vão mudar estas embalagens? — pergunta Teo.

— Hã?

— Latas. Garrafas. Estes potinhos de Yakult. Sabe por que sempre vão continuar iguais? — Ele espera. — É por conta do barulho do canudinho. O *plop*. É o melhor barulho do mundo, e tem algo... visceral nele. Como uma lembrança que nos foi transmitida através de gerações para liberar o ponto de prazer do cérebro. — Teo bate de leve na cabeça de Ocean com o Yakult dele. — É a mesma coisa de quando você sente o perfume de alguém e pensa *Ah*, e sente uma nostalgia ou algo agridoce. Sabe?

— Alguém que você amou em vidas passadas? De quem não consegue se lembrar? — pergunta Ocean. As pernas dela estão dobradas sobre o banco enquanto os dois observam Seul.

— Ou alguém desta vida de quem não lembro.

— Ainda seria outra vida. Você é uma pessoa diferente agora comparado àquela época.

— Injeong.

Eles ficam em silêncio por um tempo. Ocean balança outro Yakult e fura a tampinha.

— Ocean?

— Uhm?

— Estar aqui é tão melhor do que ouvir o discurso do meu pai.
— Isso deveria ser um elogio?
— É, acho que sim.

QUATRO

O característico aroma mofado da *Ohneul* é uma mistura de ar reciclado e fedor biológico persistente. Diferente da última vez em que esteve aqui, porém, as luzes já estão acesas quando Ocean entra.

À esquerda, um barulho e o murmúrio de *shibal* de Dae vêm da cabine, mas Ocean passa direto. A nave é curva, então a estufa que fica na parte da frente é o ponto de encontro entre os dois pavimentos. É para lá que está indo, mas observa luz adentrando o corredor, vinda da enfermaria. Ocean pega em sua mochila a sacola de tangerinas que trouxe e para na porta.

Entrar na enfermaria sempre foi como entrar em uma dimensão invertida, com aroma acre de ervas e prateleiras cheias de cacarecos. Mas agora tudo está limpo, só restam um tapete e um par de botas em frente a ela, além dos biombos que separam a entrada da sala principal. Uma cama nova de enfermaria está com os lençóis dobrados com tal precisão que podem cortar alguém.

Ao lado, um estranho está sentado à longa mesa. Mais trinta ou quarenta anos e seria Gremio. Está de cabeça baixa e pés descalços. São pés ágeis, com linhas fortes. Pés de dançarino. Ele levanta a cabeça e Ocean reconhece os olhos com pálpebras marcadas e pele pálida. O cabelo preto caindo na testa. É o homem com quem ela falou brevemente na festa. Está usando o macacão da *Ohneul* e o nome SASANI está bordado no peito, mas isso não significa nada para Ocean. O homem pigarreia e se levanta. Se ela já não o tivesse reconhecido, a graça inconsciente dele o teria denunciado. Ocean jamais esqueceria a elegância teatral daquele esticar de dedos. Ela precisa levantar a cabeça quando ele se aproxima, e por isso o queixo dele se levanta ainda mais, como em desafio.

— Segunda-oficial Yoon — diz ele. A voz é baixa, o sotaque a faz se perguntar de onde ele é. — Posso ajudar?

Ela tenta tomar pé da situação. A porta que leva ao quarto de Gremio está aberta, e o espaço também mudou.

— Você é novo aqui? — É o que consegue perguntar. O semblante dele se fecha, as sobrancelhas se juntando. Elas fazem surgir uma linha totalmente vertical, tão sólida que Ocean se surpreende por não se formar um buraco ali.

— Acredito que a capitã Song tentou nos apresentar ontem.

— Ah, sim — diz ela, com dificuldade.

Ainda faltam alguns anos para a aposentadoria de Gremio, e ele com certeza contaria a Ocean se estivesse doente ou algo assim. Mas o novato olha para o lado e esfrega o que Ocean agora entende ser um undercut. Entre os delicados ossos da nuca, duas penas adornam a pele, aparecendo por baixo da camiseta.

Ela vai estrangular Dae com as próprias mãos. Ocean não consegue evitar sua expressão antes que o homem veja, uma expressão de morte. O rosto dele se retesa enquanto baixa a mão. Não é culpa dele, e Ocean tenta engolir a raiva. O amargor na boca se dissolve quando olha, com dificuldade, para a sacola de tangerinas da ilha Jeju que está segurando. Eram para Gremio, já que ele ama essa fruta, mas ele não vai aproveitá-las tão cedo. Ocean estende a sacola como uma oferta de paz.

— Quer um pouco de tangerina? É uma das coisas mais famosas de Jejudo.

Ele encara a sacola com frieza e responde:

— Não gosto de frutas cítricas.

Ocean percebe que levantou as próprias sobrancelhas.

— Claro. Tudo bem. Então... você é o médico novo?

— Sou. Haven Sasani.

— Sasani, você já fez um tour pela *Ohneul*?

Ocean consegue contar os segundos que levam para que receba a resposta monocórdica e começa a se perguntar se conseguir respostas dele vai ser sempre como extrair um dente.

— Não.

— Bem, vamos lá, Haven Sasani que não gosta de frutas cítricas. Vou mostrar tudo para você antes de partirmos.

Haven não consegue acreditar que acabou de falar mal de frutas cítricas.

Mas o rosto de Yoon revelou o nojo que sentiu ao ver a tatuagem. Ela *sabe*. E ela já o detesta. Esperava que ele dissesse "Sim, obrigado" e tentasse pegar as tangerinas só para que ela recuasse com medo de que ele tocasse sua pele? Ele vai precisar se lembrar de que não gosta de frutas cítricas pelo restante do tempo que passar aqui. Enquanto cataloga mentalmente quais frutas entram na categoria, consegue ver Yoon de soslaio. Segunda-oficial da *Ohneul* e piloto. Ela parece tão... despretensiosa, talvez por ainda não estar de uniforme. O único momento em que ela pareceu desperta foi quando atingiu aquele ponto de raiva que o dilacerou mais cedo, mas isso ela também escondeu.

— Vamos começar pela estufa. — Yoon abre a porta e Haven sente o cheiro de vida de imediato. O aroma pungente e refrescante de eucalipto toma conta dele, entrando nos poros. Um segundo é suficiente para que as mãos dele suem. Haven abre caminho entre as folhas verdes. As cortinas ainda não foram fechadas, então a luz entra pelo teto e pelas paredes de vidro. Yoon se apoia no parapeito da plataforma. Potes de vidro enchem a mesa no centro da sala, disputando espaço com os microscópios e um tablete aberto. Uma figura se estende na cama de campanha ao lado da mesa, os olhos fechados e um livro aberto apoiado no peito. — Dormindo na estufa de novo, Von? — pergunta Yoon.

O homem negro longilíneo se senta, os cabelos saltando, e responde:

— Ocean!

Yoon desce as escadas e o homem se levanta. Está usando o macacão azul-vivo da *Ohneul* e tem o nome KENT bordado sobre o lado esquerdo do peito. Ele vai para a frente a fim de passar os braços em Yoon. Depois de seguir o que parece ser um timer interno, Yoon se desvencilha do abraço de forma gentil, mas firme.

— Von, este é nosso médico novo, Haven Sasani. Sasani, este é Von Kent. Nosso xenobotanista.

Kent é mais baixo que Haven, mas a diferença seria menor se não estivesse corcunda.

— Haven Sasani? Médico novo? — O cabelo com cachos apertados está com frizz devido à umidade e está amassado para o lado. Ele encara Haven por cima dos ombros de Yoon. A cena toda se desenrola em câmera lenta: o rosto de Kent se ilumina e ele abre os braços. — Bem-vindo!

Haven só tem tempo de soltar um "Ah" antes de Yoon jogar duas tangerinas para Kent, que as pega.

— Pensa rápido, Von — diz ela.

— Ocean! Você precisa falar isso *antes* de jogar as coisas. — Os dois olhos enluarados de Kent se fixam nas tangerinas. — Lembrancinhas?

Yoon coloca a sacola de tangerinas na mesa. Abre a bolsa que está carregando e tira um pacote.

— Na verdade, esta é sua. De Osulloc.

— Ah, não precisava. — Como se fosse possível, Kent fica ainda mais feliz.

— Não é nada demais — diz ela, disfarçando. — Isto, por outro lado...

— Uau! Para mim? — Kent bate palmas.

Yoon pega uma caixa de Choco Pies e Kent se move para alcançá-la, ansioso. Ele derruba a caixa, que se rasga, deixando que Choco Pies individualmente embalados rolem por aí. Um deles vai até o pé de Haven. Kent e Ocean estão agachados tentando recuperar os doces, e Haven começa a fazer o mesmo, mas para. Se ele pegar um, é capaz de jogarem fora por ter sido tocado por ele. Se não pegar, vão achar que ele é grosseiro por não ajudar. Haven está analisando os prós e os contras de esconder o pacote e destruir a evidência, mas Kent já o alcançou. Ele se levanta com os doces na mão, um sorriso luminoso no rosto.

— Não foi muito simpático da parte dela, Haven? Juro, Ocean é *muito* mais doce do que parece. Também achei que ela fosse assustadora quando a conheci na *Hadouken*.

— Na *Hadouken*?

Yoon fecha a cara quando a voz de Haven falha, e ele se esforça para que o semblante volte a mostrar algo que ele espera parecer educado.

Kent ri.

— É, nome estranho, né? Nosso capitão gostava de videogames antigos. Até tínhamos um fliperama na sala comunal.

O nome de Kent não estava no relatório que Haven leu sobre a *Hadouken*, mas a maior parte dos nomes foi omitida. Na verdade, apenas o de Yoon não foi. E aquele pequeno relatório, quase enterrado no esquecimento, foi o motivo pelo qual Haven se inscreveu para a *Ohneul*.

— Quer um chá? — Kent segura um pacote trazido por Yoon, e Haven consegue ver as folhas de chá dentro do saquinho semitransparente. — Haven, Osulloc é uma fazenda de chá maravilhosa em Jejudo. O chá de pedra vulcânica é divino. Depois de terminarmos, se quiser, posso contar a você sobre as minhas *algas*.

Kent insere tanto orgulho e esperança na última palavra que dizer não seria como cortar a pipa de uma criança em pedaços bem na frente dela, mas felizmente Yoon se coloca entre os dois com a sacola de tangerinas.

— Acho melhor fazer isso depois, Von. Preciso terminar de mostrar as coisas para Sasani. — Yoon segura algumas tangerinas. — Vou levar estas aqui para Maggie, ok? — Quando estão no topo da escada, fora da estufa, ela diz: — Von adoraria tomar chá com você qualquer hora. E prometo que não precisa conversar sobre algas. Pelo menos não o tempo todo.

Haven observa Yoon à procura dos sinais de nojo que vira anteriormente.

— Não preciso de nenhum favor — diz ele, duro.

— Como quiser, Sasani. — Os olhos de Yoon são castanho-claros e expressam brincadeira. Quando ela e Haven passam pela enfermaria, Yoon bate na porta oposta e depois a escancara. Agora é o som que assalta Haven, e não o cheiro. Tinidos altos e um refrão rebombam das caixas de som no alto, reverberando como se o espaço fosse um anfiteatro. Vários veículos e gadgets em diferentes graus de desmembramento estão jogados pela área.

— Maggie! — grita Yoon.

O barulho cessa e uma cabeça aparece por trás de uma pequena máquina. Atrás da cabeça aparece uma... cauda? A pessoa sai de perto da máquina e vem até eles em um hover, desviando do que aparece no caminho. À medida que ela se aproxima, Haven vê que a cauda balançando é algum tipo de apêndice mecânico preso aos quadris.

— Ei! — diz ela.

— O que é hoje? — Yoon aponta para cima.

— Canto gregoriano. — A mecânica inclina a cabeça enquanto eles ouvem por um momento a resposta entre um tenor e o coro. Ela é atarracada, com pele bronzeada e cabelo loiro preso em um coque bagunçado. As mangas do uniforme estão arregaçadas, exibindo estrias e queimaduras nos braços. As joelheiras são pretas e os óculos de proteção estão no topo de sua cabeça. — Quem é você? — pergunta para Haven.

— Médico novo — explica Yoon. — Haven Sasani. Esta é a nossa mecânica, engenheira e ocasional cozinheira, Maggie Thierry.

— Médico novo? O que aconteceu com Gremio? — Ela estende a mão para cumprimentar Haven.

Ele hesita, mas, antes que possa decidir o que fazer, Yoon se coloca entre eles, interceptando o aperto de mão como se fosse para ela. Então ele não estava imaginando coisas; ela está evitando que a tripulação o toque. Deveria ter esperado por isso, mas só porque conhece o sabor da vergonha não significa que ele goste. Thierry olha de modo confuso para Yoon enquanto elas apertam as mãos.

— Ahn... Ocean? — A mecânica olha para Haven e tira a mão do aperto de Yoon, se aproximando dele no hover. Haven sente uma vontade enorme de esconder o pescoço, mas se contém. Ela pergunta: — Ah, droga. Mea culpa. Você é mortemiano?

Os músculos de Haven se solidificam, mesmo que se esforce para não ficar tenso. Ele espera que Thierry se afaste, que limpe as mãos que nem sequer o tocaram. Haven olha para Yoon, mas ela não está olhando para ele.

— Maggie — diz Yoon, em tom de aviso.

— Como é isso? — Thierry vai de hover até ficar de frente para Haven, o semblante explodindo de curiosidade. — De onde você é?

— De Prometeu — é o que ele consegue responder.

Ela faz a prancha parar e o encara. Haven percebe que está tenso de novo, uma reação instintiva, não importa o quanto ele esteja acostumado a esse tipo de coisa. Quando era bem novo, ficava deitado embaixo do sol, tentando fazer com que sua pele mudasse de cor, como se isso fosse fazer diferença. Tudo o que conseguia era um tom vermelho vivo e dolorido. Depois, enquanto passava aloe vera na pele do filho, o pai dele falava: "Sua pele é igual à da sua mãe", como se não percebesse que isso doía mais do que a queimadura do sol.

— Ah, você deve ser muito devoto. O que está fazendo aqui? Ah! Está no meio do rumspringa?

— Rum... o quê?

— Ah, o período de jornada para transformação adulta? Ou você já *saiu*? Adoraria conversar com você sobre isso. Você me mostraria a tatuagem? Por que ela fica nas costas? Até onde vai?

Em um movimento reflexo, Haven aperta o próprio ombro.

— Maggie — chama Yoon. — Normalmente você precisa conhecer uma pessoa por mais de alguns segundos antes de pedir para ela tirar a camiseta.

— Injeong. A não ser que envolva dinheiro. — Thierry ignora um boquiaberto Haven e continua. — Só para você saber, Haven, tenho três esposas e um marido em Vênus. Vamos abrir um restaurante quando eu acabar meu período na Aliança. Foi por isso que assinei o contrato, sabe. Queria experimentar as diferentes comidas e culturas do Sistema Solar.

— Ah, isso me lembra... — Yoon mexe mais uma vez na bolsa e pega potes de vidro cheios de uma substância brilhante vermelha. Ela entrega tudo para Thierry, junto das tangerinas restantes.

— Ah-ssah! — comemora Thierry. — Kimchi da sua mãe?

— Ela fez especialmente para você.

A bolsa de Yoon parece vazia agora, e Haven se lembra de como ela pareceu surpresa quando eles se encontraram na enfermaria, a sacola de tangerinas caindo. Ela trouxe um presente para cada um na nave. Haven tinha a impressão de que, tirando a capitã e a segunda-oficial, os outros cargos eram sempre ocupados por pessoas novas. Mas Gremio devia ser o médico antigo, e todos pareciam surpresos por ele ter ido embora. É pouco provável que ele tenha sido mandado embora por algum incidente, então por que... Haven para de pensar naquilo, seu peito já está apertado. *Ele* foi o incidente. Ele tirou o emprego de outra pessoa.

— Então — diz Yoon. — Maggie consegue lidar com qualquer coisa eletrônica ou mecânica, ou, sabe, se você quiser que alguém monte uma playlist, ela também consegue. Vai apresentar a cozinha para você depois. É o domínio dela. — Yoon faz uma pausa. — Quer dizer, a não ser que você ache que não pode aceitar nem esse favor.

O rosto de Haven está quente, mas Thierry dá meia-volta sem parecer ter prestado atenção em nada, a prancha brilhando.

— Passe aqui a hora que quiser.

— Vou levar ele para a cabine agora.

— Você já conheceu Dae, certo? — pergunta Thierry para Haven.

— A capitã Song?

— Ah, tenho certeza de que ela ama ouvir isso. — Thierry plana de volta à estação de trabalho e se enfia atrás dos tubos contorcidos de metal. — Não se esqueça, Haven! Quero saber tudo sobre a sua vida!

Quando os dois estão novamente sozinhos no corredor, a porta se fecha, selando todo o barulho. Haven resiste à vontade de se apoiar contra a porta.

Yoon já está andando para longe quando Haven consegue se alinhar o bastante para falar.

— Você sabia. Que eu sou mortemiano.

— Eu vi a sua tatuagem.

Claro.

— E evitou que seus amigos me tocassem.

A voz dele sai sem qualquer entonação, e Haven se pergunta o motivo de estar sendo tão chato. Ele nunca fez isso, nem quando o vendedor o chamou de Mãos da Morte, nem no primeiro dia de treinamento quando o seu colega de quarto ficou lívido ao saber sobre a divisão dos dormitórios. Haven não consegue ler a expressão de Yoon.

— Toda pessoa tem seus limites, Sasani. Estava tentando respeitar os seus.

— Entendo. — Mas ele não entendia. — Também vi a sua tatuagem.

A mão direita de Yoon convulsiona, e o leve movimento passaria despercebido se ela não estivesse tão parada.

— É velha.

— O que significa?

— Toda tatuagem precisa de um significado? — A pergunta soa cansada. Uma geada congela tudo ao redor dele. Yoon bate a mão direita no ombro. — A grua era meu símbolo em Yong.

Yong, a academia de pilotos da Aliança. Também existem a Unidade Bangpae e a Escola Horangi de Oficiais. As centenas de naves que formam a Aliança são divididas em designações distintas, algumas mais militarizadas que outras, como a *Ohneul*, que servem de transporte. E isso permite que pessoas como Thierry e Haven façam parte da tripulação ou apenas de uma missão, mesmo sem terem treinado com a Aliança. O próprio Haven só precisou do mínimo de treinamento espacial para conseguir a qualificação que lhe permitiu se inscrever. O salário é bom, a experiência chama atenção no currículo e você ainda acaba conhecendo muito do espaço. Ainda que não seja por esses motivos que ele esteja aqui.

— Vamos, a próxima parada é a cabine.

Yoon continua pelo corredor até entrar no próximo destino. Dentro da cabine, a capitã Song está parada atrás de um assento do painel principal. O longo cabelo preto está preso do jeito costumeiro: uma trança enrolada em um coque no topo da cabeça.

— Ah, Haven! Ocean finalmente começou a ser educada?

Assim como Thierry, Song estende a mão para um cumprimento. Haven espera que Yoon interfira mais uma vez. Se ele não estivesse prestando atenção, não teria captado a breve hesitação antes de Yoon finalmente baixar a cabeça, deixando que Haven lidasse com a situação. Ele coloca a mão no peito e faz uma reverência, transformando a situação em uma demonstração de subserviência que lhe permite esconder a própria confusão: Yoon disse que respeitava os limites dele, mas deixou que ele se virasse na frente da capitã. Felizmente, a capitã Song desvia o assunto.

— Ocean. — A palavra vacila, assim como o sorriso da capitã. — Obrigada por trazer Haven para a minha cabine. Posso assumir daqui.

Depois de uma minúscula pausa, Yoon, em uma imitação perfeita do gesto de Haven, faz uma reverência com a mão no peito. Ela não se incomoda em dizer nada a ele, mas, enquanto ela se vira, Haven percebe a zombaria em seus olhos. Apenas depois que ela sai, percebe que não a agradeceu por ter lhe mostrado a nave.

— Está se adaptando bem, Haven? — A capitã Song senta-se no banco da frente e indica o outro para ele. Quando Haven se acomoda, sente os pés baterem em algo e, quando olha abaixo do painel, vê três pedais perto do volante. A capitã não tem isso no assento dela, apenas o volante. — Ah, sim. Ocean pediu que Maggie colocasse esses pedais retrô. — A capitã dá um tapinha no ombro direito. — Mas não se sinta intimidado; a nave basicamente voa no piloto automático.

— É mesmo?

A capitã solta uma bufadinha.

— Somos um transporte de Classe 4. Conseguimos nos juntar a pequenos times e os transportamos até o destino desejado. Não estamos manobrando para fugir de pilotos inimigos nem enfrentando cinturões de asteroides. Eu poderia colocar tudo no piloto automático e a nave faria o trabalho igualmente bem. — Ela franze o cenho e murmura: — E é óbvio que todo aquele papo sobre as habilidades dela é balela. Perdi muito dinheiro por causa dela.

Uma nuvem sombria se apossa do semblante da capitã, e Haven educadamente diz:

— Capitã Song?

— Espero que ela não tenha obrigado você a fazer um tour depois que eu já tinha feito isso. Já viu como ela pode ser grosseira.

Yoon não o tinha forçado a nada. Ele apenas disse não quando ela perguntou se ele já tinha conhecido a nave. A capitã mostrou tudo para ele, inclusive os quartos no andar inferior, a copa e a cozinha, que supostamente era o domínio de Thierry. Ela disse o que ele deveria fazer em caso de emergência, onde encontrar suprimentos e cápsulas de fuga. Até mostrou esta cabine, apontando para um pedaço de papel — incrivelmente colado com fita adesiva ao lado do painel — com os números do quartel e do suporte técnico da Aliança e o número de identificação da nave com dez dígitos (que outras naves precisavam ter para se conectar a ela). Mas o tour de Yoon trouxe componentes extremamente diferentes.

— Já que sou novato, achei que não faria mal olhar a nave mais uma vez. — É um eufemismo. — Ela foi bastante educada.

A capitã relaxa no banco.

— Que bom. Faz anos que Ocean é minha segunda-oficial, mas às vezes é difícil. Algumas coisas não podem ser ensinadas, sabe?

Haven observa os estranhos pedais mais uma vez. A maioria dos veículos é automática atualmente. Mesmo em uma lua distante como Prometeu, é só digitar para onde quer ir no painel e a nave cuida do restante. Quando Haven volta a olhar para a capitã, percebe que ela esteve esperando.

— Pois não, senhora?

A capitã faz um gesto com a mão e diz:

— Não precisa me chamar assim. Você vai descobrir que somos uma nave muito informal, Haven. Também não precisa me chamar de capitã. Pode me chamar de noona. Dae noona está ótimo.

Noona é o honorífico que coreanos usam para falar com mulheres mais velhas, mas Haven percebeu que é muito usado como termo carinhoso entre oficiais da Aliança. De início, ele pensou que era usado apenas com membros de uma mesma família, mas aparentemente não é o caso. Nunca teve nenhuma vontade de chamar alguém de noona, hyeong ou reunsaeng.

A mão da capitã Song está quase tocando o ombro de Haven, e todo o corpo dele se retesa como se uma corrente elétrica o atravessasse. Ela está próxima demais para que ele evite o toque, mas a mão congela no ar quando a capitã vê a expressão de Haven.

— Ou não. Nunca forçaria você a fazer algo assim. — A mão que estava no ar começa a desamassar o uniforme dela. — Como estava dizendo, não se surpreenda se Ocean for fria. Acho que isso é resultado de todos os anos que ela passou na Savoir-Faire.

— A escola para diplomatas? — pergunta Haven, surpreso.

— Isso mesmo. Ela largou tudo um ano antes de se formar. Não é maluco? Ela poderia ter aguentado só mais um ano e... bem, é isso. De qualquer forma, ela ficou lá por tempo demais, eu acho. Eles incentivam a ambição lá. E fazem pouco caso da compaixão. É uma combinação ruim. — A capitã pigarreia. — Mas Ocean é uma parte valiosa desta equipe. Todos somos. Espero que você queira continuar com a *Ohneul* depois desta missão.

Não é possível que ela esteja sendo sincera. A não ser que queira que ele continue por conta do incentivo financeiro.

— Obrigado — responde ele, severo.

— Não precisa agradecer. Esteja de volta para nossa reunião de equipe à uma da tarde. Não vamos demorar muito para sair, então se certifique de ter tudo de que precisa.

— Tem... algo que você gostaria que eu fizesse agora?

— Ahn? — O rosto da capitã se transforma em um sorriso. Os lábios formam um semblante dócil. — Não, não se preocupe comigo. Só faça o que acha que precisa fazer.

A resposta vaga foi feita para que ele se sentisse à vontade, mas tem o efeito contrário. Haven se levanta e faz outra reverência. Isso é ridículo. Desse jeito, ela vai achar que é assim que todo mundo de Prometeu entra e sai dos lugares.

— Obrigado, capitã.

— Não precisa me chamar assim.

Haven se endireita e tenta, tenta mesmo, dizer o que ela quer. Dae noona. São apenas palavras, e por algum motivo a fariam feliz. Ela transmite o tipo de tranquilidade que faria com que outros a chamassem assim. Mas as palavras são como lascas de madeira na boca dele, e Haven sabe que não soariam sinceras. Faz outra reverência breve e sai da cabine.

CINCO

Teo segura um coquetel em um canto dos fundos do Donggam. É para onde ele vai quando quer beber sozinho, um bar silencioso que só se alcança depois de passar pela porta do que parece ser um freezer em uma loja de conveniência. A *Scadufax* vai para a Lua amanhã, e ele está faltando na reunião de orientação. Quer estar nessa reunião ainda menos desde a festa. Depois vai levar jansori do capitão Hong, mas não precisa de mais uma aula sobre os Seonbi, a história deles e o senso antiquado de etiqueta. Basicamente precisam ser tratados como um dos tesouros nacionais da Coreia, e são mesmo.

As pequenas mesas do Donggam desencorajam grandes grupos e o menu traz apenas petiscos individuais. Placas de neon piscam com palavras em hangeul na parede, mas o que Teo mais gosta aqui é da máquina iluminada com luzes cor-de-rosa na qual é possível comprar doces retrô de qualquer infância. Não sabe como conseguem manter o estoque e tem certeza de que muitos já passaram em anos da data de validade, mas ninguém come Novadips com confeitos esperando beneficiar a própria saúde. Teo gosta da idiossincrasia de uma máquina dessas em uma alcova.

O murmúrio baixo de vozes o conforta. Depois de trocar algumas palavras com Kevin no bar, senta-se à sua mesa preferida. Kevin tem bom senso e deixa que ele fique sozinho por um bom tempo. E por isso é tão desagradável quando alguém se senta bem de frente para ele. Teo beberica o drinque, uma invenção de Kevin que, por incrível que pareça, leva curry de coco.

O homem a sua frente não diz nada, sentado na cadeira com os braços esticados dos lados. Ele é alguns anos mais velho que Teo, e é tão pálido que, mesmo na escuridão, parece emitir luz. Os olhos também são pálidos, e as bochechas parecem esculpidas na face angulosa. Um sorriso toma conta dos lábios quando ele olha para Teo.

— Pois não? — diz Teo.

— Ouvi dizer que você sempre vinha aqui — diz o homem.

A voz dele parece ter sido polida para remover qualquer aspereza, um sibilo feito para seduzir. Mais do que as palavras, é a voz que deixa Teo em estado de alerta, ainda que não deixe transparecer.

— É mesmo? — diz Teo.

— Não vai me perguntar como eu sei quem você é?

— Meu bem... — Teo arrasta as palavras e beberica mais um gole. Coloca o copo na mesa e passa a língua devagar pelo lábio superior. — Todo mudo sabe quem eu sou.

O nojo do homem é nítido. Teo consegue identificar a reação com facilidade. Aparentemente, ele pesquisou. Teo duvida que seja um stalker qualquer. Vai saber há quanto tempo tem vindo aqui, ou mesmo se colocou o lugar sob vigilância. A forma como se aproximou de Teo indica lascívia. Muitos motéis povoam a área, e talvez essa seja a intenção dele. Mas, mesmo que Teo esteja acostumado com escândalos — ele é um Anand, afinal de contas —, jamais seria pego em um motel barato.

— Teophilus Anand — diz o homem.

— Muito bem! E agora?

— Tenho uma proposta para você.

— Rápido assim? Você sabe do que eu gosto?

O desprazer do homem está mais escondido agora, mas não o suficiente para passar despercebido. Ele encara o rosto de Teo e depois os ombros. Ele os movimenta languidamente. Não gosta de ninguém que não consegue encarar seus olhos.

— Você está satisfeito com seu papel de vadia dos Anand?

Teo sente os olhos se alargarem antes que consiga controlar a reação.

— Que exagero — diz, com a voz suficientemente calma.

Mas o homem já identificou seu ponto fraco e continua pressionando.

— Acha mesmo? Eles seguram você com dinheiro, com sexo, com... — O homem aponta o drinque na mesa.

— Do que mais as pessoas precisam? — pergunta Teo.

O homem conseguiu pegá-lo de guarda baixa, mas Teo reconhece o brilho naqueles olhos que pensam ter encontrado uma vantagem. A forma como ele observa o rosto e o corpo de Teo em busca de informações é ainda mais reveladora. Casualmente, Teo entrelaça os dedos e apoia os cotovelos na mesa, apoiando o queixo nas mãos. É o suficiente para esconder que está tremendo.

— Poder. Respeito — diz o homem. — Tudo o que seu irmão tem em abundância, eu notei.

Vai falar do irmão, não é? Teo pisca devagar e retruca:

— Claro que Declan tem tudo isso. O que eu faria com essas coisas? Tenho sorte por eles ainda não terem me deserdado.

O homem pensa na resposta.

— Você nunca desejou nada mais?

— Mais? — Teo bufa. — Sou um dos homens mais ricos do Sistema Solar. O que eu faria com mais?

Os olhos do homem analisam Teo, mas ele já aperfeiçoou a própria expressão de tolo. Há anos as pessoas o subestimam, e é melhor deixar que isso continue.

— Sua família entregou você para a Aliança, como se fosse um animal a ser sacrificado — diz o homem. — Mas você não gostaria de se livrar da Aliança? De estar acima deles?

— Ninguém está acima dos coreanos. Por onde você andou no último século? Eles estão mais confiantes do que nunca. Se sobreviveram à reunificação, conseguem sobreviver a qualquer coisa. — Todo mundo acredita que os pais dele o mandaram para a Aliança como um meio de correção, mas foi o próprio Teo que se inscreveu. A Anand Tech se ligou à Aliança de maneira simbólica pouco depois do nascimento de Teo. Haveria forma melhor de consolidar essa ligação? Mas mesmo essa tentativa deu errado.

E agora Teo era apenas mais uma vergonha para o pai, mais uma coisa que precisaria de conserto. — Eles não são maus, e bebem bastante.

— Você realmente é tão insípido assim?

Teo está cansado. Veio até o bar para beber sozinho, não para ser confrontado.

— O que você sabe sobre isso? — questiona Teo, preguiçoso. — Veio para este bar, mas não pediu nenhum drinque porque não tem dinheiro, certo? Está com um terno caro, mas não sabe como se portar nele. A barra da sua calça está longa demais, e o bolso da frente do terno ainda está com a costura. E ainda assim acha que pode me oferecer algo?

Algo quente e perigoso passa pelo rosto do homem. O estômago de Teo se revira. Mas, por fora, ele mantém a arrogância e a ignorância afetada que são sua marca registrada.

— Obrigado, Teophilus — diz o homem ao se levantar. — Você confirmou a opinião que eu tinha sobre você.

— O prazer é meu.

O homem vai embora, deixando Teo desconfortável. Ele beberica seu drinque. Sim, a família o usa. Mas isso não é da conta desse estranho. Afinal de contas, o homem estava planejando fazer o mesmo. Teo não está no clima de ser usado por ninguém além dele mesmo esta noite.

— Vamos levar dois dias para chegar a Sinis-X. Estamos viajando para o portal de distorção Arquimedes, e vamos sair em Galileu, que é mais perto do nosso destino. Sinis-X é uma lua pequena e terraformada.

Dae aponta para a tela, mas Ocean não olha. Dae mandou essa informação há algum tempo, mas Ocean não chegou a ler. Maggie não está nem fingindo prestar atenção. Em vez disso, está gargalhando para um provável vídeo de animais engraçados na AllianceVision. O vídeo também distrai Sasani momentaneamente, ainda que seja perda de tempo tentar entender a falta de reação dele. Dae estala os dedos na direção de Maggie, que pisca e pausa o vídeo.

— Uhm... Dae? — Von fala e cutuca o cotovelo de Ocean. — Você disse que demoraria dois dias?

— É um dia a menos que o tempo normal — diz Maggie, de repente interessada.

— Isso vai depender de Ocean, não é?

Ocean observa a rota que Von mostra.

— Eu consigo. Vamos ter que usar um pouco de energia extra — diz ela, achando que a conversa vai terminar ali.

— Tudo bem. Quero cumprir esse prazo — diz Dae, casualmente. Ocean troca olhares com Maggie e Von. Maggie dá de ombros de forma exagerada e Von franze as sobrancelhas. — Sinis-X faz parte da Série Sinis, como vocês já devem imaginar — continua Dae. — Era conhecido como o planeta tropical deles. — De frente para Ocean, Sasani vacila, mas logo disfarça, movendo os dedos pelo teclado do tablet. É difícil saber se ele se sente ofendido pelo que Dae disse ou pelo vídeo que Maggie voltou a assistir. — Vamos coletar dados e também fazer uma manutenção de rotina nas instalações robóticas. Somos um grupo eclético, mas tenho sido criativa ao conseguir trabalhos que se adequem a nós. — Dae pigarreia. — Pela legislação da Aliança, sou obrigada a lembrar vocês de que esta é uma missão de Classe E, mas independentemente da classificação, A ou F, sempre tomamos o mesmo cuidado e agimos com o mesmo profissionalismo. Entendido?

A *Ohneul* não tem permissão para lidar com nada acima da Classe D, mas Dae não menciona isso.

— Dangyeol, capitã Song! — respondem eles. A saudação total, como sempre, faz a boca de Dae tremer de prazer. Ela acena solenemente com a cabeça.

— Dispensados. Vamos sair à uma e meia.

Todos começam a se mover, mas Ocean espera que os demais saiam. É só então que ela se levanta, braços cruzados enquanto se coloca de frente para Dae. A capitã move a cabeça para o lado, um sorriso incerto ainda nos lábios.

— Ocean, se você quer se desculpar por ontem, eu entendo. Sabe, foi exagero...

— Me diz que não foi pelo dinheiro — interrompe Ocean; a fala é baixa, mas letal.

Dae arregala os olhos, mas consegue se recompor com uma expressão perfeita de inocência.

— Do que está falando?

— O dinheiro. Me diz que você não demitiu Gremio e o substituiu por Sasani só porque a Aliança ofereceu um belo incentivo financeiro para dar emprego a um *mortemiano*.

— Não sei por que está tão ofendida. Gremio estava com os dias contados de qualquer forma — diz Dae.

— Ainda faltavam dois anos para ele se aposentar. Você deu um pé na bunda dele? Só para aumentar sua conta bancária?

Dae emite um som como se Ocean tivesse cortado sua garganta.

— Presta atenção, Ocean, somos *Classe 4*. — Dae para e respira fundo, depois continua entre dentes. — A solução de Gremio para tudo era colocar um pa-seu. No restante do tempo, ele ficava no quarto jogando godori no tablete e fumando. O que ele trazia de bom para a nave? Sim, eu peguei o abutre por conta do bônus. Mas você não pode questionar a *minha* decisão. — O olhar dela queimava em Ocean. — Você não faz ideia do quanto tem sorte de estar aqui. Sabe o quão perto está de ser expulsa da Aliança?

Dae faz um gesto, exagerado e performático, para indicar a pequena margem.

— Eu cumpro minhas funções — diz Ocean.

— Por pouco. Mas não entende o que significa ser parte da Aliança, Ocean. Mesmo quando eu peço para você fazer uma coisa simples como mover a *Ohneul*...

— Se está falando da sua aposta idiota...

— Ocean! — interrompe Dae. — Você não entende! Acha que poderia falar assim com o comandante de qualquer outra nave? Se não fosse por Hajoon oppa... — Dae aperta os lábios.

— Se não fosse por Hajoon oppa, o quê? — pergunta Ocean, fria.

— Ele gostaria que você tivesse um bom lugar. — Dae pausa, magnanimamente dando um espaço para Ocean responder, como se ambas não soubessem que Ocean não é capaz. — Mas não posso deixar este lugar ser incondicionalmente seu, Ocean. Preciso que faça seu trabalho.

As duas sabem que Ocean não tem para onde ir na Aliança. Ela pisa duro até seu assento. As mãos flutuam à frente de si, como se contra a própria vontade, mecanicamente digitando o código para conectar-se à estação de Seul. Atrás dela, ouve Dae respirar fundo. Inspirando pelo nariz e expirando pela boca.

— Aliança de Seul, aqui é Yoon Ocean, da *Ohneul*, número 7-3-4-3-1-8-4-
-5-9-7. Pedindo permissão para decolar.

Dae se joga no assento ao lado de Ocean. Puxa mais uma vez o ar e aperta o comunicador interno.

— Oi, gente, aqui é a capitã, Dae. — Sua voz está animada, e a agitação faz o dente de Ocean doer como se tivesse bebido água gelada. — Estamos desengatando do porto de Seul e adentrando céu profundo. Quando chegarmos ao espaço, farei novo contato.

Ocean se desliga do porto e leva a nave à plataforma de lançamento. Precisa se esforçar para destravar o maxilar. Para isso, concentra-se no volante à frente, na sensação confortável dos pedais aos seus pés. Nessa posição, as coisas sempre se ajeitam. Enquanto ela relaxa, Dae suspira.

— Sabe... — começa Dae, e Ocean percebe uma delicadeza naquela voz que não é destinada a ela. — Quando você está nesta posição, fica parecendo com... — Dae interrompe a fala, como se não soubesse exatamente o que ia dizer. As palavras dela acabam com qualquer prazer que Ocean poderia sentir por estar na nave. — Olha, sei que você gostava de Gremio.

— Capitã, estou tentando fazer meu trabalho.

Dae prende a respiração, e Ocean meio que espera que ela comece a falar de novo sobre a forma correta de se dirigir a um *comandante*, mas a capitã apenas fica em silêncio. Ocean muda a marcha com a mão esquerda. Manobra para a plataforma de lançamento e dispara verticalmente no céu. Enquanto a Terra fica mais distante e a escuridão os recepciona, ela move os pés e consegue sentir a nave respondendo ao seu pedido, como uma respiração. A vastidão do espaço à frente. Dae aciona o comunicador interno mais uma vez.

— Caso não tenham percebido, estamos no ar, galera. — O tom dela é reverente. — É apenas no espaço que percebemos a sorte que temos em sermos coreanos. — Dae fala isso toda vez, mas hoje a dramaticidade irrita Ocean mais que o normal. Quando ela muda as marchas, a conexão é interrompida, e a nave reclama antes que Ocean consiga realinhar o movimento. O erro imediatamente chama a atenção de Dae. — Você pelo menos sabe por que eu falo isso?

— Eu deveria saber? — pergunta Ocean antes de adicionar: — Capitã?

Dae pigarreia.

— É o que Yi Soyeon costumava dizer. A primeira astronauta coreana, sabe? "É apenas no espaço que percebo a sorte que tenho em ser coreana." Ela era importante. — Dae pausa, e a voz parece trazer pena. — Para os coreanos.

— Entendi.

Dae continua inquieta atrás de Ocean, é possível ouvi-la abrir e fechar a boca algumas vezes, antes de finalmente dizer:

— Vou fazer a ronda, ver se estão todos bem.

Depois que Dae sai, Ocean digita as coordenadas para Arquimedes e deixa a nave em automático. Ela se recosta no assento e apoia a mão no volante.

— Importante para os coreanos — repete, baixinho.

Involuntariamente, ela pensa em Hajoon oppa. Em uma noite de verão, com as janelas do carro dele baixadas e o volume do som no máximo. Ocean não se lembra do que estava tocando — rádio ou um dos álbuns salvos na nimbus de Hajoon —, mas um dia acha que vai estar em um café ou andando na rua e um carro vai passar e ela vai ouvir aquela música de novo. Mesmo que não reconheça de imediato, o peito dela vai vibrar. Da mesma forma que a misteriosa nostalgia de Teo por um amor esquecido. Naquela época, era a trilha sonora da liberdade deles, o irmão dela dirigindo pela estrada isolada como se os dois fossem os únicos habitantes da Terra.

— Jjohljimah — disse Hajoon.

Ocean não teve a chance de perguntar o que ele queria dizer antes que desligasse o farol. Durou apenas o tempo entre uma respiração e outra, mas, por um momento aterrorizante e eletrizante, chocaram-se com a escuridão total. Se Ocean conseguisse produzir um grito, ficaria preso na garganta. Estavam em queda livre, juntos, suspensos no esquecimento. E então Hajoon ligou novamente os faróis, mostrando que não tinham saído da estrada, ainda estavam flutuando com a brisa de noite de verão entrando pela janela.

É o tipo de idiotice que mata as pessoas em segundos. Um animal poderia estar atravessando a estrada ou, que deus não permita, uma pessoa. Ele poderia ter se enganado com o relevo da estrada e enfiado o carro em uma árvore ou um precipício. Mas, quando se é jovem, encara-se riscos que depois parecem impensáveis. Cortejamos a morte enquanto crianças, pois não sabemos o quão próxima ela está. Ocean já pulara de penhascos para quedas-d'água, encorajada apenas por outras crianças que fizeram o mesmo e sobreviveram. Era assim que Ocean sempre se lembrava de Hajoon: com o sorriso largo, vento bagunçando os cabelos enquanto dirigia relaxadamente com uma mão no volante, um brilho no olhar que recepcionava o perigo, mesmo que dissesse a ela para não ter medo. Ocean nunca sentiu medo enquanto estava no banco de passageiro do carro dele.

Mas, mesmo com todas as idiotices de Hajoon, um acidente bizarro o arrebatou. Ocean não chorou muito — nem na época, nem no funeral, nem nos anos em que esteve na Yong. Ela andava sozinha à noite, vagando apaticamente pelos corredores que o irmão enfrentara anos antes. Mas então ela pilotou sua primeira nave para fora da atmosfera terrestre, para o vasto e sombrio espaço, e foi quando os soluços finalmente saíram de seu peito, enquanto lágrimas esguichavam de seus olhos. Tapou os olhos com as mãos, tentando parar a enxurrada, tentando retomar a respiração. A professora e outros alunos a observaram, impressionados.

Quando a professora a puxou de lado para perguntar o que tinha acontecido, Ocean ficou repetindo: "Não sei". Ela não queria parecer insolente, mas como conseguiria explicar algo tão enorme e tão complexo dentro de si? Se tentasse explicar, tudo estaria acabado.

Continuou dizendo "Não sei", mas em algum momento as palavras se transformaram em "Não me importo". Não me importo não me importo não me importo.

Às vezes, vagar pelo espaço a aproxima mais do irmão do que quando ele estava vivo. Mas às vezes ela só vaga pelo vazio, sem se sentir mais próxima de pessoa ou coisa alguma.

SEIS

Depois de ouvir o comunicado da capitã Song, Haven quase não consegue acreditar que estão no espaço. Inconscientemente, estava esperando um tranco, o barulho mecânico que associou a uma decolagem. Tinha certeza de que, com uma nave antiga como a *Ohneul*, seria ainda pior. Pensando que podia ser uma pegadinha, calça os sapatos e sai para o corredor. Uma espiada na cabine revela a imensidão preta do espaço, e Yoon no volante. A postura é rígida como sempre. Ele chega a pensar em alguns cumprimentos e jeitos de começar uma conversa, mas nada parece certo. Então Haven vai para a enfermaria. Depois de verificar a diferença temporal, fecha a porta, ajeita a tela e liga para o número da casa dele em Prometeu. A chamada soa algumas vezes antes que o rosto marrom e enrugado do pai apareça na tela.

— Haven! — Os olhos escuros do pai estão brilhantes. — Você arrumou tempo para falar com seu pai? Por isso você é o meu mais amado pesar.[4]

— Seu único pesar — responde Haven. — Drod, pedar.[5]

— Até onde você sabe. Seu pai foi bem charmoso na época dele. — Ele ri.

O pai de Haven ainda é jovem; não que fosse possível saber isso apenas pela aparência dele. O sol maltratou sua pele, e o cabelo emaranhado agora está completamente branco, combinando com as penas brancas e marrons que ele leva ao redor do pescoço, imitando um abutre-do-himalaia.

---

4. Significa "filho" em farsi. (N.T.)
5. Significa "Oi, pai" em farsi. (N.T.)

A tatuagem nas costas de Haven são as penas pretas e prateadas de um outro tipo de abutre, o grifo-bengalense.

— Você cortou o cabelo sozinho de novo, pedar? — Haven duvida que o corte torto seja uma escolha estética.

— Bem, não posso chamar meu barbeiro de costume, posso? — O pai dele esfrega as mãos. — Vamos lá, me conte. Sua primeira missão. Sua tripulação. Como eles são?

— É... eles são... interessantes.

— Conta mais! — Ele se aproxima da tela. — Quando penso nos meus primeiros dias... — Haven não precisa de mais uma história dos dias de glória do pai na Aliança. Como se conseguisse ouvir os pensamentos do filho, o pai balança a cabeça. — Agora, meu amado filho, alguém chamou a sua atenção de um jeito positivo?

— O quê? — Haven para de observar a estante do escritório atrás do pai; quase consegue sentir o cheiro da luz tomada por partículas de poeira.

— Vamos lá, não seja tímido. Não vou contar para Esfir.

Todo o calor se esvai do corpo de Haven.

— Não. Não seja ridículo. Não estou aqui para isso. Não sou como... — Ele engole as palavras do final da frase.

O sorriso do pai desaparece.

— Não é sempre que podemos escolher quem chama nossa atenção, Haven. — Antes que Haven possa responder, o pai dispara, o brilho tão forte que quase parece lascado: — Você não precisa se preocupar. Comece devagar com as missões.

Haven coloca a mão na testa.

— Não quero começar *devagar*. Por quanto tempo tenho que ficar aqui, pedar?

— É só sua primeira missão e já está me perguntando isso? — Ele tosse. — Você não vai mais precisar me perguntar se já está na hora de voltar para casa. *Se* quiser voltar para casa.

— Claro que vou voltar. Por que fica falando isso?

— Nunca quis negligenciar você para me proteger — diz o pai. Sempre tão gentil, como se a raiva de Haven apenas o deixasse ainda mais gracioso.

Sem conseguir evitar, Haven diz:

— Nunca achei que estivesse perdendo nada.

Thierry tinha perguntado ardentemente a Haven se ele "saiu", como se Prometeu fosse algum tipo de prisão. Mas um forasteiro nunca entenderia a comunidade próxima dos mortemianos, a cerimônia sagrada envolvida no aprendizado das artes da morte. Todos lá são livres para partir se quiserem, e a maioria é até encorajada a passar alguns anos fora da comunidade para que tenha algum senso de comparação. Claro, alguns nunca voltam. Mas Haven não é desse tipo. Ele tem saudade dos rituais silenciosos das manhãs com o pai, o aroma de água de rosas e cardamomo que sobe no vapor do chá matinal. Tem saudade do sol contra a pele. E não é que sinta falta de estar perto de pessoas nas quais pode tocar; sente falta de não precisar *pensar* sobre tocá-las ou não.

— Eu sei — diz o pai. — Mas eu sou seu pai. Ainda sei um pouco mais do que você. É importante que tente passar um tempo longe de casa. Vai aprender muitas coisas que não aprenderia aqui.

No fundo, o pai tem medo de perder Haven, então o empurrou para longe. Muito típico dele, muito típico de um mortemiano. Há séculos são considerados impuros, por isso ninguém os toca. Então o que eles fizeram? Deram a volta e *se* consideraram superiores dizendo que *eles* não queriam ser tocados. E, em termos culturais, tentaram não tocar em nada de fora de sua comunidade. E daí se os saturninos baniram os mortemianos para uma de suas luas porque não queriam que ficassem no mesmo planeta? Tudo bem. Os mortemianos não queriam mesmo viver junto deles. Pensam em si mesmos como peregrinos em vez de exilados, vendo aquela lua como seu espaço sagrado. O pai de Haven sempre expressa o amor pelas pessoas através da oferta de liberdade. É um homem que esconde seus medos e não fala de suas dúvidas. E a única forma de Haven mitigar isso foi partindo. Então, aqui está ele.

— Não acho que vou ganhar muita experiência médica. Uma Classe 4 não parece ver muita ação. Pode ser que eu fique fazendo um pouco de pesquisa.

Ou qualquer outra coisa. Existe um limite de vezes que consegue ler as estatísticas de Sinis-X. Vai ficar maluco se só ficar parado.

— Classe 4? — O pai dele franze o cenho pela primeira vez. — Tenho certeza de que você poderia ter ido para uma nave melhor se quisesse.

É verdade. Haven poderia. Mas só quer terminar o que precisa fazer e voltar em segurança. Voltar para perto do pai, voltar para casa, voltar para sua vida de verdade.

— Está sendo bom para mim.

— Espero que eles valorizem você.

— Eles valorizam o dinheiro extra que vão receber por contratar um mortemiano.

O rosto do pai fica sério. Haven se arrepende da acidez de suas palavras, mas não consegue se desculpar, como se reconhecer o erro fosse causar ainda mais sofrimento.

— Eles têm sido amigáveis? — pergunta o pai, por fim.

Haven tem vontade de rir. É como se ele tivesse ido para o primeiro dia de aula. Haven é o tipo de pessoa que se dá bem com os outros? Não acha que seja, mas ninguém quer ouvir isso sobre o próprio filho.

— Eles são bastante amigáveis. Vão assistir a uma série hoje e me convidaram.

Mais cedo Kent apareceu, tímido, na porta de Haven, avisando que a tripulação assistiria a uma série na garagem e dizendo que seria legal se ele pudesse ir, sem pressão, claro. Estranhamente, ele dissera para Haven lavar o rosto antes. O pai dele fica feliz.

— Ah! Qual?

— *Cemitério de Vênus*?

— Ah, até o seu pedar ouviu falar dessa. — A atenção dele não está mais em Haven, mas no teclado onde digita, e na outra tela. — Vou assistir também, para podermos conversar!

— Ah, claro.

— Vai então. Vai ficar com seus amigos. Podemos conversar depois.

— Claro. — Um grande cansaço acomete Haven, de repente. — Tchau, pedar.

A tela congela na imagem do pai dele acenando, como se estivesse com pressa de liberar Haven. Ele olha o relógio, quase sete horas da noite;

provavelmente vão se encontrar no hall em breve, ainda que ele não saiba se toda a tripulação estará lá. Ele se lembra da doçura nos olhos de Kent quando ele se desculpou por ter tentado abraçar Haven mais cedo, mas descarta o pensamento. Em vez disso, pega o teclado e digita *Cemitério de Vênus* no campo de busca. Conecta os fones e abraça os joelhos enquanto o primeiro episódio começa a passar.

Afinal, o pai dele vai perguntar depois sobre a história.

SETE

Como esperado, não parou de chover desde que Ocean pousou em Sinis-X na noite anterior. As florestas suntuosas são amplamente alimentadas pela chuva constante, mas ela pousou a *Ohneul* em uma clareira próxima a um grande lago. Ocean consegue ver a silhueta ao longe do lado direito, um gigante solitário se erguendo na vegetação. Todos os estabelecimentos já foram fechados, tudo já foi levado e o que sobrou foi coberto pelo verde. Ao sobrevoar a lua, Ocean viu apenas vestígios de estrada, metal, ponte ou poste.

Sinis-X foi a casa de uma fábrica de robôs de IA, que foi abandonada, deixando diversos membros feitos de semimetais brancos por todo o lugar. Filas e mais filas de corpos congelados, membros sólidos despontando no ar. O clima contribui para a atmosfera triste, como se fosse um purgatório de esculturas gregas, e o ar tem um cheiro levemente doce, que Von atribui à mistura de chuva e terra. A *Ohneul* foi contratada para recolher algumas amostras para pesquisa, além de fazer um relatório sobre os robôs que restaram, para que a Anand Tech estude o uso em futuros projetos. É inconveniente, um tipo de trabalho pesado que poderia ter sido feito por outros robôs.

Von está cuidando da primeira parte e, enquanto Maggie e Ocean vestiam os trajes para sair da nave e começar a segunda parte, Sasani se juntou a elas, com o uniforme da Aliança.

— Ah, Sasani — disse Dae, aproximando-se com uma tigela de mingau de aveia. — Você não precisa fazer isso. Não é o seu trabalho.

Dae tinha acabado de sair do banho, e Ocean a ouvira sair e voltar para a nave antes que eles acordassem. Sasani, por outro lado, parecia ter caído da cama; uma mecha do cabelo estava até tentando desafiar a gravidade.

— Eu gostaria de ir — respondeu ele, simples, enquanto conferia o fechamento do traje.

— Bem, não se canse demais — disse Dae, ao voltar para a cabine. — Está frio lá fora. E não fique muito tempo.

— Uau, ela gosta *mesmo* de você — disparou Maggie.

Ocean não disse nada em voz alta, mas Sasani passou os olhos por ela, como se pudesse ouvir os pensamentos nada simpáticos sobre cifras e contas bancárias. Eles se postaram no chuveiro desinfetante e depois no spray de calor que acabariam com qualquer tipo de contaminante, mas foi apenas quando saíram da nave que Ocean pensou que Sasani poderia estar se arrependendo da própria decisão. Ainda na garagem, com a porta aberta, ele encarava funestamente a chuva.

— Qual é o problema, Sasani? — perguntou Maggie enquanto montava na moto.

— Nada. — Ele franziu o cenho e passou a mão pelos cabelos. — É só que... está chovendo.

Depois de um segundo, Maggie respondeu:

— Isso. Você sabe que vai ser assim todos os dias, né?

Maggie subiu alegremente na moto e saiu pela chuva, disparando um spray de gotículas. Sasani deu um passo para trás e limpou o traje, os movimentos dele eram estranhamente lentos.

— Você não precisa vir — disse Ocean. — Maggie e eu damos conta.

— Quero ser útil — respondeu ele, e depois rapidamente emendou: —, mas se preferir que eu não... Se você quiser que eu não vá, posso ficar aqui.

Os lábios dele ficaram finos e as sobrancelhas juntas. Pela primeira vez, Ocean se perguntou o que ele estava recebendo por isso. Como mortemiano, as habilidades médicas dele eram muito maiores do que uma Classe 4 precisava.

— Você tem mãos firmes, não tem? — perguntou Ocean. — Isso deve ser típico para vocês. Tenho certeza de que pode ser útil lá fora.

Ele a encarou, olhos arregalados e despertos. Mas quando os olhares deles se encontraram, ele se afastou, quase caindo em cima da moto. Ocean segurou o guidão antes que o veículo desequilibrasse e decidiu ignorar os movimentos dele. Ficaram em silêncio enquanto saíam.

Na primeira parada, Maggie deu uma aula, abrindo um robô humanoide para Sasani e Ocean. Agora estão andando pelas filas de robôs, abrindo painéis, rodando testes e organizando fios.

Depois de um tempo, Maggie diz:

— Uhm, que estranho.

— O quê? — pergunta Ocean.

— Alguém mexeu neste robô. Estão faltando algumas partes — explica Maggie, enquanto se levanta. — Vou conferir esta fileira até o fim.

Enquanto ela se afasta, Ocean pega sua nimbus para tocar música: "Alice in Wonderland" do álbum *Sunday at the Village Vanguard*, do Bill Evans Trio, quando o grupo ainda tinha Scott LaFaro no baixo. Ela murmura junto da música e, em cada robô, espera a luz piscar verde três vezes antes de ir para o próximo. Na terceira vez que o álbum toca, Ocean se vira para ver onde Sasani e Maggie estão. Sasani está com a cabeça virada na direção do pendente transparente que brilha leve a cada vez que uma gota de chuva bate em sua superfície. Ao perceber Ocean observando, ele diz algo, e ela pausa a música e puxa a nimbus para ouvir melhor.

— O que você disse?

Ele aponta para cima.

— De onde vem a luz?

— Energia cinética. Os painéis são da Anand Tech, então guardam a energia das gotas que os atingem — explica Ocean. Na nave, tudo que guarda e converte energia vem da Anand Tech, o que permite que reciclem tal energia para ser usada como combustível. É por isso que Teo e a família estão entre os mais ricos do Sistema Solar. — Temos a mesma tecnologia na nave.

Sasani abaixa a cabeça e exala uma nuvem branca nas mãos. Maggie trouxe lâmpadas de calor para mantê-los aquecidos, mas já faz algumas horas que estão trabalhando.

— Maggie — chama Ocean pela nimbus. — Hora de um intervalo?

A cabeça de Maggie aparece a algumas fileiras.

— Aí sim! Hora de comer!

Ocean se levanta e se espreguiça. Luvas atrapalhariam o trabalho com fios, então suas mãos estão vermelhas e doloridas. Ela massageia os dedos.

— Você nem tomou café da manhã, tomou? — pergunta Ocean a Sasani.

Mais cedo ela percebeu que, junto das lâmpadas portáteis de calor, Maggie trouxe uma bolsa quadrada bastante específica. Maggie a pega agora, tão animada que quase a derruba. Abre e desenrola a bolsa, pegando um fogareiro de metal, uma grelha, cilindros de gás e outros equipamentos. É tudo bastante rústico, mas Maggie sente prazer em usar tecnologia antiga.

— Vocês não vão voltar para comer na nave? — pergunta Sasani.

— Sasani — responde Maggie, solene, enquanto conecta o maquinário. — A comida teria um gosto completamente diferente na nave. Esta refeição muda completamente por conta da vibe. — Ela balança os dedos ao dizer a última palavra.

— Vou chamar Von. — Ocean pressiona o comunicador.

— Ah, pede para ele pegar ramen para a parte dois. Eu esqueci.

Maggie joga uma sacola de dumplings na panela dourada e logo adiciona água e um pacote de gochujang, que se dissolve assim que a água chega à fervura.

O rosto de Von aparece no pulso de Ocean. Ele está com água até os joelhos, em um lago. Os olhos dele passam por ela.

— Esperem por mim!

— Maggie pediu para você trazer ramen da nave.

— Quantos?

Maggie adiciona tteokbokki na mistura e olha Sasani de cima a baixo antes de responder:

— Uhm... quatro?

— Não acho que caberiam quatro na panela, Maggie — diz Ocean, risonha.

Vapor começa a subir da geringonça e Maggie adiciona bolinhos de peixe e uma mistura de especiarias, quase alquímica.

— Então decida você! — exclama ao abrir um pote com ovos cozidos, já sem casca. Nesse ponto, a panela está tão cheia que ela não conseguiria adicionar mais nada, nem se tentasse. Maggie para e ergue os olhos para Sasani. — Uhm, você tem alguma restrição alimentar ou alergia?

Sasani balança a cabeça. Está de cócoras enquanto observa Maggie continuar com um ar cauteloso e inquisitivo, como se fosse uma maga cozinhando uma poção. Ela cutuca o tteokbokki.

— Quase pronto.

— Esperem por mim! — grita Von, e o vídeo desliga.

— Tteok não espera ninguém — responde Maggie. Ela pega as tigelas e começa a servir a mistura, estendendo a primeira porção para Sasani. — Toma.

— Eu? — Sasani só pega a tigela quando Maggie a chacoalha na direção dele.

Maggie pisca.

— Ah, merda, você tem razão. Eu deveria ter oferecido primeiro a Ocean, já que ela é a segunda-oficial? — Maggie dá de ombros. — Que seja.

Ela está ocupada demais servindo mais uma tigela para perceber Sasani olhando com desconfiança para o tteokbokki. Ocean não acha que a resposta de Sasani teve algo a ver com a hierarquia da Aliança, e algo no peito dela se aperta ao ver como ele encara a tigela. Ocean pega a outra tigela das mãos de Maggie e entrega os pauzinhos para Sasani. Como que em choque, ele também os aceita, enquanto Ocean se senta no chão perto de Maggie.

— Jal meokkesseumnida — diz Ocean.

Ela morde o primeiro pedaço de tteok. Maggie e Sasani a imitam.

A primeira sensação é de ar quente, mas depois Ocean consegue sentir o tom de doce e apimentado do molho. Maggie gosta de adicionar um pouco de açúcar mascavo no gochujang, o que faz a pasta de pimenta vermelha ficar ainda mais saborosa. Mas a parte favorita de Ocean é a consistência dos bolinhos de arroz. Enquanto eles grudam nos dentes, ela joga a cabeça para trás e exala ar quente, como um dragão soltando fogo. Maggie balança a mão em frente à boca algumas vezes enquanto solta *hahs* e Sasani abre os lábios para soltar um jato de fumaça branca. Ele volta a olhar para a comida, mastigando consistentemente. Seu rosto está vermelho devido ao calor da tigela e, como ele tirou o cabelo da testa, está de novo arrepiado. Por alguns momentos, o único som que se junta à chuva é o da mastigação.

— Está tão bom assim, Sasani? — pergunta Maggie, de repente. — Seus olhos estão tão... brilhantes.

Sasani para. Ocean não consegue evitar o riso, e ele se vira abruptamente para encará-la. Enquanto os olhos de Sasani percorrem a boca e o rosto de Ocean, ela para de rir.

— Von! — diz Maggie, animada.

Sasani limpa a boca com o dorso da mão, abaixando os ombros. Quando Ocean se vira, vê Von na clareira, observando Sasani com um ar preocupado antes de perceber a panela fumegante no meio deles.

— Vocês não me esperaram? — pergunta logo.

— O finalzinho é seu! Depois vamos colocar mais água e, ah, que bom, você trouxe o ramen! Vamos começar. — Maggie se levanta. Na pressa, o cotovelo dela esbarra na arma presa ao cinto de Ocean. — Ah! Você precisa usar isso sempre? — pergunta, esfregando o cotovelo.

— São as regras — responde Ocean, baixinho.

Maggie se ajoelha enquanto pega o pacote de ramen de Von.

— Dae também precisa andar com uma arma?

— Precisa, e com uma bonguk geom também. — Ocean tenta pegar um ovo cozido, mas ele está liso demais. Seria errado espetar o pauzinho nele?

— O que é isso? — Maggie serve a última porção de tteokbokki para Von e adiciona mais água na panela.

— É a espada tradicional da era Joseon.

Maggie quebra o ramen ao meio com um barulho satisfatório.

— Uau, ela é mesmo cria da Aliança.

Em outras palavras, ela é tão coreana. Dae com sua espada da Aliança que se abre e se desdobra apenas quando se dizem as palavras corretas em coreano. Dizem que se a pessoa disser yeolyeora do jeito errado, ela vai se abrir ao contrário e cortar quem fala. Não que Ocean tenha tentado.

— Minha arma não seria muito útil se estivéssemos em perigo — diz Ocean. — Minha mira não agrada as pessoas.

Von bate a perna no chão em staccato, e ela se surpreende ao ver Sasani estreitar os olhos escuros. Entretanto, ela logo se distrai com um problema maior.

— Maggie, não! — grita. Mas é tarde demais. Maggie jogou uma porção de queijo no ramen.

— Não seja esnobe, Ocean — diz Maggie com uma bufada.

O corredor que liga a sala comunal e a cozinha da *Scadufax* é um hub de mídia. As paredes transmitem anúncios da Aliança, notícias do Sistema Solar, informações sobre as missões e algumas propagandas. A *Scadufax* é mais como um cruzeiro de luxo do que uma nave da Aliança, com um amplo centro de entretenimento e sala comunal, quartos luxuosos e sauna. A tripulação é composta por muitos da laia de Teo: jovens com influência herdada de gerações. Mas é preciso admitir que eles ficam bem nas fotos, como comprovaram quando pousaram na Lua para pegar a embaixada Seonbi para uma cerimônia de lançamento em Artemis. Não vai demorar muito até que cheguem ao portal que leva a Marte.

Teo observa o conselheiro Einarson em uma das telas e para. Não há nenhuma novidade sobre ele, a não ser uma breve menção a sua campanha ambiental para reavaliar a terraformação desenfreada do Sistema Solar. Não surpreende que o projeto dele tenha perdido apoio. Ninguém quer se aliar a um homem que socou a cara de um político a ponto de deixá-lo desfigurado.

Teo massageia a cabeça dolorida enquanto continua a percorrer o corredor. O palmite toca enquanto ele abre a porta da geladeira, e Teo atende ao reconhecer o toque personalizado. Sempre atende quando sua amma liga. Não só porque gosta de falar com ela, mas também para evitar a culpa que vai sentir mais tarde se não atender. Nunca passa pela cabeça da mãe que Teo pode estar em um encontro, assistindo a um filme ou, quem sabe, trabalhando. E é tão injusto; o palmite dela sempre está no silencioso. Ele deixa o vídeo ser transmitido do palmite enquanto organiza os ingredientes na cozinha da *Scadufax*. Para ser sincero, a grande cozinha da nave é uma de suas principais vantagens. Isso e o fato de que o pai de Teo foi capaz de inseri-lo ali depois que o filho se desgraçou em sua última empreitada.

— Amma, você sabe fazer sopa bugeo?

— Que sopa? Por que você não tenta fazer algo que eu conheça? — A mãe dele encara a tela com olhos cerrados.

Mas quando ele tenta fazer alguma das especialidades da mãe, o gosto nunca fica igual. Se ele pede a receita, normalmente recebe a indicação de colocar "uma quantidade" de algo "até ficar bom". Além disso, ele *realmente* precisa de sopa bugeo. Teo abre a geladeira e mexe em tudo até encontrar um pote com a etiqueta: "LEE YOONCHAN 이윤찬, estoques de anchova, 21/6, NÃO MEXA, TEO". As últimas três palavras estão sublinhadas várias vezes. Teo coloca uma boa parte do líquido na panela e adiciona um pouco de peixe desidratado. Liga o fogo.

— Vimos você na televisão durante a cerimônia de Artemis — diz a mãe. — Você estava tão bonito.

— Estou sempre bonito — responde Teo, sem pensar, enquanto corta as cebolas, o rabanete e o alho. Quanto alho deve colocar? Mais é sempre melhor. — Puxei você, amma.

— Seu pai estava tão orgulhoso — diz ela, e Teo franze a testa. — Não estava, Ajay?

Teo se endireita e eleva o palmite ao nível dos olhos. O pai dele sempre parece grande demais na tela, com os ombros largos, bigode cerrado e olhos penetrantes como os do ator Amrish Puri, que seriam capazes de desbancar líderes mundiais, e quem é Teo frente a isso?

— Teo, espero que esteja aproveitando essa oportunidade para conhecer os membros da embaixada Seonbi.

O filho faz um barulho neutro em resposta. A tripulação da *Scadufax* e os membros da embaixada jantaram juntos na noite anterior, e tudo foi bastante educado até agora. Todos são bastante reservados e... bonitos. A maioria exala um ar de que a educação os obriga a estar ali e se misturar com a tripulação. Além disso, a maioria fala coreano.

— É responsabilidade da *Scadufax* cuidar deles, sabia? E você representa não só a Aliança, mas também a Anand Tech.

— Uma posição invejável — diz Teo, seco. — Baba, lembre-se de que sou um simples soldado, não sou comandante nem...

— Mas você *poderia* ser. Com um pouco mais de ambição. Pense em todo o bem que seu irmão está fazendo.

— Declan faz tanto bem que você não precisa que eu faça mais, não é mesmo? É um inconveniente de ricos.

— Esperava que você aparecesse mais na cerimônia.

— Baba, como se eu precisasse de *mais* atenção.

Teo já tem uma carreira incrível na Aliança, e sua chegada à *Scadufax* não foi nada ortodoxa. A cereja do bolo foi que seu pai resolveu incluir em seu quarto, e apenas em seu quarto, uma cápsula de fuga. Teo deixa o palmite de lado quando a sopa começa a ferver. Abaixa o fogo e adiciona os vegetais. A mãe, convenientemente, não está mais ali, mas Teo consegue imaginá-la ao lado da tela, repreendendo o marido.

— Atenção é um privilégio — diz o pai. — E uma ferramenta. Por que você não se sente grato por isso em vez de envergonhado?

Enquanto a sopa ferve, Teo quebra um ovo em uma tigela e o bate com mais vigor do que o necessário. O pai dele dá um suspiro que carrega o peso dos fracassos passados de Teo. É toda a reprovação de que precisa. Dá para interpretar a decepção do pai com a mesma facilidade com que se interpreta um verso de Shakespeare.

— Me deixe me encontrar com Chau em Marte, então — diz Teo, de repente.

— Chau? Anthony Chau?

— Einarson ainda está negando ter batido em Rawls. Você precisa de outra pessoa para encabeçar seu referendo ecológico. Chau não seria a primeira opção, mas é a correta.

O pai fica em silêncio, o que significa que Teo adivinhou corretamente a ação seguinte. Foi o pai de Teo quem criou a campanha ambiental que Einarson lideraria. Para além de todo o trabalho da Anand Tech em criar tecnologias sustentáveis, o pai é um apoiador intenso da exploração ética do espaço. Claro, a Anand Tech começou com a terraformação, mas agora o pai de Teo é contra isso e advoga fervorosamente para que os planetas sejam respeitados e deixados como são.

— É preciso uma mão delicada para lidar com Chau — diz o pai.

— É mesmo — responde Teo. Ele adiciona brotos de feijão à sopa, para ter alguma crocância. Mas ainda falta algo.

— Teo — chama o pai, exalando tolerância. — Por que você sempre pensa no que *não* pode fazer? Você pode fazer tanto bem na sua posição atual.

Teo esfrega a testa. Está com uma dor de cabeça fenomenal, o que não ajuda.

— Qual bem estou fazendo em minha posição, baba?

— Teo, estar em uma posição de poder significa que precisamos cuidar daqueles abaixo de nós. Queria ter aprendido isso mais cedo.

— É, eu sei. — Teo cutuca os rabanetes, sem empolgação, para saber se já estão macios o suficiente. — Entendo.

— Gostaria que você aproveitasse esse tempo para conversar com os Seonbi.

Teo não consegue entender como isso ajudaria o pai. Não existe nenhuma influência política a ganhar aqui, mas talvez ele espere que a disciplina dos Seonbi seja infundida em Teo. Ou, argh, talvez espere que o filho se junte a eles. Teo pensa nos anos de treinamento e asceticismo que isso envolveria, mas também nos uniformes desenhados por Yi Jeong. Ela fez a gola dos trajes espaciais lembrarem a do dopo tradicional coreano, e as mangas são compridas, amplas e flexíveis. Uma prega nas costas passa a ilusão de uma fenda. O neoprene branco é salpicado de azul claro.

Durante a cerimônia, as mãos de Teo coçaram para tocar neles. Em Bangpae, uma das aulas favoritas de Teo era sobre os uniformes da Aliança e a história da moda coreana. Ele sabe que Yi Jeong criou tudo — desde as lapelas até as cores — no estilo que as classes inferiores eram proibidas de usar durante a dinastia Joseon. Ela desenhou os uniformes não apenas para serem bonitos, mas também para passarem superioridade. Teo até pensaria em se juntar aos Seonbi se Yi Jeong criasse mais roupas assim para eles. Ou, melhor ainda, se ele mesmo pudesse tentar. Teo se imagina falando isso para o pai, e as palavras secam em sua boca. Em vez disso, ele vai mandar seus croquis para Ocean.

— Falar com os Seonbi me ajudou a ganhar perspectiva durante um momento importante da minha vida — diz o pai. — Sem eles, eu não estaria onde estou hoje.

— Tenho certeza de que eles se sentem felizes por terem ajudado você a se tornar um dos homens mais poderosos do Sistema Solar.

Assim que as palavras saem da boca de Teo, ele já começa a antecipar o olhar furioso do pai. Um nó se forma em seu estômago. Quando se atreve a olhar para a tela, vê algo ainda pior: a decepção no rosto do pai. Não é que não estejam na mesma página; na verdade, na maior parte do tempo, os dois não pertencem nem sequer ao mesmo gênero literário.

— Baba, se você continuar interferindo nas ligações de amma, Teo vai parar de atender — diz uma voz conhecida fora da tela. O rosto de Teo fica quente.

O pai dele bufa.

— Tenho mesmo mais algumas ligações para fazer antes do jantar.

Ele logo é substituído por Declan, que olha para o lado esquerdo, esperando os pais saírem do cômodo.

— Não leve a mal — diz Declan. — Baba ainda está trabalhando com Einarson. O cara está negando tudo, mas câmeras e testemunhas o colocam no bar em que tudo aconteceu. Baba está tentando convencê-lo a se declarar culpado e redigir um pedido oficial de desculpas... dizendo que ele estava sob o efeito de alguma pressão emocional, ou até que estava bêbado e ficou bravo. Mas ele está irredutível.

Teo resiste à tentação de dizer que estava tentando ajudar, que sua oferta tinha a intenção de aliviar o estresse do pai.

— Eu sei disso.

— Claro. É óbvio que sabe. — Declan sorri como um político, um sorriso que todos eles conhecem. Teo não sabe em quem ele odeia mais ver esse sorriso. — Tenho certeza de que não é tão interessante para você de qualquer forma.

— Claro que não.

— Babu, não leve por esse lado.

A barriga de Teo se contrai. O irmão quase nunca o chama assim.

— Obrigado por tirar o baba. — Ele cutuca o rabanete mais uma vez.

— Você não precisa dele dizendo o que deve fazer. Você nunca teve problemas em diferenciar o certo do errado.

Declan suspira enquanto esfrega a testa. O pedido de desculpas está na ponta da língua de Teo, mas ele se segura. Não faz sentido se desculpar por algo que ele vai fazer de novo. Declan abaixa a mão.

— O que você está preparando? Amma disse que não conhecia.

— Sopa bugeo. — Teo mostra o cozido para Declan. — Acho que está pronto.

— Isso não é... — Declan franze a testa quando Teo volta a aparecer na tela. — Sopa de ressaca?

— Talvez!

Declan solta uma gargalhada.

— Não acredito nisso. Perguntando para amma como fazer sopa de ressaca enquanto baba repreende você!

— Não fala tão alto, por favor.

— Claro, claro. Da próxima vez que estiver perto da Terra, venha visitar nossos pais, combinado? Peça a amma a receita dela para ressaca. A sua parece precisar de jalapenho.

— Sério?

— Pode confiar.

A tela desliga. Declan, grosseiro, sempre desliga assim. Sem aviso, apenas desconecta quando decide que a conversa acabou. Teo abre a geladeira mais uma vez. Depois de encontrar o que estava procurando, corta os jalapenhos e coloca na sopa. Ele mexe e deixa ferver mais um tempo antes de experimentar.

Como sempre, Declan tinha razão.

Depois de terminarem o ramen, Maggie guarda o fogareiro de metal. Haven está muito cheio, feliz apesar da chuva. O cheiro não é igual ao da chuva de Prometeu, e ele se sente grato por isso. Escuta murmúrios e, apesar de não dever, acaba olhando para trás. Kent está gritando algo para Yoon e a empurrando com os ombros para longe dos utensílios que ela tenta recolher. Quando ele percebe que Haven está olhando, congela. Haven imediatamente se vira para a frente e sente uma náusea envelopar seu corpo.

— Sasani, me deixe cuidar disso! — Kent sai correndo, as mãos esticadas para a frente, tentando pegar as tigelas que Haven estava coletando.

— Está tudo bem — responde Haven, grosseiro, mas Kent pega as tigelas das mãos dele.

— Maggie e eu vamos levar isso de volta para a *Ohneul*. Você e Ocean podem terminar tudo por aqui?

Yoon está olhando para o pendente com um ar exasperado, e todos os sentimentos quentinhos da comida se estragam.

— Consigo ajeitar sozinho — responde. — Podem ir.

— Vamos terminar juntos — diz Yoon enquanto arregaça as mangas, voltando para os robôs.

— Ocean, posso pegar sua nimbus emprestada? — Kent tenta pegar a nimbus no pescoço dela.

Yoon bate na mão dele.

— Não, não encosta...

Thierry olha para os robôs.

— Quer saber? Acho que podemos termi...

Kent derruba as tigelas nos pés de Thierry, cortando a fala. Ele bate palmas, chamando atenção para o que aconteceu.

— Que *ótimo*. *Muito* obrigado. Maggie, vamos! Vou fazer chá, que todos sabemos ser uma bebida superior ao café.

— Como você se atreve? — cospe Thierry enquanto Kent a leva pelo ombro.

Eles se distanciam juntos, fazendo barulho, e Haven esconde um bocejo quando se abaixa junto ao robô perto de Yoon. Ele organiza os fios metodicamente, voltando às repetições mecânicas. Isso o distancia dos murmúrios de Kent. Esconde mais um bocejo. Yoon fecha o painel e vai para o robô do outro lado de Haven. Conseguiu ficar com sua nimbus, mas a mantém pendurada no pescoço.

— Está sonolento por conta da comida?

Ainda que a pergunta seja para Haven, ela parece mais preocupada com as ligações do robô. Ele não sabe como se portar perto dela. Na viagem para Sinis-X, a capitã Song, Kent e Thierry apareceram na enfermaria a fim de conversar ou convidá-lo para algumas coisas, mas Haven não teve muito contato com Yoon.

— É mais pela chuva — ele admite. — Sempre fico grogue quando chove.

Ela gira um dos ombros.

— Meu ombro direito fica um pouco dolorido quando chove.

— É por conta do seu machucado?

— Como você sabe disso? — Os olhos dela pulam para ele.

— Percebi como você o protege — diz Haven, o mais calmo possível, enquanto continua a mexer no robô. Ele poderia falar demais. Ainda bem que ela não o pressiona.

— Você já esteve no Japão?

Haven fica tenso com a pergunta.

— Não — responde. Ele recua ao perceber o quão suscinto foi.

— Uma vez fiz uma viagem para lá com uma pessoa com que namorei. Ficamos em um ryokan em Quioto por um tempo. Na primeira noite, ficamos em onsen separados. Ao ar livre. Eu estava sozinha na chuva. Era uma chuva leve, como esta. — Ela fecha o robô e flexiona os dedos. — O ar estava frio, mas a água era quente e eu senti... paz. Como se tudo em mim estivesse relaxando. — Haven se esforça ao máximo para se mover com delicadeza perto dela. Quando Yoon coloca uma mecha de cabelo atrás da orelha, Haven repara em um brinco, uma asa prateada. Enquanto ele encara a peça, ela o observa. — Provavelmente foi um mau sinal o fato de que ficar sozinha foi minha parte favorita da viagem, não é? — Haven percebe algo de debochado nela. Yoon se vira. — Não sei por que fiquei com ele.

— Você não sentia nada por ele? — pergunta Haven, com cuidado.

Yoon não responde por um longo tempo, e ele não sabe se ela vai responder. Ela parte para o próximo robô, e é como se os dois estivessem dançando, movendo-se um perto do outro enquanto descem pela fila de figuras feitas de semimetais brancos.

— Eu sentia. Mas não sei se eram os sentimentos corretos — diz Yoon.

A garganta de Haven fica seca.

— Você acha que não deveria ter aceitado ficar com ele?

Ele gosta da forma como ela pensa na pergunta dele com cuidado, como se estivesse ponderando. O silêncio, que Haven achou que seria sufocante, é preenchido pelo barulho da chuva. Está um pouco mais intensa agora, mas ele quase não percebe nada além da voz de Yoon, a leve vermelhidão na ponta do nariz dela.

— Acho que depende um pouco de eu gostar ou não de quem sou agora — diz ela. — Não acho que gostava de quem eu era com ele. Não gosto de quem eu sou quando estou namorando. — Ela vira a cabeça. — Você namora alguém?

Haven arranha a mão no metal do robô.

— O quê? Por que você quer saber?

— Que reação intensa. — A voz dela, por outro lado, mantém-se calma. — Foi só uma pergunta ligada à nossa conversa.

De longe, ele se escuta dizer:

— Estou prometido.

Que palavra antiga. Haven entrelaça os dedos e solta ar quente neles. Estão tão frios que começam a ficar dormentes. Ele dispara um olhar para Yoon, mas ela parece bem. É reconfortante o quão inabalável ela é. Não importa o que ele diga, ela sempre responde de forma direta. Ela pega algo no bolso e entrega a Haven.

— Alguém que você conhece?

— Sim. — A resposta é curta enquanto ele automaticamente aceita o que ela entrega. A primeira coisa que sente é o calor. Não consegue ler a embalagem, já que está no alfabeto coreano, mas tem o desenho de uma pessoa soltando raios pelas mãos em concha.

— Alguém por quem você sente algo? — pergunta Yoon ao fechar o painel com uma batida alta.

— Isso não é da sua conta.

— Não, claro que não — responde ela, gentil. — Não quis ofender.

— Não me ofendeu. — Ele não sabe por quê, mas a delicadeza dela, assim como a do pai dele, o atiça como quando alguém provoca um ouriço. Haven morde o lábio e passa os dedos pelo aquecedor de mão. Yoon o observa como se tentasse entender o que ele de fato quis dizer.

— Você deveria conversar com Von. Ele também está noivo.

— Está?

— É, e está morrendo de vontade de conhecer melhor você. — Yoon levanta a mão esquerda e balança os dedos. — Você viu o anel dele? É uma ótima história. Vou deixar ele contar sobre a noiva.

— Você conhece ela?

— Conheço. Sumi. É uma oficial da Aliança e está na *Rainha Seondeok*. Ela é muito doce, muito determinada. Formam um bom par, eu acho.

— O que você acha que constitui um bom par?

A luz verde pisca três vezes no rosto de Yoon.

— Alguém que faça você ser mais, não menos.

Quando os olhos deles se encontram, Haven cora imediatamente; é uma reação involuntária e indesejada, como se tivesse colocado um aquecedor no rosto. Ele abre a boca para dizer algo antes de decidir o quê.

Um som alto apita entre os dois.

Yoon levanta o pulso, e uma tela holográfica se abre quando ela aperta o botão. Imediatamente, ouvem-se tiros. Haven se endireita ao ver luzes no lago. A capitã Song está na tela.

— Ocean! Preciso de ajuda!

— Onde?

Yoon está de pé. Haven olha na direção do clarão que vem do lago e depois para o brilho que se repete na tela.

— Siga as explosões! São saqueadores. Eles estão...

A ligação é cortada e a tela se apaga.

— Entra — diz Yoon, brusca. — Pode ser que a gente precise de você em breve.

Haven escuta tiros mais uma vez. Yoon corre para uma das motos, sobe e dispara.

OITO

— Você está com medo?
— Não.

Haven observava enquanto grandes asas desciam sobre os corpos. O pai dele segurou sua mão com firmeza.

— Você sente medo?

Haven olhou para o pai, que tinha acabado de ser abandonado pela mãe do menino. Apertou a mão dele.

— Não.

O espiritual existe como um fino véu sobre o mundano. A morte se esconde nas curvas da vida. Haven sempre se atentou aos valores de Prometeu. Era isso que ele honrava: o fogo bendito, a terra sagrada, ambos seriam dessacralizados por um corpo morto. Por isso, preparavam seus mortos para um enterro celeste.

— Você está com medo?

Condenar a forma como eles vivem é nunca ver o pai dele esticar os braços para os céus em súplica enquanto performa a dança ritual que convence os abutres a descerem. Aceitar tal condenação é negar a graça do corpo dele enquanto dança com o pai, imaginando as asas tatuadas em suas costas se desenrolarem. É virar as costas para o passado e ter um andar incerto para o futuro.

— Você sente medo?

Temer a morte é negar a equalização da vida.

No entanto, conforme Yoon dispara de moto, Haven sabe que não quer morrer. Não hoje, não assim, não enquanto o pai o espera. Mas se ele viver apenas para proteger a própria vida, se viver com medo da morte, então não terá aprendido nada com o pai. Yoon queria que ele se preparasse para receber as pessoas na enfermaria, mas as pessoas podem já estar feridas, e buracos de bala não são conhecidos por darem tempo à cura. Mentalmente, Haven checa o conteúdo da bolsa de emergência que fica dentro de seu uniforme. Depois sobe na outra moto. Pisa no pedal e vai atrás de Yoon. Ela já está bem à frente dele, o traje azul chama atenção. Ele treme. O pulso acende e um alerta é emitido. A voz de Yoon surge pelo comunicador.

— *Ohneul*, aqui é Ocean. Fomos atacados pelo lado leste do lago. Dae disse que são saqueadores. Fiquem longe e se protejam. Vou dar mais notícias assim que puder.

Conforme Haven se aproxima e o barulho dos tiros fica mais alto, ele vê a capitã Song acelerando. Ela se esconde atrás dos robôs brancos, protegida pela carcaça de metal. Quatro hover-motos fazem zigue-zague pela fila de robôs, os saqueadores miram e tentam atirar nela. Três deles estão de capacete, mas o que está guiando o ataque se vangloria aos gritos ao virar a moto e jogar de lado o cabelo loiro, totalmente intacto da chuva sinisiana. Phoenix. Até mesmo Haven o conhece. Um dos saqueadores mais famosos. Bem aqui, em uma lua isolada.

— Abaixe!

Algo bate nele, e Haven rola, evitando por pouco os tiros que destroem sua moto. Braços e um corpo quente o encasulam. Os dois rolam pela sujeira até uma plataforma, longe da chuva. As mãos de Haven batem no chão frio de metal.

Uma respiração quente assola o rosto dele.

— Sinto muito.

Yoon se separa dele, a palma da mão dela nas costas de Haven é o último aviso para que ele fique abaixado. Ela está empunhando a arma e se esconde atrás do corpo contorcido de um robô, deixando Haven no chão com o coração acelerado que pouco tem a ver com as balas que passam acima de sua cabeça. Um desses tiros acerta o robô que está acima dele, ricocheteia e o traz de volta à realidade. Ele traga algum ar e se obriga a se erguer um pouco, depois se esconde atrás do robô atingido, dando seu melhor para enxergar o que acontece através da abertura entre braço e torso.

— Não! — grita a capitã Song quando um corpo cai no chão. Haven vacila e depois tenta ver quem caiu. Não foi Yoon, mas um saqueador que ela atingiu. A capitã gritou porque Phoenix arrancou algo dos braços dela.

— Sinto muito, querida. Mais sorte da próxima vez! — grita Phoenix, e depois usa a caixa para bloquear o tiro de Yoon. — Aries! Gem! Vamos!

Ele joga a caixa para um dos outros saqueadores e sai correndo para a hover-moto. Yoon levanta a arma da direção dele, mas a capitã a impede.

— Não! Ele não! — grita a capitã. Os outros dois saqueadores voam em direções opostas a Phoenix, deixando o amigo machucado para trás. — Eu pego o da direita.

O saqueador está com a caixa. E Haven vê, com dolorosa certeza, como Yoon hesita ao seguir a ordem da capitã Song. Ela teve o mesmo lapso de reação quando a capitã tentou pegar a mão de Haven, Yoon fez uma pausa antes de intervir. Não para envergonhar Haven ou a capitã, mas para respeitar a posição dela.

Ele se lembra das palavras que leu no relatório confidencial: *Por insubordinação e comportamento impróprio, Yoon Ocean é agora demovida; não pode mais servir na* Hadouken *ou em qualquer nave acima da Classe 4, além de estar suspensa por um mês a começar em 1/10/34.*

Yoon ajusta a mira para o saqueador à esquerda. Haven quase não consegue identificar as luzes da hover-moto sob a chuva, mas Yoon ajeita o ombro machucado e o coice é leve quando ela aperta o gatilho. O saqueador cai como uma pedra. A capitã Song dispara duas vezes. O saqueador com a caixa escapa. Yoon abaixa a arma, o rosto inexpressivo.

— Shibal saekki nom — xinga a capitã Song para os céus. Agora o saqueador está longe.

— Ocean! Está bem? — Kent corre, sem ar. Interrompe a marcha quando chega a eles, dobrando o corpo.

— Achei que tivesse falado para vocês ficarem longe — diz Yoon.

A capitã Song pega o braço de Yoon.

— Preciso daquela caixa de volta.

Yoon olha o saqueador fugir.

— O que tem na caixa, Dae? — pergunta.

— Não importa.

— Ah, não acho que seja verdade. O que é?

A confusão de Kent é a mesma de Haven, mas o rosto da capitã se contorce. Haven precisa se esforçar para ouvir a voz da capitã com a chuva batendo no teto.

— Preciso do dinheiro. Preciso daquela caixa — repete a capitã, mais alto. — Eu... — Ela para, depois diz: — Hajoon oppa teria feito o que pedi.

Kent puxa o ar pela boca. O queixo de Yoon cai antes de ela assentir. Ela anda até a capitã Song, que se retrai, mas Yoon passa por ela até a hover-moto que pertencia ao outro saqueador. Ela pula o corpo dele. Não tem nenhum sangue. Haven não vê nenhum buraco de bala no traje, mas o homem está completamente parado.

— Espera — diz Haven. — Você não pode...

As palavras morrem na boca dele enquanto Yoon sobe na moto. Os pés se movem fluidamente, o direito pisa no pedal, o esquerdo levanta. Eles escutam um barulho e a hover-moto sobe no ar. Yoon olha para a capitã Song, a boca apertada.

— Você poderia ter só pedido por favor.

— Dê sua arma para ela, Dae. — As palavras de Kent estão entrecortadas de raiva. — Pelo menos dê sua arma para ela.

A capitã toca a arma, mas hesita.

— Não posso. É contra as regras.

— Você não pode estar falando sério. — Kent está boquiaberto. A capitã se encolhe, mas Yoon apenas pisa no pedal mais uma vez e vira a moto. — Ocean! Pelo menos coloque o capacete!

Talvez o barulho do motor tenha impedido Yoon de escutar Kent, porque ela apenas se ajeita no assento. O som agudo da moto aumenta quando Yoon dispara como um canhão, deixando para trás apenas um rastro de luz vermelha.

— Tome cuidado! — grita Kent, inutilmente. Ela já se foi. A hover-moto passa pelas fileiras de robôs e desaparece.

— É melhor amarrarmos este aqui — diz a capitã, com a voz monocórdica. — E o outro que está lá fora também. — Ela anda até a arma no chão, uma bonguk geom vermelha brilhante. — Ggeut — diz ela, e a espada se retrai. Ela a coloca no cinto.

Haven demora um segundo para entender o que ela quis dizer. Ele se ajoelha ao lado do corpo do saqueador e tira seu capacete. É uma mulher de pele escura e cabelo trançado. Ele imagina que seja da mesma idade dele, ou mais nova. Com dois dedos, confere a pulsação lenta do pescoço.

— Não entendo — diz.

— A arma de Ocean só paralisa — responde Kent. — Faz anos que ela não tem autorização para carregar uma arma regular.

— Por conta do que aconteceu na *Hadouken*?

Kent lança um olhar penetrante.

— Como você sabe disso?

— Ela vai morrer. — Haven se levanta de uma vez. — Como você teve coragem de mandar ela para lá?

A capitã Song bufa, mas o rosto está pálido.

— Uma arma paralisante funciona muito bem. Ainda dá para incapacitar.

— Só se ela atingir o alvo no coração — responde Kent. A capitã Song franze o cenho ao olhar para ele. Kent ri, sem acreditar. — Você não sabia? Como pode não saber? Você é a *capitã* dela. Uma arma paralisante só funciona se o laser atingir o coração. Caso contrário, não serve de nada. — Kent cospe as palavras. — E por que foi Ocean quem nos avisou? Isso não é trabalho seu?

— Perdi meu comunicador. — A capitã Song ergue o braço, mostrando um corte vermelho onde deveria estar o aparelho.

Kent está tremendo. Poderia ser pelo frio, mas Haven percebe os olhos injetados, os punhos cerrados.

— Ela não é uma ferramenta, uma *arma* que você possa usar e jogar fora, Dae.

— Ninguém a obrigou a ir.

— Você obrigou. Depois do que falou, ela tinha que ir.

Enquanto Haven ajeita o corpo da saqueadora no chão, tenta se lembrar de alguma menção a Hajoon no relatório que leu.

Durante seu treinamento espacial, ele hackeou a AllianceVision e leu alguns relatórios confidenciais. Entediado, ou melhor, procurando algo. Todos no treinamento espacial da Aliança tinham naves específicas, papéis específicos, que queriam conquistar. Mas os objetivos de Haven para o futuro não envolviam a Aliança. Como médico treinado, tinha muitas opções. Porém era impossível saber quem aceitaria um mortemiano, se é que existiria alguém. Os instrutores deveriam guiar e orientar os recrutas, mas a maioria os dividia de acordo com regras sociais invisíveis e alguma posição política que era específica demais para Haven entender. Não tinha passado despercebido o fato de que colegas de famílias mais ricas e influentes eram recomendados a naves mais prestigiosas e conhecidas. Ninguém oferecera ajuda a ele, e Haven se esforçou para descobrir o que os instrutores se esforçavam para esconder.

Em suas investigações noturnas, encontrou um relatório chamado "*Hadouken*, Classe 1 // Incidente 0913.xdsp". Descrevia um incidente na nave *Hadouken* depois que saqueadores a tomaram. Diversos testemunhos foram gravados, mas os mais intrigantes envolviam uma piloto chamada Ocean Yoon.

Um dos saqueadores pegara um tripulante como refém, o nome fora apagado como os demais. O saqueador ordenara que todos largassem as armas, e a capitã da nave ordenara que todos cumprissem a ordem. Mas Yoon não obedecera. Os relatos das testemunhas eram confusos. O vídeo em câmera lenta gravado pelo sistema de vigilância também não esclareceu o acontecido, ainda que Haven não tivesse conseguido hackear *aquele* arquivo. Mas havia um consenso sobre o resultado. Em três segundos, o saqueador e o refém estavam no chão, o primeiro morto e o segundo vivo, mesmo que ninguém tivesse como afirmar isso na hora por conta de todo o sangue envolvido. Yoon levara um tiro no ombro, mas isso não a impedira de dizimar os demais saqueadores.

O relatório do legista revelou dois tiros no saqueador: um que amputou o dedo que estava no gatilho e outro no coração. A precisão teria sido impressionante por si só, mas a capitã da *Hadouken*, Casey Han, dizia ser quase impossível, já que o refém estivera na frente do saqueador. Talvez esse tenha sido o motivo da punição de Yoon. *Por insubordinação e comportamento impróprio, Yoon Ocean é agora demovida; não pode mais servir na* Hadouken *ou em qualquer nave acima da Classe 4, além de estar suspensa por um mês a começar em 1/10/34.*

Haven conhecia o amor da Aliança pela autoridade, mas a punição lhe pareceu muito maior do que o crime. Vários relatórios louvavam, ainda que sem querer, a habilidade de Yoon em apanhar os saqueadores, mas sempre a condenavam por arriscar vidas. Várias e várias vezes, disseram que ela tivera sorte. O comportamento dela não mostrava a necessária deferência e revelava um orgulho e uma falta de conformidade perigosos. Ela provavelmente teria sido expulsa da Aliança se não fosse pelo soldado feito refém. Ele ficou do lado de Yoon, dizendo que não estaria vivo se não fosse por ela. Haven achou tudo fascinante. Principalmente o depoimento de Yoon.

P: *Por que você não abaixou sua arma depois que a capitã Han ordenou? Por que desobedeceu a sua capitã?*

YOON: (APÓS LONGA PAUSA.) *Não havia muito tempo para pensar. Não estava raciocinando na hora.* ▇▇▇▇ *ia morrer. Eu sabia disso só de olhar para aquele saqueador. Abaixaríamos nossas armas e então ele atingiria* ▇▇▇▇ *na cabeça. Algumas pessoas jogam limpo, mas não se pode esperar isso de todas. Vi uma oportunidade e aproveitei.*

P: *Você desobedeceu a ordens expressas de sua superior.*

YOON: *Isso foi uma pergunta? A capitã Han estava pensando no bem-estar da tripulação. Eu estava penando em* ▇▇▇▇. *Só não... Não tinha como eu deixar* ▇▇▇▇ *morrer daquela forma.*

P: *Sua decisão inconsequente poderia ter matado a todos. Também poderia ter levado* ▇▇▇▇ *à morte.*

YOON: *Eu vi o tiro. Eu não ia errar.*

As ações manifestas de Yoon provavam que suas palavras não eram vazias. Mesmo tendo todas aquelas convicções, Haven não sabia se poderia agir como Yoon, mesmo para salvar a vida de alguém. Ela arriscara o próprio trabalho, sua segurança e até sua alma. Ela matara. Como aceitara tal custo? Haven continuou pesquisando para saber o que acontecera e ficou surpreso ao vê-la na tripulação de uma nave de transporte Classe 4. Por que continuar em uma organização na qual ela não era apoiada nem compreendida? Encontrar a resposta para tal pergunta parecia um motivo bom como qualquer outro para se inscrever para tal nave. Talvez Yoon tivesse compreendido algo, aprendido algo. Talvez fosse a mesma coisa que ainda fazia brilhar os olhos do pai de Haven, algo que ele não descobrira durante o treinamento.

Era fácil ligar os pontos, deduzir que Kent era o refém que Yoon salvara. Primeiro, Haven suspeitou que a ligação deles era romântica, mas ao ver Kent e Yoon interagindo na *Ohneul*, isso não se sustentara. Desde que se juntara à tripulação, Haven não conseguira ligar a mulher que via à de suas leituras. Às vezes, pensava que ela era algum tipo de fantasma, inexplicavelmente ligada a essa nave em vez de exercer o tipo de ação que o interessara tanto a princípio. Ele inclusive especulara se o relatório não seria sobre outra Ocean Yoon. Pelo menos até ele ver Ocean atirar, até ela o arrancar da moto, protegendo o corpo dele com o dela.

— Aonde você vai? — pergunta Kent ao ver a capitã Song indo embora.

— Preciso... Vou conferir os outros lugares — diz ela, se virando. — Eles podem ter deixado algo para trás.

— Você está falando sério? — grita Kent para ela.

Haven se ajoelha perto do corpo da saqueadora e, depois de uma breve inspeção, a vira de lado, dobrando as pernas dela.

— Você vai amarrar ela? — pergunta Kent, em dúvida.

— Não — responde Haven. Mesmo que ele tivesse uma corda, não faria isso. Ele vira a cabeça dela um pouco para trás. — Vamos mantê-la aquecida. Você pode trazer aquela lâmpada de calor mais para perto?

Haven sai na chuva para inspecionar o outro saqueador. Esse é bem maior; vai precisar da ajuda de Kent para levá-lo para junto da outra. Enquanto acena para Kent, Haven olha para trás, para onde Yoon foi, mas só consegue ouvir o som distante das hover-motos.

A sala comunal da *Scadufax* é cheia de telas, e Teo senta-se de frente para uma que está transmitindo um jogo de futebol. Ele não se importa muito com o jogo, mas as outras opções são séries que ele não conhece e jornais, e Teo não está no clima para nenhum dos dois. Ele se senta entre Donna e Yoonchan, cumprimentando a primeira sem pensar muito. Ela revira os olhos, mas abre espaço para Teo e lhe entrega uma tigela de pipoca.

— Para quem estamos torcendo? — Ele aceita a tigela e pega um bocado de pipoca. Maravilha! Ele vê alguns confeitos de chocolate no que pegou.

— Para quem está ganhando.

Teo aponta para o placar, em 0 a 0.

— Então...

Donna agarra o braço dele para fazê-lo ficar quieto. Um jogador se aproxima do final do campo, driblando. Donna levanta, ainda segurando o braço de Teo. Deve ser para esse time que estão torcendo. Ele entrega a tigela para Yoonchan, claramente o espectador mais calmo, e olha o punhado de pipoca que pegou.

— Sabe o que deixaria isso ainda melhor?

— Não, argh — diz Yoonchan.

— Você nem me deixou terminar! — protesta Teo.

— Não quero ouvir outra ideia de lanche estranho, Teophilus.

— Injeong, mas me escuta. Furikake, o da Zia, claro, e atum... — O jogador chuta e Donna grita, jogando as mãos para o ar. O goleiro dá um salto fantástico, empurrando a bola para longe. Donna xinga a torto e a direito, só parando quando o comunicador em seu pulso apita. Ela franze o cenho.

— Está tudo bem? — pergunta Teo.

— Está, preciso ir para a ponte. O capitão Hong me chamou — responde ela, olhando uma última vez para a tela. — Não mudem de canal!

— Como se você fosse saber — solta Yoonchan, colocando um punhado de pipoca na boca.

— Não mude!

Teo e Yoonchan se despedem enquanto ela sai da sala.

— Quer mudar de canal? — pergunta Teo.

— Nem.

Eles continuam assistindo ao jogo, mas a cabeça raspada de Yoonchan está virada para a tigela de pipoca. Com a testa franzida, ele compõe a combinação perfeita de pipoca e chocolate enquanto batem um pênalti. Está tão interessado no jogo quanto Teo.

— Não!

Teo vira a cabeça para o outro lado da sala, onde a tela mais próxima da porta que leva à ponte está passando uma série. É uma cena de beijo e a câmera está fazendo aquele zoom circular ao redor do casal. Finn, Haditoshi e Dayeon estão tendo reações viscerais, ainda que diferentes.

— Você tem planos para Marte? — pergunta Teo a Yoonchan.

— Nada específico. Vou pegar algumas lembrancinhas para a minha família.

Teo não conhece os pais de Yoonchan, mas conheceu as três irmãs mais novas, que aproveitam toda oportunidade de atacar Yoonchan, cada uma em um braço e perna, para que ele levante as três, como um Hércules.

— Como estão suas irmãs? — pergunta Teo, e Yoonchan se alegra. — Yoonji não vai começar o godeung hakgyo no próximo ano?

— Vai, mas ela disse que quer entrar para a Aliança quando terminar a escola, assim como eu. Yoonha participou de uma competição de violino e ficou em segundo lugar, e minha umma diz que ela é a primeira entre os perdedores. E Yoonseon quer desistir do balé e começar taekwondo. — Ele ri alto.

— Que fofas.

— Como está seu irmão?

— Ocupado.

— Sério? Esqueci de contar para você que vi ele na noite em que fomos embora.

— É mesmo?

— Isso, na Psy/Cho.

Aquela boate maltrapilha em Gangnam? Teo solta um muxoxo de aprovação e pergunta:

— Com quem ele estava?

— Hã? Ninguém. Estava sozinho.

Teo balança a cabeça.

— Sem chance que ele seria visto lá. A não ser que fosse por negócios.

— Ei! — protesta Yoonchan. — Eu gosto daquele lugar.

— É só que... não é a vibe dele. Ainda mais sozinho — diz Teo, tentando disfarçar.

— Uhm... — Yoonchan não parece convencido. — Tenho quase certeza de que era ele. Vocês são meio parecidos.

Teo pisca várias vezes.

— É assim que você assume o quão absurdamente bonito eu sou?

Yoonchan solta um resmungo que Teo escolhe entender como uma confirmação. Eles assistem a mais um pouco do jogo, mas, depois de um tempo, Teo olha as horas. Poderia tomar um banho agora e passar algum tempo lendo na cama. Não acredita que mais alguém esteja lá pelos dormitórios. No dia seguinte ele vai fazer o primeiro horário de guarda antes do café da manhã, mas ainda conseguiria dormir umas seis horas. Teo se levanta e se despede de Yoonchan.

Ele está na saída que leva à ponte quando um alarme dispara. A voz do capitão Hong sai dos intercomunicadores ao mesmo tempo em que o comunicador de Teo vibra loucamente.

— *Scadufax*, fechamento total. Estamos sendo invadidos. Embaixada Seonbi, desligar-se. *Scadufax*, proteja os Seonbi a todo custo. Repito, estamos sendo inva...

O aviso é interrompido, e Teo se vira quando a porta da ponte se abre. Um grupo com trajes espaciais desconhecidos entra. Dayeon, rápida como um foguete, está com a arma em punho, mas, de alguma forma, um deles é mais rápido. Dayeon está nas mãos dele. As costas dela estalam forte quando o seu corpo é jogado ao chão. Teo olha os rostos dentro dos capacetes, as bandeiras nos trajes, mas ele só tem tempo de pensar *Marcianos?* antes de atirarem em todos. Teo se abaixa e pega a arma que sempre fica em seu cinto, mas, quando volta a olhar para mirar, percebe que ninguém caiu. Todo o time dele foi atingido, mas não por balas comuns. Dardos estão enfiados nos corpos.

Em frente a ele, Finn está com uma expressão surpresa, beatífica. Ele larga a arma. Haditoshi também. O barulho aumenta enquanto outras armas são largadas, uma a uma. Apenas Teo está no chão, olhando para eles. O marciano de frente para Teo pega outro dispositivo. Quando aperta o gatilho, um líquido viscoso se espalha, cobrindo a todos. Mas a tripulação da *Scadufax* mantém os olhares indefesos, surpresos. Alguns até sorriem.

O segundo marciano dá um passo à frente e Teo reconhece a arma que ele carrega. Teo tenta mirar a própria arma, mas o marciano dispara primeiro, e chamas lambem tudo. Cada uma das pessoas que foi banhada pelo líquido viscoso pega fogo. As chamas devoram tudo imediatamente, indo de um corpo para o outro em segundos. O calor é grande, mas é o cheiro que o enjoa. Teo engasga com o aroma doce. O corpo de Haditoshi desaba no chão. Larkin, que estava assistindo ao noticiário, cai de joelhos. Yoonchan se vira para Teo como se conseguisse ouvir sua náusea a distância. Mas é nessa hora que Teo vê seu semblante plácido derreter no chão. O sistema anti-incêndio solta água, mas é tarde demais.

— Sobrou um aqui!

— É ele! Pega!

Teo tenta sair. Arranha uma mão na porta. Levanta-se e aperta o painel, logo antes de sentir uma picada no dorso da própria mão. Um spray de líquido o molha. A porta se fecha, deixando Teo tremendo do outro lado. Ele puxa a trava de emergência e, assim que a porta é selada, escuta o lança-chamas do outro lado.

Um dardo está em sua mão. Ele o puxa e se apressa pelo corredor. Balança a mão freneticamente, batendo em tudo para sentir algo. Aciona o zíper do uniforme. Está pesado e pegajoso, ensopado do spray desconhecido.

Teo solta o cinto, a fivela faz barulho. Ao amarrar o cinto em volta do braço, usa os dentes para apertar bem o couro. Isso não é suficiente para conter as palavras que saem como gritos abafados.

A porta balança, um amassado enorme aparece. Teo cai. Alguma coisa bate na porta mais uma vez, e então é possível reconhecer o formato de um pé. Teo poderia rir, porque é claro, *claro*, que é agora que vai testemunhar o uso de um traje aumentado, mas não é tão engraçado porque ele é o alvo e percebeu que foi essa tecnologia que permitiu aos bandidos quebrarem a coluna de sua colega como se fosse papel. Tenta se mexer, mas cai. Ele precisa... precisa ir embora. Mas tudo parece embebido em um filtro confuso. Como zumbidos de abelha.

Mais uma batida na porta. O zumbido do outro lado fica mais alto. Eles vão cortar a porta. E talvez Teo devesse esperar ali por eles. Conseguiria pegar alguns, pelo menos morreria lutando. Mas ao pensar nisso, vê algo diferente refletido na porta fechada, vermelha e quente por conta das chamas. A arma de Ocean está apontada para ele. Passado e presente se misturam. Teo está deitado no chão, sangue ao seu redor, tiros da arma de Ocean zunindo em seu ouvido.

Ele consegue voltar à realidade. Está lutando contra a letargia do dardo, tentando ir em frente, mesmo que caindo. Acha que está andando em linha reta, mas bate em uma parede. Teo usa a parede para dar um impulso e chega até seu quarto, entra, fecha a porta e balança a cabeça, tentando clarear a mente. Do outro lado do quarto está a entrada da cápsula de fuga. Bem, talvez agora ele deva pedir desculpas a seu pai. Uma bolsa meio cheia fica ao lado da portinhola. A bolsa de emergência. Teo a segura contra o peito. Olha mais uma vez para o quarto, as paredes cheias de livros que provavelmente serão queimados. Quase cai na cápsula depois de apertar o botão de entrada. A portinhola se fecha logo em seguida, e felizmente o protocolo é seguido de imediato:

INSERIR DESTINO.

A escuridão ameaça envolvê-lo, dançando nas bordas de sua mente. Os dedos de Teo estão lentos, mas ele não precisa se esforçar para pensar naqueles números, ainda bem. Olha a mão direita, inchada, e afrouxa o cinto que está prendendo a circulação enquanto o sistema de navegação é calibrado.

CONFIRMA?

Teo consegue tocar na tela e confirmar, é a última coisa de que se lembra antes de desmaiar.

NOVE

Se Ocean conseguir sair dessa, vai ficar com a hover-moto.
A chuva cai praticamente de lado, por conta do vento, e ela continua acelerando. Com o torso para a frente, os músculos da perna estão tensos enquanto se aproxima da outra hover-moto. Ela pisa nos dois pedais direitos e ancora o pé para ajudar em uma curva. O barulho da moto sobe uma oitava quando ela acelera mais. Ocean não consegue enxergar o caminho, mas está concentrada em seguir o outro piloto, cuja moto é um flash de azul-claro no meio do nevoeiro, com as luzes rubi. Primeiro precisa alcançá-lo, depois pensará no restante.

A moto dá um tranco, mas Ocean controla a embreagem. Faz anos que não anda de moto, mas está se lembrando de tudo, uma prova de que o ditado é verdadeiro. Ocean tem sorte. O grupo de saqueadores, o grupo de Phoenix, se ela estiver percebendo bem, deve ter escolhido essas hover-motos porque são baratas e muito difíceis de pilotar, o que significa uma chance menor de serem roubadas. Essa geração de hover-motos foi feita para fanáticos por drift e não inclui manetes de freio no guidão. Hajoon se especializou em carros, incluindo o Nissan 240SX que ele reconstruiu, e ensinou tudo o que Ocean precisa saber sobre embreagens, pedais e motores. Tudo está nos pés, e Hajoon sempre disse que pés com grande sensibilidade eram a principal vantagem de Ocean. Todos os anos de treinamento de balé foram a única parte útil do tempo que ela passou na Sav-Faire.

O saqueador à frente dela não é um piloto ruim. Ela só é melhor. Mesmo com a vantagem inicial, ele está perdendo distância nas curvas. Ocean é mais rápida nos drifts, conseguindo tempos melhores instintivamente. Ao fazer a curva seguinte, a moto fica de lado e ela se abaixa. Consegue sentir a rua em sua bochecha, espirrando água e cascalho. Quando ela se endireita, o capacete à sua frente se vira por um momento. Ela está feliz em não ter aceitado o conselho de Von para usar capacete, mesmo que a chuva castigue sua pele como um spray de urtiga. Já é difícil o bastante enxergar o que está acontecendo, e ela não conhece muito bem o terreno. Deveria ter lido o compilado de informações de Dae. O saqueador acelera por uma subida enquanto Ocean se aproxima, pressionando. Quando o caminho se abre, ele vira abruptamente à esquerda, para uma ponte que atravessa o lago. Ocean logo vira atrás dele, fazendo a hover-moto gritar.

Seja para onde for que ele a esteja levando, seria melhor forçá-lo a parar antes de chegarem. A ponte de metal está escorregadia por conta da chuva, a água brotando nas beiradas. A ponte não tem grades e isso faz Ocean ter uma ideia. Ela acelera, encostando sua roda dianteira na roda traseira do outro. Não é o suficiente para que ele se desequilibre, mas ele olha para trás mais uma vez, como ela esperava. Ocean vira o guidão para o lado e aperta o botão no painel. A moto dela desliga e começa a cair. Ocean está preparada e usa o impulso para se lançar. A moto ainda está de lado por conta do guidão virado e, quando bate na superfície da ponte, desliza até o saqueador. Ocean cai no chão de uma vez, o ar saindo dos pulmões como um balão. Ele salta da moto quando a de Ocean a acerta. Ambos os veículos caem da ponte para o rio.

Lá se vai o sonho.

Mas não há tempo para sofrer, porque o saqueador se recuperou muito mais rápido do que ela esperava. Ele vai para cima de Ocean e chuta sua barriga. O corpo dela bate no chão fazendo barulho. Ela tenta se levantar, mas escorrega, os sapatos molhados. Ocean tenta pegar a arma, mas a mão enluvada do saqueador a joga longe. Uma dor lancinante toma conta do rosto de Ocean, onde ele acerta um murro. Estrelas preenchem seus olhos. Ela deveria ter continuado a se dedicar ao treinamento físico, mas *saqueadores*? De novo? Quais são as chances? Ela sente o gosto de sangue na garganta e cospe, vermelho e branco. Ele tira o capacete e tenta acertá-la. Ocean consegue se defender cruzando os braços. A chuva não para e, quando ela cai de costas, água se esparrama por todos os lados. Ela logo se apoia em um joelho, mas o saqueador já está esperando. Ocean se joga à frente para atacá-lo. Ele arremessa o capacete para longe e passa os braços pelo corpo dela. É assim que ele consegue virá-la no ar.

Ocean vê onde vai cair e tenta lutar desajeitadamente contra o chão. Os dedos dela se seguram na beirada da ponte, o corpo pendurado. Ela sente uma dor absoluta nos braços. Nunca esteve tão próxima de perdê-los, como se estivessem sendo arrancados. Agonia toma conta de seu ombro direito. O grito brota de todo o peito.

O saqueador a observa de cima. Poderia pisar nos seus dedos e seria o fim de Ocean. Em vez disso, ele se abaixa e tira as luvas. Ocean pisca, tentando afastar a água dos olhos. Ele é muito mais novo do que ela esperava. Pele bronzeada e olhos felinos. Tem um olhar forte e julgador, e cabelos pretos e ondulados que foram alisados pela chuva.

— Phoenix vai ficar furioso ao saber que você destruiu as motos — diz ele, monocórdico. — Mas sou eu que vou ter que aguentar. Obrigado, viu?

Ocean cerra os dentes enquanto os músculos gritam.

— Então, não devia ter me deixado alcançar você.

Ele olha para a direção de onde vieram.

— Foi uma boa corrida.

— Obrigada. — Ocean deveria aproveitar o possível último elogio que vai receber.

Os olhos dele vão do rosto de Ocean para o nome bordado no uniforme.

— Yoon, é? Não achei que veria a galerinha da Aliança por aqui.

— Também estou surpresa. — É o que Ocean consegue dizer. Os dedos dela estão amortecidos. Não quer nem pensar em tentar se puxar para cima. Ela *realmente* deveria ter continuado com o treinamento físico.

— A Aliança não paga o suficiente para vocês? Também precisa fazer bicos?

— Como assim? Estamos aqui para a Aliança.

— Sei. — Ele aponta para a caixa a alguns metros deles, que pelo jeito ele se lembrou de salvar enquanto pulava da moto. — É por isso que você está tão desesperada para recuperar aquilo. — Ocean não responde. Dae é quem está desesperada. O suficiente para confiar em Ocean, para usar a chantagem do irmão. — Você não faz ideia, não é? Gado da Aliança. Sua capitã manda você pular, e você só pergunta de onde. Acho que desta vez foi literal. — Ele vai um pouco para trás e pega a caixa pela alça. Faz um barulho com a língua, uma coisa leve, enquanto deixa a caixa perto de si. — A maioria dos bots de IA daqui já tiveram suas melhores partes saqueadas, a não ser que você saiba como abri-los. É aí que fica o dinheiro.

Ocean consegue ouvir um barulho. A chuva levou a arma dela para o lado da ponte, o mesmo lado em que ela está se segurando. Não está muito longe. Mas de que adianta? Poderia estar do outro lado da lua, que daria no mesmo.

O saqueador continua:

— Sua capitã é uma canalha, mas é você que convenientemente está *aqui*. — Os lábios dele formam um sorriso. Pega a arma que está em sua cintura e encosta o cano na própria têmpora. Uma onda de medo percorre o corpo de Ocean. Os braços dela estariam tremendo se já não estivessem esgotados pela fadiga. — E, bem, você a obedeceu cegamente. Chegou até a matar por ela.

— Não matei aquelas pessoas — responde Ocean.

— Mentirosa. — Ele começa a gargalhar. — Eu vi quando eles caíram. Um. Dois. Por que não atirou em mim? — Quando ela não responde, ele gargalha mais uma vez. — Sério? Porque sua chefe mandou?

— Namisa — rebate Ocean.

Ela poderia ter atirado nele. Mas para Dae era uma questão de orgulho, e ninguém desobedece as ordens de um oficial da Aliança. Pelo menos não Ocean. Ele parece pesar as palavras dela, depois passa a mão na sobrancelha encharcada de chuva e joga a água em Ocean. Guarda a arma, mas, antes que Ocean consiga relaxar, pega a arma dela.

— Você disse que não os matou. Que não atirou neles com esta arma aqui. Bem, vamos ver como você vai se sentir quando... — Ele levanta a arma e faz uma cara de confusão. A expressão muda. E aí ele começa a rir tanto que quase sai rolando pelo chão. Ri por bastante tempo, deixando que até a última migalha de gargalhada saia antes de jogar a arma dela pelo ar. — Você veio atrás de mim só com uma arma paralisante?

Os dedos de Ocean começam a escorregar e uma dor lancinante arrebata seu ombro direito. Ela engole um grito enquanto a mão desliza e tenta segurar ainda mais firme no material frio. Provavelmente a água abaixo dela não é tóxica, Von ficou perambulando pela orla o dia todo. Mas Ocean não se atreve a mudar de posição para tentar ver a que altura está. Mais uma vez, pensando em retrospectiva, ela deseja ter lido aqueles relatórios.

— Então acho que não posso matar você a sangue-frio. — Ele inclina o corpo um pouco para a frente e segura o pulso direito dela. Ao puxar, tira um pouco do peso dos dedos de Ocean. Ele aciona o comunicador dela, que liga direto para o primeiro número listado como prioridade. Mas, quando a tela acende, não é Dae quem atende, e sim Sasani. Os olhos escuros preocupados. O saqueador o cumprimenta. — Achei que ia falar com a sua capitã, mas você vai servir.

— Eu peguei o comunicador da capitã que caiu — responde Sasani.

— Se você se apressar, pode chegar aqui antes de Yoon perder a força nos dedos. — O saqueador vira o pulso de Ocean para a água abaixo deles. A vertigem faz os pensamentos de Ocean rodarem. O saqueador solta o pulso dela e Ocean segura desesperadamente na borda. — Ou você pode pegar o corpo dela na água.

— Não gosto de me molhar — diz Sasani. O rosto dele está tão sem expressão que a tela parece ter quebrado. — Você sabe quão gelado aquele lago deve estar? Provavelmente uns dez graus.

— Não se incomode — responde Ocean. — Você não vai chegar aqui a tempo.

— Também não sei nadar — continua Sasani, com o mesmo tom monocórdico. — A última vez que estive em uma piscina, tinha apenas dois metros de profundidade, e esse lago parece ter pelo menos dez vezes isso. — Ele olha para o lado. — Preciso desligar.

Sasani desliga a chamada sem qualquer cerimônia. Ocean agora só escuta a própria respiração.

— Você precisa de amigos melhores — diz o saqueador.

— Ele não é meu amigo — responde Ocean no automático.

— Obviamente. Uma capitã que envia você em uma missão suicida e não conta o motivo. Um colega que se importa mais com não se molhar do que salvar sua vida. — Ele balança a cabeça. — Você se sairia melhor com uma tripulação que apoiasse você.

Um arrepio percorre o corpo dela.

— Isso é uma oferta? — pergunta Ocean, ácida, mas o saqueador não ri como ela esperava que fizesse.

Ele se apoia nos calcanhares.

— Você é doida. E uma piloto venenosa. Você é interessante, para dizer o mínimo. E Phoenix cuidaria de você. Ele é bom nisso.

— Você está... está tentando me recrutar?

Ele afasta o cabelo molhado da testa, e o sorriso que dá em resposta a surpreende. Ocean o encara, totalmente sem palavras. Ele se curva para a frente e coloca uma mecha de cabelo atrás da orelha dela antes de estender a mão.

— "Se a minha mão profana esse sacrário."[6]

Teo costuma dizer que *Romeu e Julieta* é uma escolha prosaica, mas Ocean reconhece a citação porque ele ainda assim a arrastou para ver diversas apresentações da peça em Londres. Os olhos verde-acinzentados do saqueador estão estranhamente brilhantes, mesmo no dia nublado, a mão pálida na chuva.

— "E violento prazer tem fim violento" — responde Ocean.

Ela solta as mãos da ponte e voa pelos ares.

---

6. WILLIAM, Shakespeare. *Romeu e Julieta*. Tradução de Barbara Heliodora. São Paulo: Nova Aguilar, 2000. (N.T.)

DEZ

O vento rouba qualquer fragmento de ar dos pulmões de Ocean. Se ela não os encher novamente, vai morrer. Mas está com tanto frio. Tanto, tanto frio. Mecanicamente, aponta os pés para baixo. Trava os joelhos. Dobra...

Ocean bate na água e o choque oblitera qualquer pensamento. Gelo substitui o sangue em suas veias. O corpo dela avança para as profundezas como se uma mão a puxasse pelos tornozelos. O uniforme da Aliança que está usando poderia muito bem ser uma mortalha. Vozes começam a crescer dentro dela, ganhando mais poder do que seu esforço. Um coral de mulheres cantando uma música coreana cadenciada como ondas.

"*Ieodo sana, ieodo sana.*"

"*Rema, rema o barco.*"

Ocean balança a cabeça buscando alguma lucidez.

"*Ieodo sana, ieodo sana.*"

"*Se estivermos fartas ou famintas, mergulharemos no mar.*"

"*Ieodo sana, ieodo sana.*"

"*Cada tostão que recebo vai para os bolsos do meu marido.*"

Gargalhadas distantes se juntam ao refrão. Ocean escolhe fechar os olhos e mergulhar na memória da última vez em que esteve em águas gélidas.

Mulheres com óculos cor-de-rosa e trajes de mergulho pretos e laranja apareciam na superfície da água. Conforme emergiam, o som do sumbisori escapava de seus lábios, o som da saída do ar que ainda restava depois de seu mergulho nas profundezas. Taewak laranja estavam na água, guardando o que as haenyeo haviam pescado. As fabulosas mergulhadoras de Jejudo, sereias da Coreia, chamavam a superfície da água de linha entre a morte e a vida, e quando Ocean passou por ela, o ar beijou sua pele. Ela tentou produzir o próprio sumbisori, mas só conseguiu cuspir água e boiar nas ondas. A água a embalou enquanto gritos violentos apareciam de um lado para o outro. Cada respiração puxava ar frio que machucava os pulmões, lembrando a Ocean que ela estava viva. Cada respiração puxava ar frio e a lembrava que Hajoon não estava.

No barco de volta, as haenyeo conversavam enquanto se revezavam nos remos. Mesmo depois de séculos, dispensavam barcos luxuosos e equipamentos de mergulho. Em parte por orgulho, mas principalmente por se entregarem à ordem natural das coisas. Nunca pegavam coisas demais, nunca desrespeitavam a estação. Caso contrário, desequilibrariam o delicado ecossistema que as mantinha.

— Você é uma boa filha. — A mulher velha bateu nas costas de Ocean com força suficiente para separar a alma do corpo. Ela continuou a falar, em coreano: — Ter você por perto vai fazer bem para a sua mãe. — Ocean olhou para o leme onde estava sua mãe, a chefe do clã haenyeo de Marado. As costas de sua mãe se mantinham eretas mesmo quando o corpo balançava com as ondas. O rosto estava solene e enrugado, um mapa que Ocean nunca conseguira ler. — Que desperdício.

O restante do que a mulher tinha a dizer foi interrompido pelo coral de cabeças balançando e línguas clicando. Do outro lado do barco, uma ieodo sana se levantou, começando um jogo de respostas que se estendia pelas ondas. O ritmo da ieodo sana era parecido com o dos remos do barco, mas dessa vez ficou mais pronunciado. As mulheres ao redor de Ocean cantavam sobre chegar a ieodo, a ilha utópica que espera pelas haenyeo depois da morte. Ocean ouvira aquela música muitas vezes, mas ainda assim observou de perto a reação de sua mãe. Elas não se pareciam muito, mas, de novo, sua mãe começara o treinamento de haenyeo aos onze anos, e essa era a primeira vez que Ocean encarava as águas com elas. Quando era criança, sua mãe a proibia de sair no sol ou entrar na água, emplastrando a pele de Ocean com protetor solar até que ela fez oito anos e foi para a Sav-Faire.

"*Ieodo sana, ieodo sana.*"

"*Reme o barco e vá para onde?*"

"*Ieodo sana, ieodo sana.*"

"*Vá mais fundo e mais fundo, parece o caminho para o inferno.*"

O rosto da mãe dela se contraiu por conta do repentino jorro de água. Todos os dias as haenyeo mergulhavam nas águas profundas. Não importavam as condições: chuva ou sol, gravidez, o dia do parto. Às vezes, logo depois que alguém próximo morria.

Uma hora depois, estavam em um círculo, na sala de reuniões do bulteok. Vindo das cinzas do antigo, o novo bulteok era equipado com aquecimento central, banheiros e vestiários. As haenyeo se juntavam lá antes e depois dos mergulhos para trocar de roupa e fazer reuniões.

Naquele dia, estavam se reunindo para falar sobre Ocean.

— Vamos votar. Não podemos aceitar Yoon Ocean a não ser que todas concordem. Todas a favor de aceitar Ocean como integrante do clã?

Mãos se levantaram, uma a uma, pela sala. Mesmo que a votação fosse quase simbólica, cada mão que se levantava era um fio que compunha a corda salva-vidas de Ocean. Era como voltar para casa. Não, não era "como". Era *voltar* para casa. Todos aqueles anos, estivera longe da Coreia, de Marado. Via aquelas mulheres durante as férias, apenas de passagem e junto da mãe. Mas na última semana tinha ligado nomes a rostos. Eram o rosto de mulheres que colocavam as mãos nas costelas dela, indicando onde deveria guardar o ar para se preparar para o mergulho. O rosto de mulheres que selecionavam conchas enquanto o gosto de peixe ainda estava na garganta de Ocean. O rosto de mulheres que escondiam sua simpatia com vozes grossas, cujas mãos eram suaves quando tentavam remendar mais do que a rede diante delas. Aquele fora o primeiro mergulho de Ocean depois de completar o treinamento, o primeiro de muitos. Ela mal podia esperar para deixar a Sav-Faire para trás, para...

Então viu uma mão que não se levantou. Uma mão que continuou firme no colo.

A mãe dela.

— Ocean-ah.

— Wae, umma?

A mãe não titubeou.

— Esta não é a sua vida.

A reposta dela na língua comum acertou Ocean como uma bala.

— Poderia ser — tentou Ocean.

A mãe dela se virou, falando com as demais haenyeo, em coreano.

— Nós, haenyeo, morremos todos os dias e trazemos umas às outras de volta à vida. Contamos umas com as outras. O mar é perigoso e está sempre mudando, mas sobrevivemos porque dividimos tudo, juntas.

— Mas, umma, eu...

— Não somos apenas as haenyeo de Jejudo. Moramos em Marado, onde as águas são mais perigosas. — Ela levou a mão em punho ao peito. — Nossas haenyeo são as mais corajosas, não somos?

Todas ao redor dela concordaram, evitando os olhos de Ocean.

— Umma, por favor. Me dê uma chance.

— Esta foi a sua chance — respondeu a mãe.

— Como assim, eu falhei? Foi meu primeiro mergulho, umma. Eu não deveria ir muito fundo. Não deveria pegar nada. Como eu já falhei?

As outras hagun eram jovens, não haviam completado nem dez anos. Ocean não estava pedindo nem para começar como junggun, não esperava nenhum tratamento especial por ser filha da líder do clã.

— Trabalhei duro para enviar você para a Sav-Faire, Ocean-ah — disse ela. — Não é tarde para você voltar. Só perdeu algumas semanas.

— Não posso voltar para lá, umma.

— No mar, o egoísmo leva à morte — disse a mãe dela. — Você não se torna haenyeo por um desejo infantil.

— Não sou criança. — Mas as palavras de Ocean saíram em um tom agudo. — Não sou criança — repetiu em coreano, mas a pronúncia ruim deixou tudo ainda pior.

— Só falta um ano para sua formatura — disse a mãe dela.

— Não posso voltar para lá — repetiu Ocean, desesperada. — Não depois que Hajoon oppa...

O rosto da mãe dela se fechou.

— Não.

Ocean acorda violentamente, catapultada da lembrança, enquanto água jorra de sua boca. O mesmo ar frio beija seu rosto, como se ela tivesse acabado de emergir da água. Ela não para de tossir, o ar invadindo a garganta repetidamente, os dedos se enredando na areia ao redor. Ela está bem, mas o corpo está convulsionando. Ela está bem, mas o corpo ainda acredita que precisa se livrar de algo. Mãos borradas e figuras brancas se movem em seu campo de visão.

— Ocean, você está bem. Está tudo bem. — A voz repete: — Está tudo bem.

Ocean fica feliz em adentrar o vazio preto que a engole.

ONZE

Um tecido macio toca a pele de Ocean, suas camadas cheias de calor.

— Ela acordou! — Von levanta as mãos que estavam apoiadas na maca de Ocean. Ela deve estar na enfermaria. Maggie arrasta o banco até uma mesa próxima, deixando lá um pequeno aparelho com fios multicoloridos. Von estica o braço para pegar a mão de Ocean, mas pensa melhor. Acaba sentando-se sobre as próprias mãos, pulando. — Ocean! Eu estava tão preocupado!

— Eu não — diz Maggie. — Sasani disse que você estava bem... Ainda assim, estou feliz que esteja inteira.

— Por quanto tempo eu dormi? — A voz de Ocean machuca a garganta.

— Um ciclo. — Von confere a porta do corredor. — Devemos chegar em Galileu em breve.

— Saímos de Sinis-X?

— Se está perguntando como fizemos isso, não sei. Quase vomitei com Dae de piloto — solta Maggie. — Cara, você perdeu muita coisa.

Ocean toca o próprio rosto.

— Perdi?

— O saqueador pegou você de jeito. Espero que a cara dele esteja ainda pior — diz Maggie.

— Não está. — Luta corpo a corpo nunca foi o forte de Ocean. Com cuidado, ela se senta. — O que aconteceu depois que eu fui atrás dele?

— Dae saiu, mas Phoenix apareceu logo depois.

— Apareceu? — pergunta Ocean, abalada, e logo coloca a mão contra as costelas. Ela pensa que nos próximos dias vai começar a se lembrar exatamente de como foi a briga.

— Ele estava voltando para buscar os dois saqueadores que você acertou. Ainda bem que eles não estavam mortos. — Von faz uma careta. — Acho que ele faria algo com a gente mesmo assim, mas ele recebeu uma ligação que o fez mudar de ideia.

— Eu não deveria ter deixado vocês lá. Foi burrice.

Os olhos de Von se enchem de lágrimas.

— Não é com *isso* que você deveria se preocupar!

— Vocês me seguiram até lá. Sou responsável por vocês. Eu cuido de vocês. Não o contrário.

— Aparentemente, Dae estava pegando algumas partes de robôs para fazer um dinheiro extra. — Maggie esfrega os dedos. — Você acha que ela dividiria com a gente?

— Pouco provável — responde Ocean.

— Ela não deveria ter mandado você para lá. Você poderia ter morrido! Por conta de umas partes de robôs! — diz Von.

— Eu não precisava ter ido — responde Ocean. Aparentemente aquelas partes de robôs teriam sido a solução do problema financeiro de Dae. E era tudo o que ela precisava ter dito. Mas, em vez disso, deu um soco no estômago de Ocean ao mencionar Hajoon. Ocean quase decidira não ajudar depois que Dae a provocara com *Hajoon oppa*. Ali, Ocean se sente exausta e se reclina no travesseiro. — Como vocês me acharam?

— Seguimos o seu comunicador.

— Vocês me tiraram da água?

— Não, você já estava em terra quando chegamos. — Von balança a cabeça. — Você mesma saiu da água. Não lembra?

O que Ocean se lembra é da mãe dizendo: "No mar, o egoísmo leva à morte." Ocean cobre o rosto com as mãos. Von solta um suspiro e lágrimas escorrem em seu rosto. Ocean tenta acariciar a cabeça dele, de um jeito estranho, e Maggie pisca, sem se envolver.

— Claro que você conseguiu sair da água. Você vem de uma longa linhagem de haenyeo, não é? — pergunta Maggie.

— Não gosto de nadar — responde Ocean, apenas.

— Por quê? Drama familiar? — continua Maggie, deixando seus gadgets de lado.

— Acho que Yoon precisa descansar. — Uma voz entra na conversa. Não está vindo do corredor, e sim do quarto de Sasani. Ele está apoiado no batente da porta e, por um momento, Ocean percebe um alívio naqueles olhos, um pouco antes de a expressão dele voltar à máscara de educação.

— Certo. Ordens médicas. Claro. — Von funga e esfrega os olhos, que agora estão inchados e vermelhos.

— Posso descansar no meu quarto? — pergunta Ocean a Sasani.

— Se aceitar a ajuda de Kent para chegar lá — responde ele. — E se concordar em ficar deitada. A maior parte de seus machucados são superficiais, mas você machucou algumas costelas, e quero acompanhar. Vou passar no seu quarto mais tarde e levar gelo para o seu ombro. Também aconselharia você a não rir muito.

— Também são ordens médicas? — pergunta Ocean.

— Talvez seja um conselho geral para a vida — rebate Sasani.

Ocean sorri ao perceber o tom levemente abrasivo na voz dele. Ao ver isso, ele se vira, e aquele movimento deliberado a faz lembrar de como ele encerrou a ligação deles antes. Deve ter sido logo antes de Phoenix chegar.

— Ela ainda pode ver *Cemitério de Vênus*, não é? — pergunta Maggie. — Não é uma comédia nem nada. E estamos esperando há tanto tempo para ver o próximo episódio.

— Maggie!

— O que foi? *Você* não está curiosa para saber qual dos meios-irmãos traiu Rian? — rebate Maggie. Ocean está emocionada por Maggie tê-la esperado para ver o próximo episódio. O último acabou em uma reviravolta, e nunca é fácil fugir de spoilers quando se está atrasada. — Mas pra mim foi a Naomi. É sempre o namorado. Ou a ex-esposa. Dá pra perceber que ela não quer encontrá-lo de verdade. Ela só está fingindo.

— Eu acho que ela o ama de verdade.

O comentário é quase um murmúrio, mas ainda assim faz com que todos se surpreendam. Eles se viram para Sasani ao mesmo tempo. O rosto do médico ruboriza.

— Você está vendo *Cemitério de Vênus*? — pergunta Von.

— Sem a gente? — emenda Maggie.

— Meu pai gosta muito — responde ele, baixinho, olhando para todos os lugares menos para os companheiros. Sasani esfrega a nuca. Dessa vez, Ocean não consegue segurar a risada que escapa com a expressão surpresa do médico. Mas, assim como ele tinha avisado, ela logo se arrepende. As mãos de Von seguram os ombros de Ocean, e Sasani logo se aproxima. — Eu avisei.

Ocean faz um gesto de recusa com a mão, sem saber se é uma resposta a Sasani ou à ajuda de Von. Ela afasta as cobertas e Von se ajoelha na frente da maca.

— Ocean, sobe nas minhas costas.

— Não seja ridículo — responde ela.

— *Você* é que está sendo ridícula! — grita ele. — Eu carreguei você de volta para a nave, posso carregar um pouco mais!

— Meu quarto é aqui do lado, Von. — Ocean está quase descendo da cama quando Sasani dá mais um passo para a frente, braços cruzados. — Vou me apoiar no seu ombro — concede ela.

De volta à própria cama, ela deixa Von ajeitar os cobertores e o quarto.

— Aqui — diz ele enquanto coloca algo na mesinha de cabeceira.

É uma das latas de refrigerante de lichia que magicamente apareceram do lado de fora do quarto de Ocean no dormitório da Aliança depois que ela foi fazer compras com Teo. Por instinto, ela estica o braço para pegá-la, mas Von coloca a lata longe das mãos de Ocean.

— Não beba agora, acho que não é bom para a sua garganta — diz ele.

— Você está me provocando?

— Você não fica feliz só de ver?

Ela responderia, mas suas pálpebras se fecham antes que consiga, o corpo pesado no colchão. O último pensamento a cruzar sua mente é o quão bem Von ajeitou as cobertas.

***

Que inferno de curiosidade. Ou de vergonha por ter sido descoberto. Haven não sabe o que exatamente o motivou a vir, mas aqui está ele, abrindo a porta da garagem, o rosto úmido e recém-lavado. Um sofá amplo está na frente de um projetor, no meio do cômodo. Música clássica toca nas caixas de som, e Thierry balança a cabeça enquanto dá a volta em uma mesa com seu hover.

— Sasani! Você veio! — A felicidade de Kent soa como se Haven fosse um irmão há muito desaparecido. — Eu *disse* que ele viria.

Yoon ainda tem uma mancha na bochecha direita por conta de um vaso rompido, e o lábio superior está cortado. Ela levanta o prato cheio, em cumprimento.

— Oh bon, você lavou o rosto. — Thierry aparece perto do cotovelo dele e Haven se sobressalta. Ela está com uma máscara de hidratação no rosto. — Pega uma. Pode usar esses grampos se quiser prender o cabelo para trás.

— Maggie pegou essas em Seul — diz Kent, também usando uma máscara.

Haven pega alguns grampos para tirar o cabelo da testa. Depois pega uma máscara. Tira do pacote, segurando com as duas mãos, e percebe que Yoon o está observando.

— Você está fazendo sujeira — diz ela, apontando para o creme que pinga da máscara.

Haven corre até o espelho que está na mesa, ajeitando a máscara a partir do que acredita serem os buracos para os olhos. Imitando os outros, alisa a máscara fria e úmida, deixando tudo sem dobras. Ao fazer isso, reconhece a música que está tocando.

— É a música de abertura do *Cemitério de Vênus*, não é? — pergunta Haven.

— Então você está *mesmo* assistindo — murmura Yoon ao pegar a última máscara facial. Haven agradece que a máscara esconda o rosto ruborizado.

— Quase! — responde Thierry. — É a suíte de Holst para *Os planetas*. Eles usaram a parte de Vênus como tema da série! Não é inteligente? Holst é famoso, mas algumas pessoas dizem que as composições de Haori Nakada são as óperas espaciais definitivas...

Kent passa um prato para Haven e murmura, alto:

— Melhor fazer seu prato agora, ou ela não vai parar nunca.

Uma Thierry falante segue Haven pelo ambiente enquanto ele enche o prato com Turtle Chips, uma Choco Pie e uma mistura gloriosa que Thierry chega a interromper sua fala musical para explicar: nachos de kimchi gourmet. Kent e Yoon estão sentados no sofá e evitam completamente os apelos aflitos, ainda que silenciosos, por ajuda. Depois que o prato dele está razoavelmente cheio, Thierry se distancia e ocupa seu lugar, esticando-se no chão. Haven ocupa o último assento no sofá, do lado direito de Yoon.

— A capitã Song vem? — pergunta.

Desde que eles deixaram Sinis-X, a capitã Song tem ficado em seu quarto. A partida periclitante que ela deu de tal lua fez com que Haven se lembrasse dos treinamentos simulados na Aliança. Ele estava na enfermaria com Yoon na hora e não pôde deixar de comparar a turbulência ao voo tranquilo da colega, e como Yoon balanceava quase imperceptivelmente as mudanças atmosféricas. Thierry passou tanto tempo vomitando no banheiro durante a decolagem da capitã Song que eles já estavam no ar quando ela ficou sabendo do que acontecera aos saqueadores. Além disso, todos estavam distraídos com a saúde de Yoon. A capitã não explicou nada nem pediu desculpas desde então.

Kent faz uma cara feia.

— Ela nunca vem, mas, depois do que aconteceu, ela não está mais convidada.

— Aquela doida da capitã poderia ter matado todos nós. — Thierry sorri culpada para Kent. — Desculpa.

Kent levanta as sobrancelhas em surpresa.

— Por quê?

— Por falar desse jeito. Quer dizer, você disse que não se importa. Mas, por algum motivo, não gosto de falar assim quando estou perto de você. Enfim, estive perguntando sobre vagas em outras naves da Aliança, mas não temos muitas opções.

— Escolha bem. — Kent desembrulha sua Choco Pie e a coloca inteira na boca. Mastiga furiosamente. — A vida já é curta o bastante sem estar trabalhando para alguém tão egoísta.

— Eita, nunca achei que ouviria você falar mal de alguém — diz Thierry.

— Sei que Dae está sempre extrapolando, mas nunca achei que ela iria tão longe. — Delicadamente, Kent limpa os cantos da boca sem encostar na máscara hidratante. — Você acha que vai continuar na Aliança, Sasani?

— Eu? Não sei... — Depois de um momento, ele deflete. — E você, segunda-oficial Yoon?

— É senhora segunda-oficial Yoon — corrige Thierry.

— Por favor, parece que estão chamando meu pai — diz Yoon. Depois, continua: — Eu devo continuar aqui, na verdade.

— Perdão, como é? — Kent tosse e pedaços de comida voam pelos ares. Ele se levanta de uma vez, segurando o prato de forma perigosa. — Ocean, ela quase *matou* você. Eram saqueadores! *Por que...*

— Von — diz Yoon. Kent ainda está de pé, o prato na direção de Yoon. — Você não precisa ficar aqui comigo. Vou ficar bem.

Haven não sabe o que cai primeiro, o prato ou o queixo de Kent.

— Eita — diz Thierry novamente, enquanto evita que o creme de queijo caia de sua bolacha. Ela enfia tudo na boca. — Ocean, você viu seu rosto? Isso não é ficar bem. É o contrário.

Kent murcha e senta-se no sofá.

— A situação toda é ruim — murmura.

Thierry desliga a música e as luzes, e o episódio começa. Bem onde o último terminou, com Rian acordando em um laboratório, amarrado a uma maca. Ele passa muito tempo dessa série preso e tentando escapar. Venusianos o cercam. Alguns têm o mesmo membro mecânico de Thierry. Murmuram jargões técnicos que Haven não entende.

— Em língua comum, por favor? — diz sarcasticamente uma personagem que não é venusiana.

— Que estereótipo idiota — reclama Thierry. — Só porque eles moram em Vênus não significa que são todos gênios da tecnologia.

— Shiu.

Thierry vira a cabeça para Haven e finge murmurar:

— Von leva as séries muito a sério.

— Shiu!

Depois de dez minutos, Rian escapa e está lutando com vários venusianos. Haven inclina o corpo para a frente, entretido. Ele não faz ideia de quando a série se transformou de drama para ação, mas não está achando ruim.

— Quer uma?

Automaticamente, ele pega uma das frutas que Yoon oferece. Na tela, Rian dá uma voadora. Ele cai no chão e logo pula de volta. Haven descasca a fruta sem desviar os olhos da ação. A boca dele saliva com o cheiro e ele come um pedaço, aproveitando a onda de frescor. É surpreendentemente doce. A fruta acaba cedo demais e, quando Yoon oferece outra, ele também aceita, descascando com facilidade enquanto Rian joga um venusiano por cima da cabeça.

— Então você gosta de frutas cítricas?

Haven observa as próprias mãos, duas espirais de casca de tangerina, os pedaços brancos que ele não comeu. Os miolos. A boca dele seca ao pensar, ridiculamente, sobre como sempre amou que a sensação da palavra combine com a realidade tátil do miolo. Ele vira a cabeça para Yoon, esquecendo toda a acrobacia de Rian, mas ela está assistindo à série, bebendo algo. Ela oferece mais uma tangerina. Haven aceita e se ajeita, duplamente grato pela máscara e pela escuridão.

Em cerca de metade do episódio, quando se chega a um momento de transição em *Cemitério de Vênus*, Thierry pausa o vídeo e acende as luzes. Ela também pega um cesto que está ao lado e entrega a eles. Tanto Yoon como Kent tiram as máscaras. Thierry levanta a mão quando Haven começa a fazer o mesmo.

— Tire de baixo para cima — instrui ela.

Kent, que estava dando batidinhas no rosto, congela.

— Sério? Achei que era de cima para baixo.

Todos olham para Yoon, que dá um tapinha no ombro.

— E isso importa?

— *Claro* — responde Thierry, escandalizada. — É só que... Não sei qual é o jeito certo.

Haven está com as mãos na máscara, esperando.

— Talvez seja melhor alternar — sugere Kent.

— Para estar certa em algum momento. — Thierry assente com a cabeça.

Yoon suspira para o teto. Haven tira a máscara de cima para baixo, como já estava mesmo pensando em fazer, e a coloca no cesto. Todos estão massageando o rosto.

Kent percebe que ele está confuso e explica:

— Precisamos ter certeza de que a pele absorveu tudo o que a máscara deixou. Use a ponta dos seus dedos e faça movimentos circulares, assim. Ou dê batidinhas.

Thierry bate nas próprias bochechas com mais entusiasmo do que deve ser recomendado.

— E pra que fazemos isso? — pergunta Haven.

— Para ter uma pele sedosa, óbvio — responde Yoon.

— Depende da máscara. — Kent observa a embalagem. — Esta é específica para hidratação.

— Para brilhar, baby, brilhar! — diz Thierry com entusiasmo. — Mas também não é bom deixar a máscara no rosto por muito tempo. É um erro comum entre principiantes.

Haven imita os movimentos deles, esfregando o restante do creme no rosto.

— Não, não. — Thierry vai na direção dele. — Olha, vai absorver melhor se der batidinhas. Quer que eu faça para você?

— Não! — exclama Kent. Por reflexo, Haven se afasta. Kent já está em cima de Yoon, para deter Thierry.

— Era uma nongdam! — Thierry esfrega o rosto com violência. — Você tem uma expressão *bem* assustadora, Sasani. Achei que Ocean era ruim, mas você me deu daksal. — Ela aponta para o braço, mostrando os pelos arrepiados. — Eles ensinam isso na escola de abutres?

— Maggie! — A boca de Kent está escancarada.

Thierry faz uma careta antes de dizer para Haven:

— Dae sempre diz que eu preciso de mais noonchi. — Ela curva o corpo para alcançar o controle remoto.

— O que significa isso? — pergunta Haven.

— Noonchi? — Kent parece confuso. — Como você descreveria, Ocean? É um tipo de... compreensão? — Ele pisca e balança as mãos em direção a Thierry. — Quer dizer, não estou dizendo que você não... É que...

— Ahn? — Thierry os observa, distraída com o controle remoto. — Acho que o áudio estava um pouco atrasado, não acham?

— É um conceito sobre conseguir ler bem uma situação — diz Yoon. — A tradução literal seria... sentimento do olhar? Medida do olhar? Tipo, se você convidar alguém para um encontro e a pessoa responder: "Uau, parece ótimo, vamos convidar nossos amigos." Uma pessoa com noonchi entenderia a deixa.

— Mas algumas atividades são mais divertidas em grupo — protesta Thierry.

— Não se você tiver sentimentos pela pessoa que convidou — rebate Yoon.

— As pessoas dizem uma coisa quando na verdade querem dizer outra. Mas por que não dizer o que quer? — continua Thierry.

— Porque às vezes as pessoas não conseguem entender os próprios sentimentos — responde Haven.

— Sasani, gostei disso. — Os olhos de Kent só faltam brilhar e, por mais que tente, Haven não consegue interpretar tal fala como algo negativo.

— Aposto que você tem um *ótimo* noonchi — diz Thierry, triste.

Haven não tem certeza sobre isso. Mesmo que às vezes ele entenda que uma coisa significa outra, ele não sabe o que fazer com tal informação.

— Tenho certeza de que é preciso muita inteligência emocional para ser mortemiano — diz Kent, pensativo.

— Eu tenho muita inteligência emocional! — protesta Thierry.

— Você tem — concorda Yoon. — Melhor ainda, você é honesta. Gosto disso.

— Isso mesmo. Além disso, Gremio dizia que você tem noonchi *demais*. Ele dizia que isso é ainda pior.

Os olhos de Kent correm para Haven à menção de Gremio, mas Yoon despista ao brindar com Thierry e seu refrigerante de lichia.

— Um brinde à honestidade.

— Como alguém pode ter noonchi demais? — pergunta Haven.

— Na nossa primeira sessão de *Cemitério de Vênus*, Ocean disse para mim e para o Von que deveríamos chamar você pelo sobrenome. Quando perguntei o motivo, ela só disse que você provavelmente preferirira. Mas eu sei que não perguntou para você. Isso é costume de abutre?

— Maggie! — rosna Kent.

— O quê? — pergunta Thierry.

— Sasani nos chamou pelo sobrenome, por isso achei que ele preferirira o mesmo. Foi só uma dedução... e é por isso que provavelmente ter noonchi demais é ruim.

— Mas é verdade. — Haven se controla para não esfregar a nuca, onde começa a irradiar calor. — E não é um costume de mortemiano.

— Eu não irritaria Sasani achando que ele representa toda uma cultura — diz Yoon, seca.

Haven nunca quis representar todos os mortemianos, como se tudo o que fizesse fosse emblemático de sua cultura. Mas, ao mesmo tempo, por que ele não seria? Ele é um exemplo tão ruim assim?

A porta se abre de repente. A capitã Song entra. Está de macacão, mas o cabelo está solto. Ela para no meio da sala e observa o grupo, os petiscos próximos. Aponta para o projetor e diz:

— Liga o jornal.

— Dae, o que... — começa Kent.

— Liga — diz ela.

Thierry mexe no controle.

— Qual canal?

— Não importa.

Thierry liga a TV e Haven mal tem tempo de ler a manchete na parte de baixo da tela, SCADUFAX, NAVE DA ALIANÇA, É DESTRUÍDA ENQUANTO ACOMPANHAVA A EMBAIXADA SEONBI, antes de Yoon se levantar e ficar na frente.

— Não. — Kent leva a mão à boca.

— O quê? Como? — pergunta Thierry.

— Eles anunciaram na AV. Vocês não estavam prestando atenção?

— Von faz a gente desligar os comunicadores antes de assistirmos *Cemitério de Vênus*.

Thierry, e todos eles, tocam o comunicador no pulso. Haven rola pelo informativo e capta pedaços de informação. Perderam contato com a

Scadufax e ainda não encontraram sobreviventes, mas ele está mais preocupado com Yoon, que ficou pálida. Ela está rolando o artigo na nimbus tão rápido que não parece possível que esteja lendo. Percebe que ela está procurando um nome.

— Precisamos ir lá, Dae — diz ela.

A capitã a encara.

— Lá onde? Fazer o quê? A Aliança já enviou naves para vasculhar o que sobrou. Não quero me envolver nessa bagunça, Ocean. São apenas pedaços de uma nave que explodiu. E os corpos encontrados não estão exatamente...

Não parecia possível, mas Yoon fica ainda mais pálida.

— Dae — interrompe Von.

— O quê? — rebate a capitã. — Eu também conhecia pessoas que estavam naquela nave, sabe? Donna Shim estudou na mesma classe que eu. Mas o que podemos fazer indo para lá?

— Eu não posso ficar sem fazer nada — diz Yoon.

— Por que você se importa? — A capitã encara Yoon, impressionada e incapaz de entender a situação, ainda que tudo esteja claro para Haven. Yoon recua. A capitã solta um suspiro e começa a trançar o cabelo. — Não vale a pena falar disso. Estamos voltando para Seul.

— Você me deve uma — diz Yoon.

A capitã Song para de fazer a trança.

— O que você disse?

— Você me deve uma — repete Yoon, falando as palavras com clareza como se a capitã Song não ouvisse bem.

— Sou sua superior, Ocean — esbraveja a capitã. — Você *não* ouse falar assim comigo. — Ela dá um passo para a frente e enfia o dedo no ombro de Yoon. — Quer falar em *dívida*? Eu lhe dei este trabalho quando ninguém mais *chegaria perto* de você. — A capitã vai invadindo cada vez mais o espaço pessoal de Ocean, vomitando as palavras. — E o que você fez para me agradecer? Nada. Porque ganhou tudo de mão beijada a vida toda. Não sabe o que significa ter que lutar por seu cargo. É uma egoísta. Acha que eu vou entregar o controle da minha nave assim? Nem sequer pensou nas outras pessoas que estão aqui? Acha que elas vão querer voar com você em uma missão sem salário? — A capitã Song estira os braços para indicar o cômodo todo, como se estivesse comprovando algo.

Kent se levanta e fica atrás de Yoon.

— Eu vou aonde Ocean for — diz ele.

A capitã vacila e olha para Thierry, que ainda está de pernas cruzadas no chão. Thierry encolhe os ombros.

— Não vejo por que não, Dae — diz ela. — Ocean se deu mal em Sinis-X. Quer dizer, não sei como tudo aconteceu, mas olha a cara dela.

Uma onda de desespero passa pelo rosto da capitã, e ela chama:

— Haven...

— Eu ficaria feliz em oferecer ajuda aos meus companheiros da Aliança — diz ele. — O que aconteceu foi uma tragédia, e devemos ajudar como pudermos. E, depois da nossa última missão, não faria mal ganharmos a boa vontade dos nossos superiores. Não acha, capitã Song?

Dae parece desabar em si mesma e Haven quase sente pena dela, com aquela postura e a trança pela metade.

— Não temos combustível o bastante para ir até lá — diz ela.

— Tem uma estação de reabastecimento no caminho — comenta Thierry. Ela está digitando no tablete. — Daltokki-5.

— Está bem — consente a capitã. Ela não encara nenhum deles, mas continua, mais firme: — Nós vamos. É nosso dever como membros da Aliança. Vou avisar a todos.

— Muito bem. — Yoon se agacha ao lado de Thierry. — Qual é a melhor rota? Eu posso...

— Não — interrompe a capitã.

Yoon levanta a cabeça, e a capitã cruza os braços, a boca séria.

— Não o quê? — pergunta Yoon.

— Você não vai pilotar até lá, Yoon. Na verdade, depois que pousarmos em Seul, você nunca mais vai pilotar para a Aliança.

— Dae, você não pode... — protesta Kent.

— Eu posso — diz a capitã Song. — Maggie, me envie as coordenadas para Daltokki-5. Vou assumir.

A expressão de Yoon ao observar a capitã sair impressiona Haven.

— Ocean — começa Kent. — Você quer conversar...?

— Está tudo bem — diz ela. Yoon se distancia dos braços abertos de Kent. Ela se vira e deixa o cômodo.

DOZE

As imagens que circulam na AV já estão na casa do milhão de visualizações. Um pod se encontrou com a *Scadufax* e recebeu permissão para embarcar. Depois, de maneira ritualística, os intrusos passaram por toda a nave e pela nave da embaixada Seonbi conectada, atirando, jogando líquido e fogo. E, enquanto todos queimavam, eles assistiram placidamente. Resignada não seria a melhor palavra para descrever a ação. Alguns closes mostravam sorrisos.

O motivo de os intrusos conseguirem fácil acesso à nave logo foi revelado. Eram um grupo de marcianos alegando ser a linha de frente do encontro da embaixada.

Agora o Sistema Solar está em chamas. A embaixada Seonbi fechou as fronteiras na lua. Diplomatas marcianos dizem muitas coisas, mas na maior parte das vezes estão negando acusações. A *Scadufax* e a nave Seonbi foram destruídas. Corpos continuam sendo recuperados e identificados, mas o progresso está lento. Ocean sabe que ir até lá é um ato egoísta e sem sentido. Mas ela ainda assim precisa estar lá.

Nenhuma notícia sobre Teo apareceu, e nenhuma das imagens recuperadas da nave o mostra. E, de forma estúpida, como se mais ninguém tivesse tentado, Ocean não para de enviar mensagens a ele. Até achou o número de Declan, mas... ela não tem nada a oferecer a ele.

Vai ficar tudo bem.

Me avise se eu puder ajudar em algo.

Como se Declan precisasse de mais uma promessa vazia ou de outra pessoa para o aconselhar, mais uma pessoa para dizer que ele está bem quando na verdade não está.

Ocean não aguenta mais continuar atualizando sua caixa de entrada e vendo as notícias. Por isso está passando pano no chão. Depois que Dae a baniu da cabine, disse que Ocean poderia se ocupar limpando a nave. Em resposta, Von murmurou baixinho algo pouco típico dele, mas Ocean ficou feliz com a distração. Enquanto passa pano, ela tenta ouvir Nam Jin — nada como o Playboy de Seul para afogar os pensamentos ansiosos —, mas os sons a levam para um lugar estranho e Ocean desliga a nimbus. A única coisa que ajudaria, a única coisa que a faria *sentir* algo diferente, foi tirada dela.

Você nunca mais vai pilotar para a Aliança.

Na primeira vez que Ocean se viu comandando os controles da Aliança em uma cabine, tudo parecia contrário ao que aprendera com Hajoon. A automação impedia a nave de deslizar, de pairar no ar, de bater, mas também fazia com que fosse impossível pilotá-la como Ocean aprendera. Ela passou incontáveis horas trancada em simuladores de voo para reaprender o básico, mas continuava falhando, até que a capitã Lee, uma das instrutoras, descobriu suas noites de estudo. Quando ela soube que Ocean era irmã de Hajoon, contou sobre os pedais que o irmão havia instalado na própria cabine. A capitã Lee encontrou uma das naves remodeladas por seu irmão para que ela experimentasse. Depois disso, Ocean ainda ficava acordada a noite toda, todas as noites, mas por simples empolgação. Ela ainda queria, não, *precisava* melhorar, ser a melhor. Algo que ela nunca tivera a chance de ser nas águas.

Ocean ainda consegue ver o rosto presunçoso de Dae ao censurá-la: sem pedais embaixo dos pés, mãos no volante, a vastidão do espaço diante dela.

— Você quer ajuda para limpar a sala de máquinas?

A voz, ainda que suave, assusta Ocean. Sasani apoia o corpo comprido no batente da porta. Um pano está dobrado no ombro dele.

— Não precisa de muita limpeza — admite Ocean. Von também veio ajudar, mas ela o despistou. O chão ainda reflete a segunda passada de pano.

— Nesse caso — continua ele —, você poderia me fazer um favor?
— O quê?

Ele entra na ponta dos pés, em uma tentativa exagerada de não estragar o trabalho dela. Ocean está prestes a dizer que ele não precisa se incomodar, mas acaba silenciosamente impressionada com a graciosidade com que ele se move. Ele pega o pano do ombro. Ao desdobrar, um formato familiar se revela.

— Você poderia me ensinar a jogar godori?

Haven estica o tecido na mesa da enfermaria, entre eles, e Yoon organiza as cartas em grupos de quatro.

— Essas são as cartas organizadas por meses.

As cartas são pequenas e grossas e têm o verso vermelho. A parte da frente exibe imagens de animais, folhas e cenários. Haven identifica algumas semelhanças entre elas, mas não está confiante de que conseguiu memorizar todas.

— Ok — responde ele, cauteloso.
— Mas tem também as cartas gwang. — Yoon seleciona cinco cartas dos grupos e aponta para o círculo vermelho em cada uma, com um caractere chinês.
— Claro...
— E depois tem as ddi ou fitas. — Yoon separa mais nove cartas que têm uma pequena fita sobre o desenho. — E elas se dividem em hong dan, cho dan e cheong dan.
— Eu nunca vou me lembrar disso.
— Não precisa se lembrar do nome delas, só pensa que deve sempre juntar as cartas parecidas. — Ela aponta para uma fita vermelha com algo escrito, uma fita vermelha lisa e uma fita azul.
— Também existem as cartas de animais. — Yoon separa mais um grupo de cartas, todas com figuras de animais. — E os godori. — Ela separa três cartas com pássaros.

A separação parece clara o suficiente. Haven aponta para outra carta, um grou com a cabeça virada em direção ao sol vermelho. Ele pergunta:

— Por que essa carta não é godori?

— Porque é uma gwang — responde Yoon.

— Será que eu devo fazer anotações? — Haven já está pegando o tablete.

— Sasani, é fácil depois que se começa a jogar.

— Não acredito em você — responde ele, na lata.

Yoon ri e ele relaxa. De princípio, ele duvidou que ela concordaria com o pedido dele, mas, como todos na Aliança, no Sistema Solar talvez, ele tem assistido ao jornal. Todos a bordo daquelas duas naves estão mortos ou desaparecidos. Quem quer que Yoon esteja procurando, é provável que tenha morrido também. Haven não conseguia parar de pensar na expressão dela na garagem, e meio que sem perceber ele se viu saindo da enfermaria.

Yoon vira e mistura as cartas, o contato de uma contra a outra fazendo um barulho persistente. Depois ela começa a embaralhar as cartas na mão, o movimento parece natural, desgastado como as cartas.

— Você já jogou hwatu? — pergunta ela enquanto entrega as cartas.

— Não, mas meu pai sempre me disse que eu deveria aprender com um membro da Aliança.

— Acho que ele tem razão. Ainda que eu só tenha aprendido depois que já estava há algum tempo na Aliança.

Haven já sabe disso. Kent contou a ele que Yoon costumava jogar com o outro médico, Gremio. Por um tempo, eles não conversam sobre nada que não tenha relação com o jogo. Yoon o auxilia enquanto jogam. Demonstra como descer as cartas para formar grupos, reexplica as regras de tempos em tempos.

Algumas rodadas depois, Yoon joga uma carta e diz:

— Não sei se sou a melhor pessoa para ensinar. Já ouvi dizerem que não jogo como uma coreana.

Isso surpreende Haven, mas ela fala tão baixinho que seria fácil ignorar.

— Não? — Ele faz uma careta enquanto encara as cartas em sua mão. Folhas vermelhas em uma carta. Isso significa que ela não pode se juntar às folhas pretas na mesa? Elas *têm* o mesmo formato. — O que isso significa?

— Nunca entendi.

Haven acha que entende. Mortemianos de Prometeu quase sempre têm a pele marrom, o cabelo grosso e grandes olhos escuros, mas Haven sempre chamou atenção.

A mãe dele o abandonou porque ele é muito feio.

Ironicamente, ele puxou a mãe, muito. Poderia se passar por japonês, já que não puxou quase nada do pai. A aparência dele gerou muito falatório quando Haven era mais novo, uma marca de desonra que ele não poderia esconder, não importava o quão ardente fosse seu empenho em adotar a cultura mortemiana ou quantas penas tatuasse. Haven sempre soube o quão diferente era. O público geral se esquivava dele por ser mortemiano. Os outros mortemianos em Prometeu se esquivavam dele por ser mestiço.

— Nasci na Coreia, mas sou praticamente estrangeira — diz Yoon. — Meus pais me enviaram para um colégio interno em Netuno quando eu tinha oito anos. Visitava a Coreia uma vez por ano até completar dezoito. E agora parece que não vou ficar muito mais tempo na Aliança.

— Mas você é uma boa piloto.

— Esse nunca foi o problema. — Um sorriso aparece no rosto dela, interditando a próxima pergunta dele. — E você, Sasani? Acha que vai continuar na Aliança?

Ele procurou anúncios de vagas na AV, mas não faz ideia de para onde ir. Quer pedir conselhos, mas não seria justo, ainda mais por ela já ter, mesmo que sem saber, guiado a ida dele para a *Ohneul*. Da próxima vez, ele vai ter cuidado para não tomar o lugar de ninguém.

— As outras naves podem não me querer depois de verem que só fiquei na *Ohneul* por uma missão — diz ele, por fim.

— Não acho que minha palavra vá valer muito depois disso, mas eu escreveria uma carta de recomendação para você, se quiser.

Haven, mesmo sem querer, abre um sorriso e abaixa a carta seguinte com mais força do que o necessário.

— É mesmo?

— Não digo nada que não queira — responde Yoon.

— O que você escreveria nessa carta?

— Que você não gosta de se molhar. — A boca de Yoon se transforma em um sorriso, aquele sorriso com o lado esquerdo mais puxado.

Claro que ela se lembraria disso. Ele havia apenas dito isso enfaticamente enquanto ela estava pendurada de uma ponte. Ele fecha os olhos, envergonhado.

— Não chove muito em Prometeu, mas li que às vezes cai um toró — diz ela, e sua fala vem acompanhada do barulho das cartas. — E quando chove os abutres se escondem, deixando os corpos para absorver toda a água. Eles ficam mais pesados e, se alguém tentar movê-los, às vezes se rasgam. — Haven fecha os olhos com mais força, lutando contra a memória. — É compreensível que você não goste de chuva. Eu não esperava que você fosse me salvar.

— Não foi por isso que falei aquilo — dispara Haven, os olhos subitamente abertos.

— Eu sei. Você me disse tudo o que eu precisava saber. Quão fria estava a água. Quão profundo era o lago. Tudo o que eu precisava saber para cair com segurança. — Ela vira a cabeça. — E, enquanto você falava, Phoenix estava voltando na moto dele, não é?

Haven não consegue responder, mas sente uma pontada no peito, de surpresa. Ele dobra o corpo para a frente, fingindo estar concentrado nas cartas. Quando ele correu para o lago com Kent e viu o corpo dela no chão, achou que tinha tomado a decisão errada.

Por fim, ele consegue dizer:

— Sinto muito por não poder ajudar você. Mesmo depois de você ter me salvado.

— Sinto muito por ter tocado em você. Não deu tempo de pedir antes.

— No futuro, não precisa se preocupar em pedir. — Ela não responde de imediato, e Haven logo começa a se explicar. — Quer dizer... se você estiver salvando a minha vida!

— Eu imaginei. Obrigada. E obrigada por concordar em ir até a *Scadufax*.

— É a coisa certa a fazer. — Haven dá de ombros. As próximas rodadas são rápidas e silenciosas, a não ser pelo som das cartas no tecido. — Você quer conversar sobre isso?

Haven mantém o olhar fixo nas cartas. É a vez dela, mas Yoon não responde nem se move. Quando ele levanta o olhar, o rosto dela mostra tanta vulnerabilidade que ele imediatamente quer se desculpar pela pergunta.

— Não — diz ela.

Eles desviam o olhar ao mesmo tempo, e o ar parece ter inflado os pulmões de Haven de uma vez. Ele tenta se acalmar, mas o corpo treme. Ele pigarreia, esperando até ter controle sobre a própria voz.

— Era meu pai que queria que eu entrasse para a Aliança. Sabe, o que disse que eu deveria aprender godori com um membro da Aliança.

Yoon prende uma mecha de cabelo atrás da orelha e Haven percebe que ela perdeu um brinco.

— Seu pai foi membro da Aliança?

— Foi. Ele conheceu minha mãe aqui.

— Aliança dos dois lados da família? Dae também é, sabia? Os pais dela também se conheceram na Aliança.

— Não, ele era como eu, se juntou à Aliança por alguns anos durante seu período de exploração. Minha mãe era membro de verdade. Da Bangpae. — Ele dá de ombros. — Ele queria que eu tivesse essa experiência. Que eu vivenciasse... — Haven faz um gesto com a mão mostrando o entorno.

— Vocês devem ser próximos.

— Por que você diz isso?

Yoon pensa.

— Ele quis que você tivesse a mesma experiência que ele amou ter. E você veio porque o desejo dele é importante para você. Pelo menos é o que me parece. — Ela pega uma carta e morde o lábio. — Além disso, você falou que comentam as séries juntos. Não significa muita coisa, mas é algo.

— Estamos sempre... — Haven para. Uma dor se forma em seu peito, e ele não pode permitir que ela cresça. — Estávamos sempre tentando compensar o que achávamos que o outro não tinha.

— Isso parece difícil.

"Sim", ele quer dizer. "Não, claro que não", ele também quer dizer.

Uma das cartas godori está na frente deles, e Haven se pega observando os detalhes do rouxinol e da ameixeira. Ele inspeciona as próprias cartas e depois a godori. Se ele pegar, terá três godori, o que lhe daria cinco pontos. Ele pode conseguir isso junto de sua carta de ameixeira de fevereiro, mas só se Yoon não tiver uma ameixeira.

Quando levanta o olhar, Haven se surpreende por ver Yoon observando ele, e não as cartas. Porém, ele já se acostumou com isso, com sempre ser observado. Abre a boca para perguntar o que ela está olhando, mas logo a fecha. Os olhos dela partem para a boca dele, porque é claro que ela percebeu o que aconteceu. Uma onda de calor sobe do pescoço dele, e ela ter percebido só deixa a situação mais desconfortável.

Yoon se recosta e descarta. Enquanto ela reorganiza os conjuntos dela, Haven solta um longo suspiro. Depois joga sua carta de ameixeira para pegar o último godori.

— Você ganhou — diz Yoon, sem olhar para ele. — Continua ou para?

Já que ele ganhou, pode escolher. Podem continuar jogando, e ele pode acumular mais pontos, ainda que sempre exista o risco de perder tudo. Ou pode garantir a vitória ali, com o fim do jogo. Haven observa o godori que conseguiu, e uma suspeita o assola.

— Você me deixou ganhar — diz ele.

— Uhm?

— Você sabia que eu queria um rouxinol.

— Você não tem como provar — diz Yoon.

— Deixa eu ver suas cartas.

Haven mostra as suas, mas Yoon rapidamente embaralha as dela no meio da pilha. Haven fica embasbacado. Começa a vasculhar as cartas, como se pudesse recuperar as dela.

— Sasani. — Yoon coloca a mão no topo da pilha, impedindo a busca. Ambos estão curvados sobre a mesa, e ele está próximo o suficiente de Yoon para ver o quão claros são seus olhos castanhos, para perceber como a cicatriz dela passa pela sobrancelha logo antes do ponto mais alto. — Aceite a vitória. Dizem que você não é da Aliança até ter ganhado seu primeiro jogo de hwatu.

Ele engole em seco e olha para a bagunça de cartas, percebe que suas mãos estão sobre as dela, como em parênteses. Haven permanece naquela posição, sentindo a tensão subir até seus ombros.

— Bem, obrigado — diz ele e, devagar, afasta as mãos. Yoon continua a misturar as cartas, os movimentos parecem coreografados quando ela as espalha pela mesa. Com cuidado, ele pergunta: — Mais uma rodada?

— Você quer? — pergunta ela, uma sobrancelha arqueada.

— O vencedor dá as cartas, certo? — Ele começa a embaralhar. Enquanto coloca as cartas em pilhas, continua: — Também não digo nada que não queira dizer. — Quando ele olha para cima, vê que Yoon o está encarando. — Você está... — Ele para. — Você está pronta para perder de novo, Yoon?

Ele quase perguntou se ela estava bem, como se ela quisesse algum lembrete de tudo em que está tentando não pensar. Yoon sorri, e qualquer pensamento que ele tinha some de sua cabeça, como pássaros em uma revoada de asas escuras.

— Sasani, você não faz ideia de onde está se metendo.

TREZE

A nave estremece e a caneta de Haven escorrega no tablete. Ele para, mas a água no seu copo se movimenta com outra vibração. Enquanto ele se encaminha à porta, Kent corre e entra na cabine.

Ele escuta Kent perguntar:

— Quer que eu chame Ocean?

A pergunta é seguida por um não enfático.

Haven calça os sapatos para poder espiar a cabine também. Diante dos controles, a capitã Song encara o espaço sideral repleto de destroços. Ele nunca viu um aglomerado tão grande, mas não é incomum perto de estações de abastecimento. O olhar raivoso da capitã está colado na janela, os nós dos dedos estão brancos ao manobrar o volante. Haven recua quando a nave se depara com outro destroço.

— Tem certeza? — tenta mais uma vez Kent.

— Tenho, Von! Tenho certeza! — A capitã vira o assento para encarar Kent. — Você pode, *por favor*... — Um barulho alto a interrompe, seguido por um alarme. A capitã tenta respirar fundo para se acalmar. — Aish. — Ela se vira para o painel. — Von, venha aqui e descubra o que aconteceu.

A capitã Song faz uma careta para a janela enquanto Kent se aproxima, os dedos passando pelo painel para pegar o manual da nave.

— Nossa asa está amassada.

— Vá buscar Maggie.

Kent sai correndo. Faz um gesto de cabeça rápido para Haven antes de disparar pelo corredor. A capitã se inclina sobre o painel, os ângulos de seu corpo parecendo pouco naturais. Haven tem a impressão de que, se invadir o espaço dela, vai levar um golpe na cabeça, como um pedestre desavisado sendo atacado por corvos. Portas batem atrás dele, e o som é seguido de passos. Thierry e Kent estão vindo pelo corredor.

— O que houve, chefe? — pergunta Thierry.

— Fica quieta por um segundo — rosna a capitã.

Todos ficam em silêncio enquanto a nave passa pelo restante dos destroços. Quando acabam, a capitã suspira e se deixa cair no banco.

— Agora eu posso falar? — pergunta Thierry.

A capitã Song se vira e diz:

— Preciso que você coloque o traje e vá lá fora. Nossa asa foi atingida.

Thierry recua até onde Haven está. Kent faz uma careta depois do que vê no rosto dela.

— Dae, talvez eu possa... — começa Kent.

— Você sabe como arrumar um painel de controle?

— Maggie pode ir me dizendo o que fazer.

— Não. Ela precisa ir lá e consertar. É o trabalho dela.

Thierry pigarreia antes de dizer:

— É crucial?

— Não vamos saber até irmos lá fora, não é?

— Você sabe que eu... — Os ombros de Thierry estremecem. A voz fica fraca e baixa quando ela continua: — Você sabe que eu não gosto de ir lá fora.

Por um momento, a capitã parece arrefecer, mas logo sua expressão se transforma.

— Maggie, por que você está em uma missão espacial se tem medo do espaço? Não vou repetir. Vista o traje e vá lá fora.

— Dae, e se eu pedisse... — começa Kent.

— Von, se você sugerir mais uma vez que chamemos Ocean, eu vou surtar.

Kent fica em silêncio.

— Von, você pode me ajudar a vestir o traje? — pergunta Thierry, trêmula.

— Maggie, você não precisa fazer isso — diz Kent, depois se vira para a capitã Song. — Não temos bots que possam ser enviados para lá?

— Que tipo de nave você acha que é esta? — pergunta a capitã Song. Ela se vira novamente para o volante, mas Haven sente o tremor em sua voz. Ela está alisando o papel com os números de emergência, tentando fazer o mesmo com a fita adesiva que o segura. Não funciona, e a capitã tenta de novo e de novo, até que o papel se rasga e ela olha para Thierry. — Maggie, você achou que ia conseguir se inscrever para uma nave diferente da Aliança sem que eu ficasse sabendo? Quais chances acha que vai ter se eu fizer um relatório ruim sobre você?

Kent recua do ataque violento, e Thierry respira fundo e se vira rigidamente. O rosto dela tem uma aparência acinzentada e está coberto de suor. Ela e Kent passam por Haven em direção à saída. Eles entram na antessala da cabine de descompressão e fecham a porta, impedindo Haven de oferecer ajuda. Haven continua fora da cabine. Não tem desejo algum de ficar mais próximo da capitã Song. Depois de alguns minutos, ela liga o microfone.

— Como estão indo as coisas aí? — pergunta ela.

A voz de Kent responde depois de um barulho agudo.

— Estamos conferindo o traje e o fio de ancoragem.

— Eu confiro isso sempre. Eles devem estar funcionando.

— Não faz mal checar novamente.

— Claro. Liguem o feed de vídeo quando puderem, ok? — O painel apita e a capitã desliza a tela. O som de uma respiração pesada preenche a cabine, vindo de dentro do capacete de Thierry, mas Haven não consegue identificar muito mais. Apenas o vazio do espaço. Ela já está lá fora. — Fale comigo, Maggie — diz a capitã Song, delicadamente, recostando-se no banco. — Você já fez o mais difícil, que é sair.

Uma breve repulsa pela capitã Song passa por Haven. A porta atrás dele se abre e fecha, e Kent entra na cabine.

— Eu... — Thierry não termina a frase.

— Tenta não pensar nisso. E me mostra o que está fazendo.

A câmera se desvia para baixo e mostra o corpo de Thierry com o traje branco de neoprene. Um cinturão colorido dança voando pelo espaço. Thierry se move laboriosamente pelo casco da nave, chegando até a asa em questão.

— Você está bem, Maggie? — pergunta Kent.

— Eu só... preciso que isso acabe.

Haven fica com pena ao ouvir as palavras rígidas de Thierry. Está tudo tão silencioso na cabine que ele consegue ouvir os próprios batimentos cardíacos até Thierry chegar ao seu destino. Ela gruda os pés na superfície. Pelo feed da câmera, Haven vê um rasgo na asa expondo fios de diversas cores.

A capitã Song pergunta:

— Você consegue arrumar?

— Consigo fechar.

— Primeiro, certifique-se de que tudo está funcionando aí.

Thierry puxa o cinturão colorido para si, cada uma das cores é um compartimento separado. Ao toque dela, um deles se desdobra e a ferramenta que estava ali se gruda magneticamente à mão trêmula da mecânica. Ela se inclina sobre o corte depois de acender a luz do capacete. Ela trabalha com mãos enluvadas e firmes. A capitã e Kent estão olhando tão avidamente para a tela que não observam a janela. Mas Haven, que está mais longe, percebe um destroço passando. A cabeça da capitã Song se vira rapidamente, mas o destroço não está mais lá.

— Aish — diz ela.

— O que foi? — guincha Thierry, já em alerta total. A câmera começa a fazer movimentos erráticos. — O que foi? — Ela está ofegante.

— Não é nada. Não se preocupe.

Mas Thierry se vira, batendo no cinturão de ferramentas. Ela deixa algumas ferramentas caírem, e elas saem voando no vazio. Thierry tenta alcançá-las, mas não consegue, e a câmera balança enquanto ela arqueja.

— Maggie! Se acalme! Você está ancorada! Você está bem!

Thierry está chorando.

— Meu deus, meu deus.

Kent se levanta e sai correndo da cabine. Haven acredita que ele esteja correndo para a antessala de saída, para colocar o traje e buscar Thierry, mas ele vira para o outro lado no corredor. Os sapatos fazem barulho quando ele quase cai ao fazer a curva.

— Eu deveria ir lá pegar Thierry? — pergunta Haven. Ele só usou trajes de espaço em simulações, mas isso deve dar pro gasto.

— Só temos um traje — diz a capitã.

— Só um?

— Vendi o nosso extra — responde ela, grosseiramente. Para o microfone, ela grita: — Maggie! Você só precisa fechar o rasgo e voltar. É fácil. Você consegue.

O feed da câmera fica completamente branco. Thierry está encolhida.

— Eu não consigo, não consigo, não consigo. Não me obrigue a fazer isso. Eu não consigo.

— Você consegue!

Haven não pode mais assistir àquilo. Ele se vira, sentindo quase uma dor física, a tempo de ver Yoon entrar na cabine. Kent entra logo atrás, arfando.

— O que ela está fazendo lá fora, Dae? — As palavras de Yoon não são altas, mas são tão severas quanto uma chicotada. Até a capitã Song se endireita.

— Ela precisava consertar nossa asa. No espaço, uma coisinha fora do lugar pode ser catastrófica, Ocean. Você deveria saber disso.

Enquanto Thierry soluça ao fundo, o rosto de Yoon fica pálido. Haven acha que, se a capitã Song tivesse enfiado uma faca na barriga de Yoon, ela não estaria tão abalada quanto está agora. Quando Yoon consegue falar novamente, não é com a capitã.

— Von, preciso que coloque música no capacete da Maggie.

— Ok. Qual música?

Yoon respira fundo, pensando.

— Beethoven. Trio do Arquiduque.

Kent logo vai até o painel, e a capitã Song sai do caminho; as mãos dela deslizam pela tela, abrindo algumas janelas. Kent imediatamente muta tudo, sem se preocupar em fechar os aplicativos enquanto mexe no painel. Pouco tempo depois, a leve melodia do piano toma conta da cabine, fluindo como água. Yoon vai para a frente e se senta ao lado de Kent. No lugar dela. Ela não diz nada por um momento, enquanto a música toca. Não fala até que o violino e o violoncelo se juntem ao piano e criem uma música conjunta.

— Ei, Maggie — chama ela, o tom surpreendentemente gentil. Thierry engole em seco. — Sabe o que eu mais odeio quando vou a restaurantes? — Yoon espera alguns compassos antes de continuar. — Quando estou com um grupo de pessoas e todo mundo está fazendo as perguntas obrigatórias sobre a vida das outras pessoas e o garçom vem anotar o pedido. — Pelo vídeo, os soluços de Thierry diminuem. — E, claro, ninguém sabe ainda o que quer pedir. Eles ficaram o tempo todo falando enquanto eu olhava o cardápio. Por que não podemos pedir a comida primeiro? Eles ficam desperdiçando o meu tempo, o tempo do restaurante, o tempo do garçom. Acho que isso é o mais irritante. — Thierry soluça. — Você se lembra daquela lanchonete quando estávamos visitando o Von? O lugar da noite da panqueca. Como era o nome?

— Pilhas sobre Pilhas. — A resposta de Thierry é entrecortada.

— Isso! E você e Von competiram para ver quem conseguia comer mais panquecas de banana com chocolate.

Yoon faz uma pausa tão longa que Haven acha que ela chegou ao fim da história, mas daí Thierry fala.

— Era panqueca de mirtilo.

— Ah, é mesmo. Erro meu. Enfim, eu disse que era uma péssima ideia, mas vocês ficaram animados igual criancinhas porque eles tiravam fotos de todo mundo que comesse mais de vinte, lembra? É uma jogada para fazer as pessoas comprarem mais panquecas. Mas vocês dois caíram mesmo assim, e disseram bem alto, para todo mundo, que o melhor método era colocar muita manteiga e xarope em cada panqueca antes de enfiar na boca. — O estômago de Haven revira. Mas ele está ainda mais fascinado com o leve virar de cabeça de Yoon. Kent a observa com a boca aberta. A capitã Song está mais atrás, e é impossível decifrar sua expressão. — Von tinha um método diferente. Ele preferia enrolar a panqueca e enfiar na boca — diz Yoon. — Não é mesmo, Von?

— É isso mesmo — responde ele, um sorriso se alastrando no rosto. — Você foi a mais esperta, Ocean.

— Fiquei de fora. Acho que pedi uma omelete.

— Não, não pediu — corrige Thierry, já parecendo um pouco mais recuperada. — Foi torrada. Com bacon, mas não estava muito crocante.

— Isso. E você e Von ficaram pedindo mais e mais panquecas.

— Pilhas sobre pilhas — diz Kent.

— Agora... Não me lembro exatamente do que aconteceu depois. Acho que teve alguma briga. Não foi Von quem ganhou?

— Não! — A interjeição de Thierry é tão imediata que Haven dá um salto. — Aquele trapaceiro! Você acha que eu não vi que ele colocou uma das próprias panquecas na minha pilha? Eu sabia que minha pilha estava maior depois que me virei! Tenho testemunhas!

— Você teve mesmo muitas testemunhas — concorda Yoon. — Para o fato de você ter se virado e vomitado em cima de Von. Em. Cima. Dele.

Haven não tem certeza se foi sábio da parte de Yoon trazer uma lembrança de náusea de Thierry, mas a voz dela se levanta em protesto.

— Eu ainda saí ganhando! — grita Thierry.

— Em mais de um jeito — diz Yoon.

— Argh — diz Kent.

— Então, Maggie, o que acha de voltar aqui pra nave com a gente?

Thierry fica em silêncio de novo, todos escutam a respiração entrecortada.

— Eu...

— Ela ainda precisa fechar o rasgo — argumenta a capitã Song. Um sibilo escapa dos lábios de Kent, e o olhar penetrante de Haven encontra a capitã Song com as mãos levantadas. — Se não fechar, não vai ter adiantado nada!

— Eu faço isso depois — responde Yoon, sem se virar. — Maggie, você só precisa voltar aqui para dentro. Pegue a corda que liga você até a nave. Ela vai trazer você de volta para nós. Você consegue pegá-la?

— Eu... eu acho que sim.

— Muito bem, segura nela. Não precisa usar força. Só segura firme. Agora pode tirar as âncoras dos pés.

— Eu não...

— E se formos um passo de cada vez? Tire uma âncora, dê um passo, e a coloque de novo. Depois faça o mesmo com a outra. E continue segurando a corda. Ela vai trazer você para casa — diz Yoon, calma. — Tudo bem? Muito bom. Próximo passo. Pode ir devagar. Quer que eu mude a música para a de *Rocky*? Ou a do vídeo de moonwalk?

— Beethoven é a melhor escolha.

— Imaginei que você fosse dizer isso.

Haven consegue ouvir o sorriso na voz de Yoon e relaxa. Mas, mesmo quando faz isso, ele percebe que a capitã Song está vindo para a frente. Quando ela chega perto o suficiente, aperta o ombro de Yoon.

— Muito bem, Atiradora.

A voz sai baixa, mas os olhos da capitã estão gelados. Kent puxa o ar entre os dentes. Os ombros de Yoon se retesam sob o toque da capitã. Yoon se inclina para a frente, para o intercomunicador, e ainda que as palavras sejam agradáveis, o tom é de metal contra metal. Haven precisa se controlar para não se esconder atrás da porta.

— Então, Maggie, me diz, por que você gosta tanto do Trio do Arquiduque?

Aparentemente, a nuance de sua voz não é transmitida pelo intercomunicador, ou talvez Thierry só esteja ocupada demais para perceber.

Ela explica, animada:

— Ah, Ocean, você não faz ideia. Bon, escuta, é o marco do fim de um período histórico, uma das últimas músicas tocadas. E... ah! Você sabia que ele provavelmente escreveu enquanto estava se curando de um amor perdido? Adicione isso ao páthos de sua surdez crescente...

Enquanto Thierry continua a falar sobre Beethoven e como a gravação favorita dela é *obviamente* de Du Pré, Barenboim e Zukerman, Yoon pressiona o botão de mudo.

— Não me chame assim — diz ela. Yoon ergue o queixo para a capitã, que dá um passo torto para trás. — Von, você pode receber a Maggie na entrada?

— Claro — responde ele.

A cabeça de Kent se vira entre Yoon e a capitã. Ao passar, Kent lança a Haven um olhar frenético que ele não consegue decifrar. Não há tempo para perguntar o que ele quis dizer, ele já está na antessala.

— Por que fez isso? — pergunta Yoon.

— Foi apenas uma nong...

— Não, por que você mandou ela lá fora?

Os olhos da capitã Song disparam para Haven.

— Ela é nossa mecânica, Ocean. Ela precisa fazer o trabalho dela.

— Ela faria o trabalho dela com mais eficiência se eu fosse lá para fora, colocasse uma câmera no buraco e deixasse ela me dizer o que fazer — responde Yoon, monocórdica. — E você faria o seu trabalho com mais eficiência se não fosse dominada pela raiva.

A capitã Song fica pálida.

— Como se atreve...?

Yoon ri.

— Eu? Como eu me atrevo? Você está com raiva e descontou nela!

— Estava tentando ensinar uma lição a ela! Se não puder desempenhar o próprio trabalho em situações de baixo risco como essa, ela se torna um problema no espaço. Achei que era uma boa oportunidade para ela. E *eu* sou a capitã, Ocean. Não você.

— Como capitã, Dae, você deveria tomar conta de nós.

O rosto da capitã se contorce.

— Você sempre me coloca na posição de vilã. É isso que você fala a si mesma, não é? E aos outros também. Eles deveriam ficar do *meu* lado, Ocean! Mesmo em Sinis-X, todo mundo...

— Ocean — interrompe Kent.

Ele está de braços dados com Thierry e, em um primeiro momento, Haven acha que a expressão surpresa de Kent é uma resposta à conversa tensa entre Yoon e a capitã, mas Kent levanta a mão e aponta. Indica uma das telas mutadas que a capitã Song acidentalmente ligou: um jornal. O que parece ser o final de um vídeo confuso mostra um corpo sendo resgatado de uma pequena cápsula de fuga. Quem quer que esteja ali, chamou bastante atenção. Haven lê a manchete abaixo. *Notícias de Seul: Teophilus Anand, único sobrevivente da* Scadufax. Yoon sai correndo da cabine.

— Aonde ela está indo? — pergunta Thierry. Ela se afasta de Kent e se senta à mesa.

A capitã Song está olhando fixamente para a tela e não responde, mas Kent olha pelo corredor, as sobrancelhas juntas em sinal de preocupação.

— Teophilus Anand? — pergunta Haven. O homem que fez as pessoas suspirarem no baile, mas não se dignou a estar presente para o discurso do próprio pai? Haven se lembra de Yoon olhar para ele quando foram apresentados, para a multidão onde estava Anand.

— O de Kim Minwoo? — Thierry se apruma. — Foi o único que encontraram?

Haven escuta tanto eles como o corredor.

— ...mim quando souber mais? — A voz de Yoon chega do dormitório. Ela volta e Haven desvia o olhar de volta para a cabine, olhando o noticiário com atenção. Escuta os passos dela se aproximando. — Muito bem.

— Ele está...? — pergunta Kent, baixinho, para que a capitã e Thierry não escutem.

— Inconsciente, mas estável — responde Yoon. — E...

Um alarme alto dispara e luzes vermelhas piscam pela cabine.

— Aish — diz Yoon, a mão no peito.

Thierry está com as mãos nos ouvidos.

— Fomos atingidos de novo? Não vou voltar lá.

— Pedindo permissão para embarcar.

A voz vem do cockpit no painel principal, a automação óbvia das sílabas é bastante sinistra. Todos se viram para o som, como se fossem encontrar respostas. Um holograma flutua, convidando-os a abrir um feed de vídeo. Ao lado dele, uma linha de código aparece na tela. A capitã Song franze o cenho quando lê, obviamente entendendo mais do que Haven.

— Que porra é essa? — murmura Thierry.

— Quem é? — pergunta Haven.

A capitã parece mais confusa do que perturbada.

— É... uma cápsula de fuga.

— Cápsula de fuga? — repete Kent. — Como?

— É isso que não entendo. Está conectada à nossa porta. Sabia o nosso código de identificação.

— Pedindo permissão para embarcar — entoa a voz robótica mais uma vez.

— De onde está vindo? — pergunta Yoon.

A capitã Song clica no vídeo anexado, uma transmissão ao vivo do interior da cápsula. Um homem está esparramado ali, e Haven acha que a capitã abriu o arquivo errado, que abriu mais uma vez o jornal.

Com a voz trêmula, a capitã pergunta:

— Teophilus Anand? É ele, não é?

QUATORZE

O corpo está muito imóvel. Os nós dos dedos de Ocean estão brancos segurando o assento; ela tenta examinar clinicamente todos os detalhes, mas sua atenção logo é chamada para a tela.

Hesitante, Von pergunta:

— É *mesmo* o Teo?

— *Teo?* — repete Dae, incrédula.

— Não pode ser — responde Ocean. — Eles conseguiram resgatar Teo na cápsula de fuga, em Seul. Ele não acordou, mas a família está com ele. Acho que saberiam se não fosse Teo.

— Então quem é?

Talvez o vídeo fosse uma fraude. Talvez estivesse mostrando em loop alguma gravação, a cápsula pode estar vazia ou escondendo algo.

— Não vamos saber a não ser que a gente autorize a entrada.

— Sem chance. — Dae começa a analisar as informações da cápsula. — Quem quer que seja, está coberto em uma substância estranha. Parece a mesma coisa que espirraram no pessoal da *Scadufax*. Não podemos deixar que ele embarque. Não sabemos o que é.

— Eles disseram que não é tóxico — diz Von. — Se for a mesma coisa que estava na *Scadufax*, a Aliança já reportou que não era tóxico.

— Não podemos deixá-lo lá fora — responde Ocean.

— Por que não? Estaremos em Daltokki-5 em um ciclo. Ele pode esperar até lá. Quem quer que seja.

— Ele pode estar machucado. — Ocean se esforça para manter a compostura, mas a cada palavra parece expelir veneno de sua boca. — Ele veio até nós. Temos que salvá-lo.

Dae estreita os olhos até quase só restar uma fresta.

— Não. É minha palavra final.

Desde que Von foi buscar Ocean, ela está se enchendo de raiva. Quando a maré encher demais...

— Pedindo permissão para embarcar.

— Dae... — começa Yoon, mas a voz calma de Sasani se sobrepõe.

— Temos que aceitar, ainda mais se ele precisar de assistência médica — diz Sasani. — Capitã Song, essa pessoa precisa de ajuda. Como médico, tenho o dever de ajudá-lo. Posso garantir que tomarei todo o cuidado necessário para isolá-lo e limpar a área quando ele entrar. Afinal, também tenho um dever em relação à nave em que sirvo. Seremos cuidadosos. — Dae se retrai com a postura de Sasani. Ele coloca uma mão no peito e faz uma reverência. — Capitã Song? — pergunta.

Dae cruza os braços com uma vagareza dolorosa. Depois, assente. Ocean já está correndo para sair da cabine.

— Você tem que obedecer ao Haven, Ocean! — grita Dae.

Ocean corre para a enfermaria. Pega dois dos trajes de proteção biológica que estão próximos da porta e joga um para Sasani, mas vai atrás dele pelo corredor. Sasani abre a porta para a antessala e espera até que ela se feche para que a outra, que dá para a cápsula misteriosa, se abra.

— Pronta? — pergunta ele.

Ocean quase não consegue ouvi-lo, por conta do isolamento duplo dos trajes. Parece que ela está à beira de um precipício, prestes a entrar em algo que não compreende. Ela não está armada. Não tinha nada que pudesse substituir a arma que o saqueador jogou fora. Mas Ocean pensa na imagem de Teo jogado no chão.

— Pronta — responde ela.

Sasani aperta o botão para abrir a última porta. Depois do barulho, uma golfada de ar frio escapa. Luz entra.

Teo está em posição fetal, os joelhos no peito, protegendo uma bolsa que está presa em um dos braços. O outro braço está levantado, como se estivesse dançando flamenco. Ocean o reconheceria em qualquer lugar, mesmo de costas. Um fluido gelatinoso cobre o corpo dele, e um cinto solto está amarrado em um dos braços. Os olhos estão abertos, mas ele não parece estar consciente, a boca está congelada em um quase sorriso assustador. O peito sobe e desce devagar, mas continuamente. Ocean se ajoelha e resiste ao impulso de tocar a cicatriz na bochecha do amigo.

— É ele.

— Não sei como, Declan, mas ele está aqui.

Yoon está falando na nimbus, a voz tem senso de urgência, mas está baixa. Não que isso fosse importar, porque Teophilus Anand não vai ser acordado tão fácil.

Eles espirraram desinfetante nele e o escanearam. Está tudo bem. Mas ele ainda está fortemente sedado. Seja lá o que injetaram nele, está o mantendo inconsciente e... em paz. Os olhos ainda piscam, mas ele não parece perceber nada ao seu redor. Quando Haven move seus membros, eles ficam onde foram colocados, parados no ar, até que sejam reposicionados. Devido ao equipamento limitado da nave, Haven não pode fazer mais testes. Recolheu uma amostra do líquido que cobria o corpo e guardou para um estudo posterior. Se esse for mesmo Teophilus Anand, então é provável que isso seja algum tipo de solução inflamável. Ele olhou os jornais e a AV para saber se já tinham informações mais concretas sobre a substância, mas não encontrou nada — o que não é uma surpresa. A pergunta mais preocupante é: se Teophilus Anand está aqui com eles, quem está em Seul?

— Não posso dizer com certeza até conseguir falar com ele. Mas um deles... — Yoon balança a cabeça, mesmo não estando em chamada de vídeo.

— Sim. Vou avisar. E você faça o mesmo. Estamos indo abastecer, então, se não conseguir falar comigo, é porque entramos em um CM.

Desde que Yoon fez a primeira ligação, Haven discretamente buscou algumas informações na internet. Encontrou muitos detalhes sobre a evolução das roupas de Anand nos últimos anos, mas nenhuma informação que envolvesse Yoon. Porém, quando ela se ajoelhou junto de Anand na cápsula, Haven sabia exatamente o que ela ia dizer antes que abrisse a boca.

— Você precisa descansar — diz Haven quando ela afasta a nimbus. — Não sabemos quando ele vai acordar.

Ela esfrega o rosto.

— Não consigo.

— Então vou pedir a Kent para nos fazer um chá. — Haven se levanta do banco. Ela assente, o pensamento distante. Na porta, ele coloca os sapatos, puxando no calcanhar. — O que ele é para você?

— Um amigo. — A resposta dela parece bastante inadequada. Ao mesmo tempo, diz exatamente a posição de Haven em relação a ela. — Sasani? — O corpo dele responde automaticamente à voz dela, e ele para. — Obrigada por intervir hoje mais cedo. Por insistir que deixássemos Anand entrar.

Ele se controla para não dar a ela a resposta-padrão de que isso era a coisa certa a se fazer. Não quer contar a ela uma meia verdade. Haven sai para o corredor e quase dá de frente com a capitã Song. A capitã, Thierry e Kent estavam enfiados na enfermaria mais cedo e, ainda que Kent os tivesse arrastado para fora, parece que a capitã ficou por perto.

— É ele mesmo?

Haven dá de ombros.

— A não ser com um teste de DNA, que não podemos fazer agora, não sei como conseguiríamos identificá-lo. Ele não está respondendo a estímulos, mas não parece machucado.

— Como ela conhece ele? Não devemos ligar para alguém? O governo? A Aliança?

— Uhm — diz ele. Declan Anand pediu para falar com a capitã Song, sugerindo que eles guardassem a informação até que pudessem entender melhor o que estava acontecendo, mas claramente o pedido não tinha diminuído a ansiedade da capitã. Haven escolhe responder à pergunta mais fácil. — Não sei como eles se conhecem.

A capitã segue Haven enquanto ele vai para a estufa, mas desvia antes de chegar, talvez para tentar entrar mais uma vez na enfermaria. Na estufa, Kent já está fervendo água.

— É a única coisa que posso fazer — admite ele enquanto Haven desce a escada.

— É uma boa ajuda.

Kent disfarça um espasmo.

— Poderia colocar sonífero no chá de Ocean, para ajudá-la a dormir, mas ela nunca me perdoaria.

— Você também o conhece?

— Teo? Só de vista. É Ocean que o conhece.

Haven pigarreia.

— Eles são...

Kent faz uma pausa enquanto coloca a água quente nas canecas, e pisca para Haven. Depois ri.

— Meu Deus, não. — Ele mexe no cabelo, que está o mais bagunçado que Haven já viu. — Nunca foram desse jeito. Mas a relação deles sempre foi especial.

— Entendi — diz Haven, mas não entende.

— Eles são os únicos amigos verdadeiros um do outro.

— E você?

— Bem... Eu sei como Ocean gosta do chá dela. Como você gosta do seu? Açúcar? Leite?

— Dois cubos de açúcar, sem leite — responde Haven. Quando está em casa, ele coloca dois cubos de açúcar na boca antes de beber chá quente, mas agora ele percebe que Kent só tem sachês de açúcar.

— Igual a Ocean. — Kent sorri. — Não é a única similaridade que vi entre vocês.

— Como assim?

— Conversar com qualquer um dos dois é como tentar escalar um muro de gelo. — Kent sorri ainda mais para Haven, o que diminui a pungência da frase. — Mas, sabe, eu já estava mesmo querendo agradecer você.

— Me agradecer?

— Por cuidar da Ocean.

— É o meu trabalho — responde Haven, no automático.

— Acho que está fazendo bem para ela. Alguém estar por perto para ajudar, sem nada que ela possa interpretar como pena.

— É o meu trabalho — repete Haven, um pouco mais alto.

— No outro dia você veio aqui me perguntar o que poderia dar algum conforto a ela. Tenho certeza de que isso não está na descrição do seu trabalho. — Haven se encolhe com o comentário. — Bem! — Kent coloca dois sachês de açúcar na xícara. — Para onde quer que a gente vá depois disso, estou grato por você ter entrado nesta tripulação e termos nos conhecido. E por você me chamar de Kent! Isso é legal. Como se estivéssemos juntos no colégio interno.

Haven não sente que merece a generosidade de Kent, não depois de constantemente recusar as tentativas de amizade. Ele esfrega a nuca enquanto pensa em algo para dizer, lembrando do que Yoon falou sobre o xenobotanista.

— Ouvi dizer que você tem uma noiva — diz Haven, por fim. A voz sai tensa.

Kent se ilumina como o sol. Levanta a mão esquerda e aponta o dedo anelar.

— Você viu meu anel? Isso! Sumi me pediu em casamento. Eu tinha todo um plano, mas ela foi mais rápida. Se ajoelhou e, ah, olha só esse anel. Ela mesma desenhou. — Kent estende a mão para que Haven veja o intrincado desenho de folhas. Depois que Haven termina de inspecionar a aliança de noivado, Kent pega as canecas e indica a escada com o ombro. — Se você subir, passo as bebidas para você.

Com cuidado, Kent entrega as canecas, segurando no bojo para que Haven possa pegar na alça sem se queimar. Um gesto singelo.

— Obrigado — diz Haven.

— O seu é chá preto também, então não beba se for sensível e quiser dormir cedo — avisa Kent.

De volta à enfermaria, Yoon continua encolhida na cadeira, olhando fixamente para Anand.

— Aqui está o chá — diz Haven. Ele coloca as duas canecas na mesa e se senta no banco, também olhando para Anand. — Kent fez para você. — Yoon faz um breve barulho como resposta. Haven pega a caneca e oferece a ela, se controlando para não fechar a mão dela na alça. — Você deveria beber.

Chá é diurético, mas ele quer que ela beba algo, ou pelo menos segure algo quente contra o peito. Sem pensar, Yoon pega a xícara, mas é então que Anand soluça e respira fundo. Ela sai da cadeira e Haven coloca a caneca de novo na mesa. Anand pisca algumas vezes olhando o teto e, pela primeira vez, parece entender o que está vendo. Ele logo se levanta.

— Ocean? — A expressão dele é de confusão. — Onde...? — Puro horror passa pelo rosto de Anand. — Ocean?

— Estou aqui.

— Eu não consegui salvar ninguém.

Desorientado, Anand tenta agarrar algo, e Yoon imediatamente pega a mão dele. O rosto dele se contrai e o corpo se dobra quando ele começa a chorar, pressionando a mão de Yoon no rosto. Para a surpresa de Haven, Yoon sobe na cama de Anand e passa os braços em volta da cabeça dele.

— Está tudo bem. Você se salvou — diz ela.

— Eu nem tentei salvar ninguém.

Ele chora e Yoon fica imóvel, segurando Anand. Haven nunca se sentiu tão estranhamente intruso. Ele quer sair e deixá-los a sós, mas Yoon olha para ele, fazendo-o ficar. Com cuidado, ela pega a nimbus e entrega para Haven.

— Você pode ligar para o último número na lista? Diga para Declan que ele está comigo.

Haven sai da enfermaria para dar privacidade a eles. Anda pelo corredor enquanto rapidamente pega a nimbus e a ajusta na cabeça. Os olhos passam pelo histórico de ligações, e os dedos pressionam para chamar o número de Declan Anand. Toca e toca. Ele nunca quis tanto que alguém atendesse. Cada toque o deixa mais nervoso. A porta da garagem se abre e Thierry sai.

— Atenção. Vamos entrar no CM perto de Daltokki-5 — diz ela. — Pode avisar Ocean? Vou avisar Von.

O campo magnético de Daltokki, criado artificialmente já que a lua não tem um campo próprio, é uma zona morta. Ele protege a atmosfera da estação do vento solar, mas isso também significa que não terão acesso a comunicadores enquanto estiverem passando por ele. A maioria das naves tem um adaptador para não cair nesse problema, mas Haven duvida que isso tenha sido uma prioridade para a *Ohneul*. A ligação continua chamando. Haven não tem certeza do que está acontecendo, mas sabe que é importante dizer que o Teophilus Anand real está aqui, o mais rápido possível. O receptor atende e Haven derrete na parede de tanto alívio.

— Alô?

— Alô, é Declan Anand?

— Claro. Quem é? Ocean?

— Yoon está com o seu irmão. Ela queria que eu ligasse logo. Ela pediu que eu dissesse que estamos com ele.

Uma longa pausa se segue. Haven espera o outro homem processar a informação.

— Vocês estão com ele? Então, está dizendo que...?

— Ela tem certeza.

— Pode me mandar confirmação em vídeo?

— Claro. — Haven hesita. — Ele não está... não está na melhor das condições. Os sinais vitais estão estáveis, mas ele acabou de acordar e...

— Eu entendo. Só quero confir...

Um chiado e um barulho agudo cortam o ouvido de Haven. Ele afasta a nimbus com um grunhido.

— Eu avisei — diz Thierry, voltando ao corredor depois de ter passado na estufa.

— Por quanto tempo vamos ficar sem comunicação?

— Duas horas, talvez três. Por quê?

Haven corre de volta para a enfermaria. Yoon está segurando Anand, que, surpreendentemente, está dormindo pesado. Ao se aproximar com cuidado, Haven percebe que a mão de Anand está segurando o pulso dela.

— Conseguiu falar com ele? — pergunta Yoon.

— Consegui, mas a conversa foi cortada. — Ele aponta para cima.

— Mas você conseguiu passar a mensagem?

— Consegui. Ele queria um vídeo para confirmação, mas não deu para chegar aqui a tempo. Devo pedir à capitã para mudar a rota da nave?

— Se você disse para Declan que estamos com Teo, deve ser o suficiente. — Ela faz uma cara de preocupada. — Ele não vai esperar o vídeo para lidar com o outro.

Um calafrio percorre o corpo de Haven.

— Quem você acha que o outro é?

Yoon olha para Anand, mas a respiração continua estável, lágrimas estão penduradas nos cílios.

— Isso me preocupa, mas Declan vai saber o que fazer.

A calma dela deixa Haven mais em paz. Não sabe se ela vem da fé de Yoon no irmão mais velho de Teophilus ou de ter o amigo seguro ao seu lado, mas qualquer coisa é melhor do que a vigília anterior, quando a expressão de Yoon era vazia. Anand tem um espasmo de sono, e o movimento é tão brusco que o acorda. A mão ao redor do pulso de Yoon aperta ainda mais forte, mas ele não se mexe mais do que isso.

— Ei, Red? — chama ele após alguns segundos.

— Sim?

A tensão se esvai do corpo dele, e Anand senta-se devagar, soltando Yoon.

— Eu trouxe uma bolsa, não trouxe? Você não jogou fora, não é?

— Você quer a bolsa? — pergunta Haven. — Acho que vamos ter que jogar fora mesmo, por segurança, mas queria confirmar com você antes.

Afinal, Anand tinha protegido aquilo com o próprio corpo. Devagar, ele se vira em direção a Haven, como se só agora se lembrasse de que existe alguém além de Yoon. Fica encarando Haven.

— Uau — diz Anand, por fim. — Você é bonito. — Mesmo sem querer, Haven faz uma expressão de surpresa. — Não se preocupe, não estou flertando. Só atestando os fatos. Você não acha, Ocean? Nem você pode ser imune a... Deixa pra lá, por que eu pergunto isso pra você? Como se você tivesse algum bom gosto.

Haven olha para Yoon, que está encarando o teto. Depois de um momento, ela solta um sorriso de desculpas na direção dele. Haven esfrega a nuca, tentando dissipar o rubor que ele sabe que está começando a se espalhar.

— Interessante. Você é Haven Sasani, certo? — Anand não dá nem tempo de Haven responder antes de fazer uma reverência, mesmo sentado. — Meu nome é Teophilus Anand. Você pode me chamar de Teophilus. Ou Teo. Todos os meus amigos me chamam de Teo.

Antes que possa evitar, Haven solta:

— Nós somos amigos?

Anand ri, e Haven quase não consegue acreditar na diferença de comportamento dele há apenas alguns instantes.

— Injeong, acho que não. E respondendo a sua pergunta anterior, Sasani, a bolsa não é importante. O que está dentro é. Ela está segura, certo?

— Claro. Não olhei o que tinha dentro, mas vi que a bolsa era duplamente forrada, então deve estar tudo bem.

— Ótimo, ótimo. Onde ela está? Desculpa incomodar, mas você poderia trazê-la para mim?

Haven puxa uma gaveta da parede. Remove as sacolas esterilizadas que estiveram dentro da bolsa de Anand e as leva até ele, que logo as passa para Yoon.

— O que é isso? — pergunta ela.

— O que estava dentro da minha bolsa de emergência.

— Você não deveria guardar... coisas emergenciais nessa bolsa? Comida? Remédios? — continua Yoon enquanto examina as sacolas. Até que ela para.

— Cada um guarda as coisas que forem mais importantes para si — responde Anand. Yoon abre uma das sacolas e tira um uniforme vermelho de piloto. Da outra bolsa, ela pega uma arma. Enquanto Yoon a segura, Haven repara em um desenho de grua pintado na coronha. — Já era tempo de devolver isso para você.

— Isso... isso é o que você leva na sua bolsa de fuga? — Ela baixa a arma. — Como conseguiu isso? Achei...

— Eu escondi. — Anand toca a orelha de Yoon enquanto ela abre o traje. Cada camada revela uma expressão diferente: atordoamento, a boca que se vira para baixo, os olhos suaves. — Você perdeu um brinco, beija-flor.

Yoon coloca a mão no lóbulo da orelha.

— Faz um tempo.

É uma conversa corriqueira, mas ao mesmo tempo muito íntima. Haven quer se virar mais uma vez, e uma sensação pouco louvável começa a se espalhar pelo peito dele.

— Então — diz Anand, alegre —, por quanto tempo eu dormi? Eu deveria ligar para os meus pais, não é? Alguém... alguém da nave...? — A expressão dele se entristece.

Haven se senta na cadeira que era de Yoon.

— Os noticiários dizem que você foi o único sobrevivente do ataque. Até a nave foi destruída — diz ele, com gentileza.

— Entendi. Mas minha família sabe que estou vivo?

— Falei com o seu irmão. — Haven hesita. Ele não quer depender de Yoon, impingir esse peso a ela, mas não sabe como sair dessa situação. — Mas...

— O que houve? — pergunta Anand, intenso.

— Uma cápsula de fuga da *Scadufax* pousou na Terra. — Yoon faz uma pausa. — Você estava nela. Ou alguém exatamente igual a você.

— O quê? — O rosto de Anand fica lívido. Ele balança a cabeça e levanta a mão. — Desculpa, vou tentar de novo. *O quê?*

— A sua família sabe que você está vivo, mas acha que está lá na Terra, em coma. Ou, pelo menos, achava. Agora, Declan sabe que você está a bordo da *Ohneul*.

Anand tenta se levantar, mas Yoon o segura pelos ombros. Ele joga as mãos para o alto.

— O quê? O que isso quer dizer? Eu tenho um clone? Isso não é um episódio de *Cemitério de Vênus*! — roga Anand para Yoon, a voz aguda. — Você sabe que eu sou eu, certo? Quer dizer... — Ele levanta a mão e começa a observá-la, Haven percebe a crise existencial se formando. — *Eu* sei que eu sou eu, certo?

— Eu sei. — A voz de Yoon impede que Anand entre em uma espiral de loucura. — Achei que precisaria de mais confirmação, estava até pensando em perguntar qual era o log-in da capitã Han...

— Cima, cima, baixo, baixo, esquerda, direita, esquerda, direita, B, A, start.

— Ou onde você arruma os refrigerantes de lichia...

— Eu *não* vou contar isso pra você!

— Mas eu soube de cara — continua Yoon, sem se incomodar, silenciando Anand. Ela toca o ombro direito. — Eu apenas... soube. E sua família também vai saber.

— Eu deveria ligar para eles.

— Acabamos de entrar em um CM — diz Haven, quase como um pedido de desculpas.

Anand olha, boquiaberto, para Haven e depois para Yoon.

— Não me digam que vocês não têm um adaptador. Isso não é obrigatório agora para a Aliança?

— Assim como várias outras coisas caras.

— Aish. Vamos voltar! — diz Anand. — Se acabamos de entrar, podemos voltar! Para onde estamos indo?

— Vamos reabastecer em Daltokki, depois voltamos para a Terra — diz Yoon, saindo da cama. — Mas provavelmente temos combustível suficiente para voltar, assim você pode entrar em contato com a sua família. Vou falar com Dae.

Ela passa a mão de leve pelo traje vermelho, depois toca a cabeça de Anand. Haven gostaria de saber se Anand sente o peso daquele breve gesto, mas percebe que, em vez disso, Anand está olhando para ele. Yoon para ao lado da cadeira de Haven, e ele se distancia do escrutínio desconfortável de Anand. Ela estende a mão e *ah*, ah, claro. Ele pega a nimbus dela e luta para reconfigurar o dispositivo.

— Eu faço isso. — Os dedos dela se fecham ao redor do objeto, a uma distância pensada dos de Haven.

— Ela gosta de você — diz Anand, depois que ela sai.

— O quê?

Ele se levanta tão depressa que a cadeira se arrasta para trás. Então vai até a gaveta com o máximo de dignidade que consegue e apanha um par de luvas e um scanner de diagnóstico. Ele deveria ter verificado os sinais vitais de Anand mais cedo.

— É, como pessoa — diz Anand, simpático. — E preciso dizer que gosto do jeito como você olha para ela. — Haven não vai se dignar a responder. Faz um gesto para que Anand se sente com a coluna ereta e passa o scanner pelo corpo dele. Pressão arterial. Temperatura. Frequência cardíaca. Tudo parece normal. — A maioria das pessoas não olha para ela assim. Costumam achá-la exibida.

— Foi bom você ter soltado um pouco o torniquete — responde Haven. — Se o cinto continuasse amarrado no seu braço por mais tempo, poderia ter sequelas permanentes.

— Nem me lembro de ter feito isso — diz Anand, quase sem pensar, enquanto passa a mão no traje vermelho. O couro vivo parece bem-cuidado.

— É a roupa dela? — pergunta Haven ao pegar o tablete e inserir os sinais vitais de Anand.

— Fiz esse modelo baseado na jaqueta do *Akira*. Fica impressionante nela.

— Você fez?

Anand sorri, e é menos abrasivo do que o sorriso anterior.

— Provavelmente é a minha criação preferida. Quando Ocean está pilotando... Você já viu ela pilotar? — Haven pensa se já viu Yoon na direção, mas Anand solta uma risada suave. — Não, acho que não viu.

Haven faz um gesto para o traje e pergunta:

— É por isso que você a chama de Red?

— Esse é um dos motivos. Sabia que ela nunca me perguntou por que uso esse apelido? Normalmente as pessoas ficam curiosas sobre os apelidos que recebem, se não é algo evidente. Ocean nunca pareceu se importar. Ou... — Anand fala baixinho. — Ou talvez ela tenha medo. Nem todos os apelidos que uso são legais.

Haven se lembra da reação instantânea que Ocean teve ao chamamento da capitã Song.

— Foi você que inventou Atiradora?

Anand vira a cabeça na direção dele de uma vez e diz:

— Onde você ouviu isso?

— A capitã Song a chamou assim.

Os olhos de Anand se transformam em duas nesgas pretas.

— É mesmo?

A nave vira. Nada na enfermaria se move, e ali não existem janelas, mas Haven escuta uma mudança quase imperceptível na mecânica sob seus pés.

Anand também parece perceber.

— Faz tempo que não entro em uma nave velha assim — diz ele, pensativo.

Haven deixa que algum tempo se passe enquanto encara a informação em seu dispositivo, mas não lê nada.

— Então qual é o motivo do apelido?

Anand rearranja os travesseiros na cama. Quando se recosta, parece surpreso por Haven ainda estar esperando uma resposta.

— Inventei isso antes de conhecê-la. Fiz meu treinamento na Bangpae, mas ouvi falar dela por conta dos meus amigos na Yong. Ela tem uma mira incrível.

— Mas não é esse o motivo.

— Não. — Anand balança a cabeça. Ele estuda Haven e diz: — Ela já tinha fama naquela época. Diziam que ela tinha tendência a explodir durante as simulações.

— Explodir?

— Não vale a pena entrar em detalhes. — Anand morde os lábios. — Mas a piada era que ela seria a melhor e a pior pessoa para se ter no seu time caso passasse por um apocalipse zumbi. A piada que eu mesmo fiz, na verdade. É melhor que eu admita isso logo. A melhor porque ela seria a melhor atiradora. E a pior porque, se você fosse mordido, ela não hesitaria em atirar em você também. Por isso... Atiradora.

— Isso foi... — Haven sente que sua expressão está mais séria.

— Não achei que o apelido fosse pegar. Mas pegou. Também não achei que a deixaria chateada. — Anand para de falar e sorri, pesaroso. — Não é verdade. Nada disso é. Eu sabia que ia pegar. Sou bem inteligente. E não achei que a deixaria chateada porque não parei para pensar nela em nenhum momento. — Ele observa Haven antes de continuar. — Ela não é boazinha, e na época ela tinha acabado de... Ah... Você sabe sobre o irmão dela? — Haven balança a cabeça. — Bem, deixa pra lá, então. — Anand passa as mãos no rosto. — Já me arrependi mil vezes. Não acho que um dia vá deixar de me arrepender.

— Mas você ainda usa apelidos com ela.

— Para expiar? Para cancelar minhas transgressões passadas? Para tentar provar meu ardor e apreciação eternos? — Anand balança a cabeça. — Não sei. Ela nunca me perguntou sobre eles. — Anand faz um gesto com a mão, como se tentasse dissipar a seriedade das próprias palavras. — E agora ela não consegue se livrar de mim.

— Como assim? — pergunta Haven, mesmo sem querer dar o braço a torcer.

Anand o espia com o canto dos olhos.

— Dizem que quando você salva a vida de alguém, fica ligado à pessoa para sempre.

— Você salvou a vida de Yoon?

— Não, ela salvou a minha. De um jeito bem dramático. — Anand aponta a bochecha, para a longa cicatriz que atravessa a pele. E Haven compreende.

— Foi você. O nome riscado. O incidente na *Hadouken*? — solta Haven, de uma vez. — Não foi Kent?

— Você ficou sabendo do incidente, é? — Anand pega a arma que estava em sua bolsa de fuga. — Essa é a arma que foi usada. — Ele sente o peso do revólver, depois o coloca novamente na cama. — Não sou do tipo que glorifica armas violentas, mas ela salvou minha vida com essa aí. Depois que foi demovida, tiraram a arma dela, mas roubei de volta. Ela deixou o traje lá de propósito, mas eu o guardei também.

— Você se sente em dívida com ela?

— Não. E sim. Quer dizer, sempre vou estar em dívida com ela. Meu pai tirou tudo o que podia dela quando estava escondendo o incidente, para se certificar de que o nome da família não fosse envolvido nisso. Ele também se certificou de que nunca mais servíssemos na mesma nave. Claro, ela salvou a minha vida, mas ele ainda queria me deixar longe da história sensacionalista.

Haven tinha se perguntado sobre a punição severa de Yoon, executada com tanta força e precisão quanto um raio lançado por Zeus.

— Imagino que ele estava tentando proteger você.

Haven não consegue imaginar o próprio pai agindo assim. Na verdade, ele ficaria de joelhos e agradeceria a Yoon. Talvez ainda faça isso, já que Yoon salvou Haven de um tiro. Estranhamente, ele e Anand têm isso em comum.

— Ele achou que ela tentaria se aproveitar da situação. Me usar. — Anand vira a cabeça de lado, observando Haven.

— O que foi?

— Não vai me perguntar se ela fez isso? — Haven balança a cabeça devagar, e Anand continua: — Muitas pessoas disseram isso na época. Acho que nenhuma delas acreditou que éramos capazes de ter uma amizade verdadeira. Por vários motivos. — A boca de Anand se curva para um lado. — Meu pai sempre fica manobrando a minha vida. Acho que ele me perdoaria por qualquer coisa, mas às vezes queria que ele só acreditasse mais na minha capacidade.

Haven pensa no próprio pai e diz:

— Acho que entendo um pouco o que você está dizendo.

— "As presas de uma víbora não doem mais que a ingratidão de um filho"? — diz Anand. — Meu pai deixou muito claro que qualquer coisa que eu fizesse só pioraria a situação de Ocean. — Ele solta um suspiro. — Mas às vezes me pergunto o quão pior poderia ficar. Ocean nunca disse nada, nunca me culpou. Mas não amo Ocean por me sentir em dívida. E não quero que ela pense que somos amigos só porque ela salvou minha pele flácida. — Ele faz uma careta. — Ainda assim, me preocupo com ela pensar isso.

Uma batida à porta da enfermaria pontua o final da frase de Anand.

— Estou interrompendo algo? — pergunta Kent, parado à porta.

— Vonderbar! — Anand abre os braços. A atitude dele se transforma, imediatamente tirando-o da conversa séria que estava tendo com Haven. — Vem aqui! Que maravilha ver seu belo rosto! Quer dizer, não que o Sasani aqui também não tenha um.

Kent tira os sapatos e entra.

— Não quero exaurir o paciente — diz ele para Haven, como um pedido de desculpas, já que espera ser mandado embora.

— Estou ótimo, não é, Sasani? Logo você já vai poder dizer que sou membro da tripulação e colocar meu nome no quadro de tarefas.

— Vocês se conheceram na *Hadouken*? — pergunta Haven.

— Mais ou menos — responde Kent. — Quer dizer, eu já tinha ouvido falar do Teo. Ele estava acima de mim. A maioria das naves da

---

7. WILLIAM, Shakespeare. *Rei Lear*. Tradução de Lawrence Flores Pereira. São Paulo: Penguin/Companhia das Letras, 2020. (N.T.)

Aliança é bem segregada. Membros não se misturam com não membros da Aliança.

— Você não é membro da Aliança — diz Haven, mais para si mesmo do que qualquer outra coisa. Ele tinha imaginado isso, mas não tinha certeza. — Por que seguiu Yoon depois que ela saiu da *Hadouken*?

— Von é um bom garoto. — Anand mexe no cabelo de Kent.

— Definitivamente não nos conhecíamos na *Hadouken*, mas o que fizeram com Ocean foi errado. Foi fácil ficar do lado dela — diz Kent. Ele lança um olhar envergonhado para Anand. — Quer dizer, sei que não foi sua culpa...

— Ah, para de hesitar. Fico feliz em saber que você esteve lá para ela esse tempo todo. Foi mais do que eu pude fazer. — Anand passa o braço pelo pescoço de Kent. — Eu compraria toooodas as Choco Pies do mundo para você se pudesse!

Kent se remexe inutilmente no abraço de Anand.

— Você deveria estar se mexendo tanto assim? — Kent se vira para Sasani. — Quer dizer, ele deveria?

— Os sinais vitais dele estão bons.

— Ainda bem, porque essa maca de enfermaria não faz meu estilo. Posso dormir numa cama de verdade hoje? — pergunta Anand.

— Todos os quartos estão ocupados — responde Kent, pesaroso.

— Ah, eu sei — diz Anand com um olhar malicioso. — Pensei que poderia dividir a cama com Ocean.

Um barulho contido, que Haven nunca fez antes, escapa de sua garganta. Imediatamente, ele deseja que o chão se abra e o engula.

— Eu ia dizer que você poderia ficar com a minha cama, já que eu durmo na estufa mesmo — termina Kent.

— Isso funciona. — Anand pisca para Haven, cuja pressão arterial subiu até o teto. Ele fecha os olhos.

— Teo? — chama Yoon. Os ombros de Haven se retesam. Mas, quando ele se vira, a atenção de Yoon não está nele, e ela está segurando a nimbus. — Seu irmão está na linha. — Uma mistura de emoções atravessa o rosto de Anand, algumas rápido demais para que Haven consiga decifrar. Ele acha que reconhece alívio, mas também ansiedade. — Você está bem?

Anand ajeita os ombros.

— Estou.

Yoon faz um movimento e um grande vídeo se abre de sua nimbus. Ela coloca o aparelho na mesa e vai para o lado. O vídeo se estabiliza com a imagem de Declan Anand. Ele e Teophilus são parecidos, o mesmo nariz torto e os mesmos olhos escuros. E o rosto de Declan Anand também está tomado de emoções confusas. Alívio e preocupação dançam em seu olhar quando ele se inclina para a frente, observando o semblante do irmão.

— Estou tão feliz que você esteja bem, babu — diz ele, apressado. — Quando Ocean ligou, não acreditei. Como você foi parar aí? Você está na *Ohneul*?

— Estou, direcionei minha cápsula de fuga para cá.

— Por que não veio para casa?

— Eu estava indo, na minha cabeça — responde Anand, hesitante. — Quer dizer, meus dedos automaticamente colocaram o ID desta nave.

Declan Anand coloca dois dedos na testa e esfrega.

— Teo...

Até mesmo Haven reconhece aquele gesto tão comum de frustração. Mas, naquele momento, Anand fica imóvel. Ele olha para Yoon, que imediatamente entra e corta a chamada. O vídeo desaparece.

— Ocean, você desligou na cara dele? — pergunta Kent, baixinho.

— O que foi, Teo? — pergunta Yoon.

Anand balança a cabeça e, quando consegue falar, é com a voz trêmula.

— Não era ele. Aquele não era o meu irmão.

QUINZE

— O quê? — pergunta Von, mas Ocean acha que entende.
— Como você sabe? — questiona ela.
— Você disse que alguém desceu na Terra em uma cápsula da *Scadufax*. Alguém que se parecia comigo? Alguém que até a minha família acreditou ser eu? Aquele não era o meu irmão. Não era Declan. Essa coisa? — Teo imita o gesto que viu, os dois dedos na testa. — É o gesto-padrão dele para mim. — Ele baixa a mão. — Mas a pessoa que atendeu à ligação fez isso com a mão esquerda. — Von observa as próprias mãos, como se estivesse tentando compreender o que Teo diz. — Declan sempre faz isso com a mão direita. Por que trocaria as mãos? — As mãos do próprio Teo começam a tremer incontrolavelmente, e Ocean reconhece um ataque de pânico se formando. — Estou ficando louco? Parecia com ele, não é?

A nimbus dela se acende e toca. Todos pulam de susto. Ocean vê quem está chamando.

— É ele.
— Não atende! — diz Von.
— Você não pode não atender — responde Ocean, no automático. — Ele já deve estar suspeitando de algo porque eu desliguei na cara dele. O que você quer fazer, Teo?
— Eu... A gente... Eu tenho de falar com ele, não é? Preciso descobrir... Ah, deus. Ele está com o *palmite* de Declan. E se aconteceu alguma coisa com Declan?

A nimbus toca alto.

— Você precisa atender — diz Ocean, firme. Teo não está em condições de tomar uma decisão racional agora. — Não deixe ele perceber que sabemos de algo. Mas tente descobrir quem ele é e onde ele está. E Von, vá ligar para os pais de Teo. Teo, qual é o número deles?

— 567-1367-01 — responde Teo, no automático. — É o número direto para o palmite do meu pai.

— Von, ligue para ele e conte o que está acontecendo. Não importa como, mas o mantenha na linha até que Teo consiga ir até você.

— Eu? — grasna Von. — Qual era o número mesmo?

— 567-1367-01 — responde Sasani.

Ele entrega o próprio palmite para Von, o número já está lá. A atitude dele é tão contida que Ocean quase pede que ele vá com Von, que já seguiu apressado pelo corredor. Mas a nimbus dela não para de tocar, cada vez mais alto. O olhar de Teo a centra, fazendo com que, de alguma forma, o barulho diminua e ela consiga respirar.

Ela vai até a nimbus, mas para.

— Tudo bem? — pergunta para Teo.

— Tudo — mente ele.

— Então esconda suas mãos — instrui Ocean e aceita a chamada.

A tela se abre e revela o rosto preocupado de Declan. Ocean, que ficou de lado, o observa.

— Desculpa, Declan, perdemos o sinal de repente.

Teo coloca as mãos embaixo do cobertor, ainda que elas provavelmente não estejam aparecendo no vídeo. Enquanto mente para o homem que finge ser seu irmão, a voz não mostra nada do tremor que o acometeu antes. Mas Declan logo solta um risinho.

— O que me denunciou, Teo?

— Como assim?

— Foi isso aqui, não foi? — Declan coloca a mão na testa e esfrega. A voz é igual à de Declan, mas então Ocean percebe um sotaque que não consegue identificar. — Não queria mostrar minha outra mão para você, mas acho que agora não importa.

Ele levanta a mão direita para a tela, sangue rubro pingando, como se alguém tivesse aumentado a saturação do vídeo. Um vermelho quase de desenho.

Teo se assusta.

— O que... De quem é esse sangue?

— Tecnicamente, meu. É o sangue de Declan, e agora eu sou Declan.

— Você está mentindo — rosna Teo.

— Por que estaria? Mas, enfim, não importa se você acredita ou não em mim. — Um sorriso lânguido continua a estampar aquele rosto, e, se Ocean tinha qualquer dúvida, elas foram sanadas por aquela expressão malévola.

— Para — diz Teo, a voz entrecortada. — Para com isso. Cadê ele? Cadê Declan?

— Declan só existe através de mim agora — responde o homem.

— Não. Não, você não fez isso.

O homem está prestes a responder Teo, mas vira a cabeça de lado. É então que Ocean observa o pano de fundo. As luzes fluorescentes, as paredes brancas. A voz ecoando. Eles escutam um toque estridente de chamada, uma música animada. Teo morde os lábios, deixando-os pálidos entre os dentes. O homem olha para algum lugar e sorri. O vídeo se move com ele enquanto caminha. Quando ele para, vê-se uma mancha de sangue no chão. Teo urra. O homem se inclina para a frente para alcançar uma pulseira de palmite acesa amarrada a um pulso que está no chão. Ele a levanta para conseguir identificar os números na tela, depois larga a mão sem nenhum cuidado.

— Alguém está tentando ligar para o seu pai. Um número desconhecido. Você não saberia nada sobre isso, não é?

— Não. Não, não, não. Isso é alguma piada. O que você fez?

— A pergunta que todos vão fazer em breve é o que *você* fez — responde ele. — Seus amados pais e seu irmão estavam visitando você quando coisas surpreendentes aconteceram. Você acordou do coma, obviamente confuso. Com a faca de Declan, matou seus pais. Também esfaqueou seu irmão e, só então, pensou nas câmeras de segurança. Desligou todas para que ninguém o visse escapar. — O homem coloca a mão no queixo. — Claro, você não era você. Meu colega já foi embora, com a sua identidade. Você não tem sido o mesmo desde que resgataram seu corpo da cápsula que pousou em Seul. Assim como Declan não é mais Declan. Não faz muito tempo que o matei. Foi fácil trazê-lo até o hospital.

Ocean não sabe exatamente quando essa conversa começou a parecer irreal. Gostaria que ele voltasse a fita, como se a possibilidade de se preparar para o golpe recebido fosse melhorar algo.

— Seu *mentiroso*. — As palavras saem de Teo de forma gutural. — Vou achar você e vou te destruir.

— Que palavras duras vindas do meu adorado babu.

— Você não vai se safar — diz Sasani, do fundo da enfermaria.

O homem que se passa por Declan vira a cabeça de lado mais uma vez.

— Conheço essa voz. Falei com você mais cedo, não foi? Bem, quem quer que você seja, eu vou, sim. As câmeras do hospital capturaram todos os ângulos possíveis. Cada facada. Cada jorro de sangue. Vai ser difícil desmentir. E agora aqui estou eu, o único sobrevivente. O trágico herdeiro que foi dado como morto pelo irmão mais novo. Também poderei testemunhar no julgamento.

— Não é possível que você ache que isso vai funcionar — solta Sasani. — Estamos com Anand aqui. Sabemos que ele não estava no hospital!

— Vocês estão *mesmo* com ele? — pergunta o homem na tela. — O que Teo vai fazer? Dizer que um clone malvado está andando por aí tomado de ira? Um impostor com o rosto dele?

— Por quê? Por que você faria uma coisa dessas? — pergunta Teo, a voz entrecortada.

— Você não sabe mesmo? — O homem dá de ombros. — Não vou perder meu tempo esclarecendo nada para você. Não é como se seu pai tivesse nos explicado algo antes de acabar com a nossa vida. — Ele solta um sorriso. — Agora, se me dão licença, estive perdendo sangue esse tempo todo, então acho que vou me arrastar heroicamente para fora daqui, ir para o corredor e ser encontrado por alguém.

A tela se fecha. Teo está pálido. Encarando o espaço onde o rosto do homem esteve.

— Isso... isso não está certo. Está, Ocean? Ele não pode estar falando a verdade. Aquela não era a mão do meu baba. Eles não podem estar...

Ele não termina a frase. A palavra que não consegue dizer fica parada no ar, não dita. O silêncio se expande nos ouvidos de Ocean, no cérebro, até tomar conta de todo o seu corpo. Nada vai fazer essa situação melhorar. E tudo o que ela fizer, ou não fizer, será a coisa errada.

— Ocean, ele não está atendendo! — grita Von do lado de fora. Então ele entra e solta um: — Oh.

Ele está com o palmite na mão. Do corredor, Dae sai correndo.

— O que você está fazendo? — pergunta Ocean, e o fato de Dae nem sequer registrar a pergunta já é uma resposta mais que suficiente. — Dae, para.

— Eles não podem ter partido. Ainda sinto eles aqui. Eu saberia, não é mesmo? — pergunta Teo enquanto Ocean vai para a porta. Dae já está entrando na cabine.

Enquanto Ocean calça os sapatos com pressa, Von senta na cama com Teo. Ele segura a mão de Teo e diz, gentilmente:

— Vou continuar tentando ligar para ele, Teo.

A voz da capitã soa clara nos alto-falantes:

— Aqui é a capitã Song chamando a Aliança. O número de identificação da nave é 7-3-4-3-1-8-4-5-9-7. Temos um problema.

Ocean entra na cabine no momento em que alguém responde.

— Capitã Song, para quem devo direcionar sua ligação?

— Tenho a bordo um...

Ocean esmurra o painel, desligando a chamada.

— Yah! — rosna Dae. — Eu poderia te dar uma advertência por isso.

Ocean ri, e ela gostaria que fosse apenas incredulidade, e não uma pitada de histeria.

— O que está fazendo?

— O que eu deveria ter feito assim que encontramos Teophilus Anand naquela cápsula de fuga. Não deveria ter dado atenção ao que o irmão dele falou. Não acredito que escondi essa informação da Aliança por tanto tempo. É a minha pele que está em jogo aqui.

— Você vai jogar Teo na mão deles?

Desta vez, a resposta de Dae começa com uma gargalhada incrédula.

— Por que eu sou sempre a vilã para você, Ocean? Estamos enrolados até o pescoço. É óbvio que Declan Anand perdeu o juízo. Eles precisam prendê-lo agora mesmo.

— Aquele não era o Declan. Você não ouviu nada do que ele disse para Teo? Ele *matou* a família de Teo.

Dae balança a cabeça.

— Eu não sei de nada, e você também não. Só sei que temos uma pessoa que se parece com Teophilus aqui ou na Terra. Se a Aliança vai lidar com isso, precisam deste Teophilus com eles. E é a rota mais segura para ele também, não acha?

— Você acha que conseguiriam manter Teo seguro?

— Acha que não? — pergunta Dae, e a reação visceral de Ocean a surpreende. — Por que está na Aliança se não acredita nela? Isso é maior que nós, Ocean. Os *Anand* estão envolvidos. Se esse é mesmo Teophilus, então podemos testemunhar que ele estava na nossa nave e podemos dar o ID da nave para confirmar nossa localização.

Tudo isso faz todo o sentido no Sistema Solar. Mas, mesmo que Ocean diga isso a si mesma, a mão não levanta do painel.

A decisão que ela deveria tomar se dissolve quando uma explosão balança a nave. Ocean cai enquanto um alarme soa e a porta no final do corredor se abre.

— Pedindo permissão para embarcar — entoa a voz no comunicador.

— De novo? — grita Maggie.

— Pedindo permissão para embarcar.

Ocean vai para o corredor. Todos estão encarando a entrada da antessala, que estava conectada à cápsula de fuga de Teo.

— Aqui é a capitã Song da *Ohneul*. Quem está aí? — Silêncio. Dae solta seu xingamento recorrente de *shibal saekki*. Um veículo muito maior do que a cápsula de Teo entra no campo de visão dela. Quem quer que seja, veio pelo ponto cego da *Ohneul*, como se soubessem qual é. — Eles não estão respondendo! E estão bloqueando nossa visão toda. Que merda está acontecendo aqui?

— Não abra! — grita Maggie do final do corredor.

Dae revira os olhos.

— *Por que* eu iria...?

A porta da antessala se abre.

— O que você está fazendo? — grita Maggie.

— Não fui eu! — revida Dae.

Uma pessoa alta, vestida com traje espacial, para na porta. Ele joga o cabelo dourado para o lado e, de alguma forma, os fios brilham até na luz lúgubre do corredor. O traje é branco, padrão, mas uma fênix vermelha está pintada em seu peito, as asas abertas voltadas para cima. Ele observa o corredor e Ocean fica tensa ao perceber a intensidade daqueles olhos azuis. Ele paira tão ameaçadoramente que bloqueia a luz vinda da antessala. Ocean move os braços para seu coldre, mas ele está vazio. A barriga dela dá um nó e, como se conseguisse perceber, o homem se vira para ela com seu olhar predatório.

E é assim que Phoenix, o saqueador mais infame dos tempos modernos, entra na nave e anuncia sua presença.

— Achei que a nossa nave era ruim, mas este lugar é pior.

— Comporte-se, Phoenix.

Esparramado no chão atrás de Phoenix, um sujeito familiar está com as mãos na confusão de fios vinda do painel próximo à porta. O traje espacial dele tem dois desenhos lado a lado. Ele pisca para Ocean.

— Vamos, me deixe ver — diz uma mulher.

Phoenix vai para o lado e revela uma terceira saqueadora. Ela é alta, de pele escura, e as tranças de seu cabelo estão presas em um coque. O traje dela está pintado com uma mulher em um vestido de gala sentada em um trono. Quando vê Ocean, ela faz uma careta.

— Você? — pergunta ela.

Leva um segundo para Ocean se lembrar dela.

— A ladra da garagem da Aliança?

— Você se meteu em uma confusão das grandes agora, Ocean noona — diz o saqueador que está no chão.

— Noona? — pergunta Dae, como se isso fosse a coisa que deveria ser explicada.

— Entendi bem? Sou um ano mais novo, então, tecnicamente, noona.

Phoenix direciona seu olhar de águia para Ocean e pigarreia.

A voz dele ecoa.

— "Que venha a guerra, é o que eu digo; ela ultrapassa tanto a paz como o dia a noite; é lesta, de ouvido fino e cheia de atividades."[8]

Ele espera por Ocean, animado, como se tivesse proposto um desafio. Ela olha perplexa de Phoenix para o homem no chão.

— O que você está fazendo na minha nave? Como nos encontrou? — Dae vai abrindo caminho pelo corredor.

— Gemini, você prometeu! — exclama Phoenix, apontando para Ocean.

— Não temos tempo para isso — murmura a terceira saqueadora. Ela encara Ocean. — É ruim o suficiente que a gente esteja arriscando nossa pele por esse lixo da Aliança. Não acredito que viemos até aqui por *ela*. Essa daí não se importa com nada além de si mesma.

— Pelo visto você não pertence a um escalão tão baixo assim — diz Ocean. — Estão trabalhando com Phoenix?

— Vocês se conhecem? — rebate Gemini, animado. — Talvez você tivesse chegado antes se ela não tivesse acabado com você tão fácil em Sinis-X, Cass.

Cass abre a boca, furiosa, mas é logo interrompida.

— "A paz é uma verdadeira apoplexia, um letargo, obtusa, surda, sonolenta, insensível e é maior geradora de bastardos do que a guerra é destruidora de homens." *Coriolano*. Não é uma escolha exatamente prosaica. — Todos se viram para Teo, que saiu da enfermaria. Ele levanta a sobrancelha para Ocean. — Você conheceu Phoenix e não me contou?

Se alguma coisa poderia tirar Teo do estupor, seria alguém recitando Shakespeare. Apesar da loucura da situação, alívio toma conta de Ocean. Ele está com uma mão na parede, para se apoiar, e a outra na costela.

— Caraca, é o Teophilus Anand — diz Cass. — Ele... não deveria estar aqui.

— Ah! Agora o serviço faz sentido — diz Gemini, enquanto tira delicadamente os dedos da bagunça de fios. Ele se vira para Phoenix. — E para

---

8. WILLIAM, Shakespeare. *Coriolano*. Tradução de Carlos Nunes. São Paulo: Editora Peixoto Neto, 2017. (N.T.)

você saber, eu não quebrei promessa nenhuma. Ela citou *Romeu e Julieta*. Enquanto estava pendurada de uma *ponte*.

Ocean tem vontade de cobrir o rosto com as mãos. Phoenix e Teo irrompem em suspiros exasperados ao mesmo tempo.

— *Romeu e Julieta*? — pergunta Phoenix, em tom pejorativo, enquanto joga as mãos para o ar.

— Falando em escolha prosaica! — diz Teo. — Você bem poderia ter perguntado a ela "Ser ou não ser"!

— Meu senhor, não vamos mexer com *Hamlet*. Essa é uma pergunta nobre, seja feita por um príncipe dinamarquês ou por uma IA que acabou de ganhar senciência — pontua Phoenix.

— É verdade, o Bardo é atemporal.

Phoenix sorri para Gemini.

— Gostei dele. Podemos levar ele em vez da garota?

— Estamos perdendo tempo — avisa Cass.

Com o canto do olho, Ocean percebe que Teo está se movendo devagar para mais perto deles.

— Parou — diz Gemini, de repente. Ele pega a arma e aponta para Teo. — Pode parar bem aí. E coloque as mãos para cima.

— "Não tenho dúvidas de que a inocência fará enrubescer as falsas acusações"?[9] — tenta Teo.

— Bem, *eu* desconfio de um homem que só cita outras pessoas — diz Gemini. — Significa que não consegue pensar sozinho.

— Me senti atacado — responde Phoenix, com um tom falso de ofendido.

— Mãos para cima — repete Gemini, apontando a arma para Teo.

Teo aperta ainda mais as costelas, como se estivesse avaliando quanta dor vai sentir se cooperar.

— Certamente — responde ele.

Mostrando ser sincero, Teo coloca as mãos para cima. A mão esquerda revela uma arma. Com a da direita, joga um objeto pelo ar. A mão de

---

9. WILLIAM, Shakespeare. *Conto de inverno*. Tradução de Beatriz Viégas-Faria. São Paulo: L&PM Editores, 2009. (N.T.)

Ocean já está no ar para apanhar a arma. É quase desconfortável observar a facilidade com que ela se encaixa na mão da piloto, que se vira para encarar Gemini. Teo aponta a própria arma para Phoenix, a de Gemini ainda está apontada para Teo, e Phoenix teve uma reação rápida o suficiente para apontar a dele para Ocean. Cass também está com a arma apontada para Ocean. Provavelmente, ela deveria se sentir lisonjeada por tamanha atenção.

— Que. Merda. É. Essa? — diz Maggie do corredor.

Ao contrário de Teo, Maggie está com as mãos bem no alto, como se estivesse comemorando um gol. Dae está escondida atrás da porta da cabine, e Ocean espera que Sasani e Von fiquem fora do campo de visão de todos.

De rabo de olho, Gemini espia Ocean e a arma que ela empunha. Ele pergunta:

— Fez um upgrade?

— Tive de substituir a arma que você jogou fora — responde Ocean, a voz equilibrada. Ela continua de olho em Gemini, cujos braços seguem inabaláveis. — Agora me diz: o que estão fazendo aqui?

Gemini dá de ombros e chama:

— Phoenix?

— Bem... — Phoenix bufa. — Não faz muito tempo, nosso LP enviou um trabalho bem interessante.

— LP? — pergunta Teo.

— Significa *long play* — se intromete Maggie, do corredor. — É uma mídia em vinil que grava músicas, foi criada no século XX, ainda que tenha ficado popular...

— Não dessa vez — interrompe Phoenix. Ele pressiona os lábios e a boca treme um pouco antes que ele continue: — Ainda que agradeça pela curiosidade. LP, *liaison-proxy*, um intermediário. Eles funcionam como representantes entre saqueadores e clientes. Um serviço que protege ambas as partes.

— Qual é o trabalho? — questiona Teo.

Teo está flutuando pela conversa, tranquilo como sempre, deixando que a mente de Ocean corra solta. A situação é como xadrez para ela, mas é difícil identificar quais peças estão no jogo.

Gemini responde:

— Simples: destruir a nave da Aliança chamada *Ohneul*. Sem contato, sem sobreviventes.

Ninguém se move.

— Espera aí. Não é como vocês tipicamente trabalham — diz Teo, quebrando o silêncio. — Vocês nunca aceitam contratos de mercenários.

— Você está de palhaçada? — rosna Dae, de onde quer que ela esteja se escondendo. — Não lembra dos assassinatos em Mercúrio? É por isso que a recompensa da captura dele é tão alta!

Em uma das façanhas mais hediondas de Phoenix, um grupo de oficiais governamentais mercurianos foi encontrado morto, estripado. Ocean se lembra da comoção que a notícia gerou, uma década atrás.

— Não foi ele — responde Teo. — Sim, encontraram o DNA dele na cena do crime, mas qualquer idiota saberia que não foi ele que fez aquilo.

— Já vi que encontramos um fã aqui — diz Phoenix, a voz arrastada. — Mas posso garantir que já matei muitos.

— Não por dinheiro.

Depois dessa resposta, Phoenix tira os olhos de Ocean e se vira para Teo.

— Hã. — Um tom diferente passa pela voz de Phoenix. Ele endireita os ombros e volta o olhar para Ocean. — Bem, desta vez o trabalho oferecia bastante dinheiro. E Gemini reconheceu o número da nave.

— Como? — pergunta Dae, intrigada. — Números de identificação de naves ficam com a Aliança.

— O garoto aqui é especialista em informações confidenciais — responde Phoenix. — Enfim, não aceitamos o trabalho. Viemos logo para cá antes que alguém chegasse, para tirar vocês dessa. Por sorte, estávamos por perto.

— Espera aí. — Dae coloca uma mão para a frente. — Não estou entendendo. Por que vocês fariam isso?

Eles poderiam facilmente explodir a *Ohneul* sem precisar embarcar, sem sequer precisar fazer contato. Assim como Gemini poderia ter atirado em Teo antes mesmo de ele sacar as armas. E eles só entraram em três na nave.

Enquanto Ocean pensa, Gemini responde:

— Por ela.

Ele aponta Ocean com um gesto de cabeça, e isso a tira do torpor. A arma continua apontada para ele; a conversa poderia ser uma distração. Os lábios dele se curvam em um sorriso.

— Gemini é meu caça-talentos — diz Phoenix. — Ele é bom em encontrar boas pessoas, pode-se dizer. Se ele acha que alguém se encaixa no nosso time... — Ele é interrompido por um *tsc* de Cass, mas ainda assim continua: — Então eu confio.

— Odeio ver potencial desperdiçado — continua Gemini. — Imaginei que Ocean tinha irritado alguém, já que vi quão amigável ela consegue ser. Mas agora estou vendo que o trabalho deve ter mais a ver com Teophilus Anand.

— Destruir uma nave de transporte Classe 4 é bem diferente de assassinar um dos herdeiros dos Anand — responde Ocean.

— Ótimo. Sempre quis ser importante o suficiente para tentarem me matar — murmura Teo.

— Quero ver o que pediram nesse trabalho — diz Ocean.

— Você sempre duvida de tudo, querida? — pergunta Phoenix.

— Meu irmão sempre disse que eu não deveria confiar em quem me chama de querida — responde ela.

— Seu irmão parece mesmo um conquistador. — Phoenix ri. — Não me importaria em conhecê-lo.

Ocean vê o sorriso de Gemini: os lábios levemente virados para baixo.

— Posso promover esse encontro — responde Ocean. — Mais cedo do que você imagina.

— Ele está na nave? — pergunta Phoenix.

— Ele morreu.

Uma arma solta um zunido de carregamento. Cass está com um laser antigo, que ela não estava pensando em usar antes.

— Cass... — diz Phoenix, em tom de aviso, como se o nome tivesse duas sílabas. — Por que não dá um passo para trás? Seja uma boa menina e pegue o anúncio do trabalho para Ocean ver.

Devagar, Cass pega algo no bolso de trás. E o que mais ela poderia pegar? Outra arma? Enquanto ela faz isso, o palmite dela emite dois bipes.

— O que eu fiz para atiçar sua ira, Ocean? — pergunta Phoenix.

— Você ameaçou matá-la — diz Teo.

— Não — corrige Gemini. — É porque ela pensou que fôssemos matar *você*.

— Talvez devêssemos — diz Cass. Ela mostra o pequeno palmite, a tela ligada. — Tem uma recompensa para ele. Duzentos mil marcos. Vivo ou morto.

Phoenix solta um assobio.

— É uma recompensa maior do que a *minha*. Eu deveria me sentir insultado?

— Qual é minha acusação? — pergunta Teo, severo.

Cass olha o palmite, depois o guarda. E mesmo que Ocean esperasse por isso, a resposta a atinge como um soco.

— Matar seus pais e tentar matar seu irmão.

DEZESSEIS

Teo tenta transformar sua expressão em um sorriso. Ainda está esperando que Declan saia da nave de Phoenix, dizendo que tudo isso foi uma pegadinha elaborada para ensinar a ele uma lição. Sua família nunca seria tão cruel, mas é mais fácil acreditar nisso do que... A arma dele cai por entre dedos frouxos, e ele tenta segurar o ar. A mão dele continua para a frente, sem saber o que fazer, até que outra mão se encontra com a dele.

— Minha família... — As outras palavras se transformam em um barulho horrível que não pode estar vindo dele. Um tsunâmi assola seus pensamentos. — Ocean, a minha *família*...

Os joelhos de Teo atingem o chão. Ele precisa sentir, se curvar à dor, mas tudo o que consegue fazer é enfiar o rosto no ombro de Ocean. Palavras passam por ele, rumo ao éter.

— Esta viagem pode acabar valendo a pena se entregarmos o príncipe.

— Quem quer que tenha postado o trabalho estava contando que não embarcaríamos, Phoenix. Eles *solicitaram* isso.

— É bastante dinheiro.

Com os braços firmes em volta de Teo, Ocean diz:

— Só por cima do meu cadáver. Cai fora.

— E você acha que seu cadáver seria algum impedimento, querida? Ele já era parte do trabalho original.

— E o restante de nós?

— Ora, ora, a capitã. Até que enfim, hein?

— Se vocês levarem Teophilus e Ocean, vão deixar o restante livre?

— O que eu disse? Lixo da Aliança.

— Como foi mencionado, não costumo trabalhar deixando pessoas para trás. Assim sendo, quanto mais cedo nos separarmos, melhor. O número da sua nave estava naquele pedido, e a recompensa é alta o suficiente para que você logo receba visitantes.

— Podemos pedir reforços para a Aliança e sair daqui.

— Acha que consegue ser mais rápida que alguém nesta lata-velha aqui?

— Não é uma lata-velha.

— Imagino que você nem tenha armas, já que é uma Classe 4. Como vai se defender se alguém aparecer? O que, como eu já disse, *vai* acontecer.

— Se eles não querem ser salvos, então não vamos salvá-los.

— Cass, você não está ajudando.

— Vamos pelo menos pegar o assassino.

— Não sou — diz Teo, por fim. — Não sou assassino. — Cada palavra que ele pronuncia o deixa mais perto: do ar claustrofóbico da nave, das mãos de Ocean o segurando, dos joelhos no chão. Ele engole tudo, como vômito voltando na garganta, e se esforça para ficar de pé. Quando ele estica o braço, as mãos de Ocean já estão ali esperando por ele, que as usa como apoio para se levantar. Teo ergue a cabeça e diz, friamente: — Quinhentos mil marcos.

Phoenix levanta as sobrancelhas, surpreso.

Gemini desconfia e diz:

— Você tem certeza de que tem tanto dinheiro assim?

Teo nunca teve muitas certezas, mas essa é uma delas.

— Considere isso um agradecimento por não terem me explodido nem me entregado — responde Teo. — E mais quinhentos mil se vocês concordarem em me levar aonde eu quiser.

O rosto de Phoenix fica sem expressão. Completamente. O rosto de um jogador que recebeu cartas tão boas que precisa escondê-las. Mas ele já se deixou entregar.

— Tudo tem um preço — diz Teo. — Todo mundo.

Phoenix faz uma careta e diz:

— Você tem acesso ao dinheiro agora? Está sendo mais procurado do que eu.

— Tenho contas fora do planeta.

— Claro que seu pai escondeu o precioso dinheiro dele em contas fora do planeta.

— Ele não fez isso — responde Teo. — Eu fiz. Sem ele saber.

Teo consegue ver a rapidez com que Phoenix processa a informação.

— Dez minutos — diz Phoenix. — Aries está de vigia para a gente, mas vamos dar só dez minutos para todo mundo fazer as malas e dar adeus a esta nave.

— Do que está falando? — interrompe Dae. — Ainda não concordamos em ir com você. O que vai acontecer com a minha nave?

Phoenix vira a cabeça.

— Como assim? Só existe uma coisa a ser feita: explodir tudo.

Ocean não possui muitas coisas, mesmo tendo passado anos na *Ohneul*. Cuidadosamente, guardou o traje e a arma que Teo trouxe para ela. Maggie gasta um precioso minuto chacoalhando a porta da garagem até que Ocean vai até lá e a abre para ela. Ocean quer ajudar Von a organizar sua pesquisa ou se certificar de que Maggie não esqueça nenhuma das ferramentas que guarda escondidas. Uma boa segunda-oficial iria até Dae ver se ela precisa de algo ou para ajudá-la a fazer as malas. Mas, bem, uma capitã não tentaria fazer permuta com a vida de uma boa segunda-oficial. Logicamente, Phoenix tem razão. Se explodirem a nave, todos vão achar que o trabalho foi executado e não haverá necessidade de perseguir os tripulantes. Se deixarem a nave vazia, outros saqueadores, e quem quer que tenha proposto o trabalho, vão presumir que eles foram resgatados.

— Você não tem mais nada para levar, noona? — pergunta Gemini, ao se aproximar de Ocean. Ele vira uma caixa de metal no ar, depois outra.

— Não me chame assim — responde Ocean, no automático.

— Por que não?

Ele acopla um dos dispositivos na parede acima de si, e deixa a mão ali.

— Nossa proximidade não é tão grande assim.

— De qual proximidade precisamos? — pergunta ele. Gemini dá um passo em direção a ela, Ocean vai para trás e bate de encontro com a parede. Ele vai para a frente, simultaneamente, como se o espaço ali fosse feito para ele. Agora estão a apenas uma respiração, e Ocean mede a distância não por metros ou por braços, mas por quão curvados são os cílios dele. Gemini é só um pouco mais alto do que ela. Ocean repara na pinta em seu nariz, como se alguém tivesse encostado uma canetinha preta. — Assim funciona? — Então Gemini para de repente e se distancia, postura firme. — E eu achei que *eu* era furtivo.

Ao lado de Ocean, Sasani se encosta na parede. Ele levanta o queixo depois da afirmativa de Gemini, com uma expressão despreocupada (e obviamente falsa) de *Quem, eu?*

— Você vai sempre se sentir satisfeito só em observar, Haven Sasani? — A boca de Gemini se move. Sasani se retesa e Gemini ri. — Estou animado para conhecer você melhor.

Em um instante, ele já está no fim do corredor, com Phoenix e Cass.

— Estou cansado de encontrar estranhos que já sabem meu nome — diz Sasani, pesaroso. Ele está com uma mochila grande nos ombros. Aparentemente, também não demorou muito para fazer as malas.

— Veio me salvar? — pergunta Ocean, em tom de divertimento.

— Dado o que acabou de acontecer, não parece que você precisava da minha ajuda.

Sasani imita as mãos de Ocean se movimentando para pegar a arma. Depois de terminar a pose, dá de ombros. O movimento é muito mais elegante do que qualquer coisa que Ocean tenha feito, e ela se surpreende em perceber que ainda consegue sorrir. Sasani esfrega a nuca enquanto a observa, depois, abruptamente, pigarreia.

— Ele é o cara da ponte, não é? Em Sinis-X? Não achei que vocês tivessem tido muito tempo para conversar.

— Não foi uma conversa muito justa.

Por vários ângulos. Agora os hematomas já estavam menos visíveis, mas Ocean ainda se lembra do barulho do capacete de Gemini contra o corpo dela e da dor no braço quando rolou da ponte.

Agora Phoenix está conversando com Teo, e é surpreendente ver que ele não é assim tão diferente dos anúncios brilhantes que circulam por aí com a recompensa à sua captura. Ocean sempre pensou que eles editavam a cor dos cabelos e dos olhos dele. Phoenix pega o ombro de Gemini e passa o outro braço em Cass, puxando os dois para perto enquanto conversam em voz baixa.

— Acabou o tempo! — grita Phoenix alguns minutos depois. — Vamos nessa!

Ocean percebe que o cronômetro dele marcou oito minutos, ele ergue a sobrancelha para ela quando diz:

— Se quisermos sair a tempo, precisamos começar agora.

Nessa hora, Von sai cambaleando da estufa com uma mochila enorme nas costas e mais duas nos braços.

— O que raios...? — diz Cass.

— Eu não... vou... embora... sem... minhas algas — arfa Von.

O coração de Ocean se parte por ele. Von nem estaria nesta nave se não fosse por ela.

— Quantas pessoas vocês estão escondendo nesta nave? — pergunta Phoenix.

Gemini conta nos dedos enquanto enuncia:

— Ocean Yoon, Dae Song, Haven Sasani, Von Kent, Margaret Thierry. E Teophilus Anand.

— Que memória — diz Teo.

Dae aparece lá embaixo, carregada de bolsas. Ela toca as paredes da nave, em reverência, e, quando desvia o olhar para Ocean, a acusação é nítida. Maggie sai de uma vez da cozinha, bloqueando Dae momentaneamente.

— Pode parar. O que é isso? — pergunta Cass, intrigada. A mão dela se abre e se fecha em frente a Maggie. — Todo mundo me passa a arma antes de entrar.

Maggie automaticamente coloca as mãos para cima, e em uma delas há um objeto prateado.

— É minha colher de sorvete — diz ela.

— Sua... colher de sorvete?

— É a coisa que eu salvaria se minha casa estivesse pegando fogo — solta ela. — Quer dizer. Depois das minhas esposas. Mas elas não são coisas, eu acho, então não conta. E não é como se a colher de sorvete fosse capaz de sair sozinha, sabe?

— Vamos lá, vamos, colher de sorvete. — Phoenix faz um gesto para que todos sigam em frente. — Gemini vai receber vocês e eu vou levar quem ficar para trás.

Cass percorre a fila de pessoas, passando um instrumento em seus corpos e malas, coletando as armas. Ocean entrega a arma pela coronha, mas Cass precisa praticamente puxar a bonguk geom de Dae. Eles esperam que Gemini abra a porta, e um tremor passa pelas costas de Teo. Ocean coloca a mão na coluna dele e Teo faz um gesto com a cabeça, concordando com a pergunta que não foi feita. A porta se abre. O saqueador conhecido que surge ali é asiático, com pálpebras sem dobras, como Ocean, e cabelo curto e preto. Ele é grande e forte, com sobrancelhas cheias que se juntam como ímãs felpudos.

— Bem, a festa aumentou, não é? — Ele olha Ocean. — Ah. Você de novo?

Teo se vira para ela e diz:

— Como é que *todo mundo* conhece você?

— Podem entrar. Bem-vindos à *Pandia* — diz Phoenix.

Eles entram, e Ocean percebe Phoenix se transformar ao entrar na nave, como se estivesse atravessando um campo de força. Os ombros relaxam, e ele passa os dedos pelo cabelo sem preocupação. Quando fala, é sem a pompa e a bravata de antes; como um ator que não está mais tentando alcançar até a última fileira do teatro, sua maneira de falar é mais solta.

— E agora — diz ele — vamos pegar seus comunicadores.

A mão de Maggie vai direto para o bolso do casaco e Dae cobre o pulso em um reflexo. Os olhos cinza-esverdeados de Gemini observam todos esses movimentos. Ocean acredita que ele não deixa nada passar, mas o que mais admira é a percepção de que ele e Phoenix trabalham em sincronia.

— Por quê? — pergunta Dae. Ela logo solta o pulso, mas o suspiro indica que ela já percebeu ser tarde demais. — Já entregamos nossas armas.

— Vamos ser bem amigáveis aqui, como se estivéssemos em uma viagem de férias — diz Phoenix. — Mas você não pode mandar mensagem para a sua família dizendo isso. Na verdade, nenhuma ligação pode ser feita aqui.

— Mas... — interrompe Von. — Se as pessoas ficarem sabendo que a *Ohneul* foi destruída...

— Isso mesmo. Até estarmos em segurança, as pessoas não podem saber que vocês estão vivos. Quem quer que seja que encomendou a explosão é bem poderoso, e não quero mexer com ele. Também não posso deixar que vocês contatem a Aliança enquanto estão na minha nave.

— Já é ruim o suficiente estarmos nos arriscando para salvar vocês — completa Cass.

— Cass acha que eu confio demais nas pessoas, então vou esclarecer algumas coisas. Depois que nos separarmos, vocês nunca vão falar sobre esta nave. Entenderam? Vai ser como uma despedida de solteiro em Urano, ok?

— Podemos pedir que eles assinem contratos de confidencialidade — sugere Aries, que logo desaparece em algum lugar depois do olhar mordaz de Cass.

— Como vocês sabem, tenho uma recompensa polpuda — diz Phoenix —, e as autoridades só não me pegaram ainda porque não sabem o número de identificação da minha nave. Prefiro que continue assim. Pensem nisso como um preço baixo, bem baixo, para pagar por suas vidas.

A Aliança enviará naves para conferir e investigar, e todos pensarão que a tripulação da *Ohneul* morreu. Sumi vai pensar que Von morreu, as esposas de Maggie serão contatadas, e o pai de Sasani ficará desolado. Vão enviar um mensageiro da Aliança para falar com as mães de Dae e com a família de Ocean em Marado. A última vez que os pais de Ocean abriram as portas para um mensageiro da Aliança foi quando Hajoon morreu.

— Precisamos fazer isso — diz ela.

Fastidiosamente, Dae responde:

— Para você, é fácil falar.

Ocean ignora a pontada da censura de Dae. Se força a continuar falando, como se nada tivesse acontecido.

— Caso contrário, estaremos de volta à estaca zero. Vão só enviar outra pessoa para destruir a *Pandia*.

Von pega o palmite, e não se move mais. O olhar angustiado quase faz Ocean mudar de ideia e tentar convencer Phoenix do contrário. Mas não daria certo. Ela sabe disso.

— Foda-se — diz Maggie. — Você está dizendo que não podemos enviar mensagens contando que estamos vivos? Eu não posso...

— Você pode — responde Phoenix. — Você vai. Não sabemos se eles estão monitorando a família de vocês ou até rastreando qualquer tentativa de contato. Ou vocês entregam os comunicadores ou voltam para morrer na nave. Mas, com a primeira opção, pelo menos vão ficar vivos por tempo suficiente para implorar por perdão.

Phoenix estende a mão. Ocean pega a nimbus, o dedão passando por uma antiga marca na lateral. Depois de uma breve hesitação, ela é a primeira a entregar o dispositivo. Surpreendentemente, Dae é a segunda, seguida por um Von cambaleante. Maggie está segurando o comunicador, mas é só quando Cass o puxa que ela solta.

— Que treta — murmura ela.

— Vai ficar bem cheio aqui — diz Cass, ao pegar o dispositivo de Sasani.

— Podemos comprar uma nave nova com o dinheiro que Teophilus vai nos pagar. — Phoenix calcula mentalmente. — Uma nave e meia. — Ele aponta para Teo. — E você?

Passivamente, Teo levanta as mãos. Phoenix levanta o queixo para Gemini, que revista Anand.

— Ele está limpo — anuncia Gemini.

— Nada? — pergunta Phoenix. — Sempre pensei que ele vivesse grudado no palmite.

Teo passa a língua pelos lábios e Ocean se prepara para o flerte que ele sempre usa como mecanismo de defesa, a abertura já foi dada por Phoenix. *Querido, você sempre pensou em mim?* Mas Teo titubeia.

— Eu não... — Ele para. — Você me pegou em um momento difícil. — As palavras detêm Phoenix, que estava esbanjando energia. Ele observa Teo, e Ocean quase espera ouvir um murmúrio de *Uhm* mais uma vez. Teo continua, com a voz mais firme: — Mas acredito que você precisará fazer uma exceção para o meu caso.

— Ah, mal posso esperar para ouvir isso — murmura Phoenix, o semblante se fechando novamente.

— Preciso contatar a Aliança para explicar a situação. Se dermos a eles as coordenadas da sua nave...

— Você está prestando atenção ao que está dizendo? — Phoenix ri. — As pessoas dizem mesmo que o seu irmão é que é o inteligente.

Von puxa o ar entre dentes.

Teo pisca, mas continua.

— Ainda assim...

Phoenix empurra Teo na parede. Imediatamente, Ocean vai para cima dele, mas Phoenix não se abala. O antebraço dele pressiona o peito de Teo. Mais um passo deixaria o nariz dos dois colados.

— Phoenix. — Desta vez é Cass quem solta o aviso, mas ele também a ignora.

— Meu bem. — Phoenix está tão perto que os cílios de Teo balançam com a respiração do saqueador. — Não me importo com a sua reputação. Não quando ela impede a segurança da minha tripulação. E agora nossa discussão também está prejudicando a tripulação da *Ohneul*. Você não consegue olhar além do próprio umbigo por um segundo?

A porta se fecha atrás deles, o que assusta Ocean. Phoenix se afasta de Teo e levanta a mão bem quando Gemini joga algo para ele.

— Muito bem. — Teo escorrega até o chão. — Você tem razão. Sinto muito.

Phoenix para, mas só por um segundo. Ele continua pelo corredor.

— Aries, preparar para a partida. Gemini, tudo certo?

— Ao seu comando.

É só então que Ocean vê que o que Phoenix está segurando é um controle remoto. Ela se ajoelha na frente de Teo.

— Já foi — diz ele. Ela não precisa pedir que ele se explique. — Não é sobre provar minha inocência, Ocean. Eu juro. Mas quem mais vai tomar conta deles?

— Eu sei — diz Ocean. É a única coisa que ela pode dizer, na verdade. Ela poderia dizer "Você vai cuidar", mas é um fardo tão pesado.

— Eu posso...? — A voz de Dae falha. Ela ainda está olhando para a porta que Gemini fechou. — Tem algum lugar de onde eu possa ver minha nave? Quando você der o sinal.

Simpatia atravessa o rosto de Phoenix e, inesperadamente, isso suaviza a expressão de Ocean também.

— Venha comigo para a cabine, capitã — diz ele.

Enquanto Dae passa por Ocean, ela sabe que alguém deveria ir junto, para que a capitã não esteja sozinha quando assistir à *Ohneul* se partir em milhões de pedaços. Cautelosamente, ela observa o que está sentindo, não apenas para ver se consegue ajudar, mas também para ver se ela se importa o quanto deveria. O olhar de Ocean encontra o de Von. E Von, ainda que esteja impressionado e assustado, sabe exatamente o que Ocean quer. Mesmo que ela não mereça pedir nada dele agora, Von sempre é generoso, sempre se doa.

— Eu vou com você, Dae — diz ele. Von coloca as malas no chão e acompanha a capitã, com a mão em seu ombro.

— Você não vai junto? — pergunta Cass. Ela se encosta na parede de frente para Ocean. — Não é a segunda-oficial?

— Nunca fui o que uma segunda-oficial deveria ser — responde Ocean.

Ela deveria ir mesmo assim, e sabe disso. Mas Ocean odeia a ideia de estar lá só porque *deveria* estar.

— Gemini, pode ajudá-los a se acomodar? — pergunta Phoenix. — Depois venha até nós.

Gemini passa por eles, indicando com a cabeça que devem segui-lo. A nave de Phoenix é de um modelo maior e mais antigo. Existe uma passagem desimpedida no meio do corredor, mas dos lados a bagunça é grande. No topo de uma das pilhas, um console de videogame bastante usado se equilibra com dificuldade. Gemini sobe a escada ao lado da porta. Provavelmente os quartos ficam ali em cima, o que facilita que a tripulação desça em caso de emergência.

Teo se vira para Sasani antes de seguir Gemini.

— Você poderia...?

— Pois não?

— Eu não vou estar lá com a minha família. No... — Teo se perde em pensamentos. Depois, como se estivesse voltando a uma negociação, continua: — Não estarei lá para o funeral deles. Você pode me ajudar a tomar as medidas necessárias enquanto estamos a bordo?

— Posso — assegura Sasani. — Vou ajudar você a fazer as honras.

Os ombros de Teo despencam completamente, ele cambaleia enquanto tenta se apoiar na parede do corredor.

— O que eu preciso fazer? O que você precisa que eu faça?

— Vou cuidar de tudo — responde Sasani.

As palavras gentis não são destinadas a Ocean, mas a tocam. Como um bálsamo para uma dor que ela não sabia que existia.

DEZESSETE

Estão de frente para o altar improvisado por Sasani. A tripulação de Phoenix deve ter ajudado, mas Teo não sabe como ele conseguiu. Sasani realmente cumpriu o que prometeu quando falou que cuidaria de tudo. Trouxe algumas roupas brancas para Teo, depois o levou ao que parecia ser a sala comunal da nave, onde um dos lados estava livre de coisas e as cadeiras estavam de frente para o altar.

Eles não têm corpos para queimar e não têm a comida correta, mas o que Teo sabe sobre ser correto? Só tem vagas lembranças sobre um funeral que acompanhou quando era criança. Sasani deixou os textos sagrados no tablete e pacientemente leva Teo até onde devem acender o homa. Quando leem as centenas de nomes de Vishnu, a declamação constante de Sasani se junta à cambaleante de Teo. Ele não tem confiança e se sente anestesiado, mas, durante todo o ritual, a voz de Sasani sustenta e envelopa a dele.

Teo sabe pouco sobre como eles morreram e não faz ideia do que acontecerá a seguir. Sasani selecionou uma passagem do *Bhagavad Gita* para que Teo lesse. Ele coloca o dedo em uma linha do segundo capítulo.

— "Não sei como afastar este luto que está embotando meus sentidos" — lê Teo em voz alta.

Precisa fazer uma pausa. A família dele segue ritos fúnebres hindus: quando alguém morre, a alma se vai e o corpo não guarda nada dela. Corpos são cremados, as cinzas, espalhadas por um lugar sagrado ou especial, normalmente um rio. Existe outro mortemiano ajudando nos rituais da família lá na Terra? Ele deveria saber onde o pai, a mãe e o irmão gostariam... de ter suas cinzas espalhadas? Ele nunca soube esses detalhes de sua família, e agora não tem mais como descobrir. E ele? As almas da família de Teo se foram, e não é o momento certo, mas ele não consegue parar de pensar: *E eu?*

As palavras deles eventualmente ficam mais baixas e se misturam ao chiar do fogo. Ainda que Sasani tenha arrumado cadeiras, Teo escolhe se sentar no chão, e o mortemiano se junta a ele.

— Eu deveria ter sido melhor enquanto eles estavam vivos. — Teo abaixa a cabeça, mas as lágrimas estão esperando por ele, agora muito mais próximas. Elas ameaçam tomar conta de seu rosto, então Teo trava furiosamente a mandíbula para mantê-las no lugar. — *Muito* melhor.

— Não precisa abrir mão de melhorar agora que eles se foram — responde Sasani depois de uma longa pausa.

— Agora não adianta mais nada. Nada. — Teo levanta a cabeça esperando que Sasani o contradiga. Mortemianos devem aprender como lidar com pessoas de luto, e Teo imagina a apostila: *Se o enlutado fizer A, faça B*. É provável que Sasani tenha lidado com pessoas como ele, que perderam os entes queridos antes de estarem prontos. Como se alguém pudesse ficar pronto. Mas nenhum julgamento encontra o olhar de Teo. Nenhum maneirismo condescendente ou fala vazia sobre entender *exatamente* o que Teo está sentindo. Se o olhar de Sasani revelasse qualquer sentimento de "Pobre coitado" por ele, Teo não sabe como agiria. Teo nunca foi, em nenhuma acepção, um *pobre* coitado. — Eu... Eu não entendo. — Dor toma conta de si, e ele segura um soluço. — Você já viu muitas mortes?

— Já.

— Mas isso... não é como você faz, é?

— Não. — Sasani não explica mais, mas, quando o olhar de Teo permanece grudado nele, ele continua: — O fogo é sagrado para nós. É por isso que oferecemos nossos corpos para os abutres. Como os seguidores da fé hindu, acreditamos que, quando alguém morre, nada mais existe no corpo. Oferecemos os corpos como agradecimento e sacrifício.

— Você deve saber tudo sobre a morte.

— Não, nos especializamos em diferentes rituais fúnebres, mas respeitamos todas as culturas. Ninguém recebe a tatuagem das penas de abutre a não ser que jure servir não apenas à morte adequada, mas também à vida bem-vivida. Ser mortemiano é celebrar a vida e os vivos.

— E como...? — Teo não consegue mais olhar para Sasani, para o semblante tranquilo, as mãos firmes. — Como eu faço isso? Como vou continuar a viver?

Sasani responde com o tom de voz gentil.

— Meu pai diria que a resposta é "generosamente".

— O meu pai também diria isso.

Teo perde o ar e se dobra ao meio. *Proteja os Seonbi a todo custo*. Eles estavam atrás *dele*. O ataque foi culpa dele. Teo bate na perna com a mão fechada em punho. Uma vez. Depois outra, e mais outra, cada vez mais rápido. Um calor em suas costas o faz parar, uma pressão entre suas escápulas. Se não soubesse, poderia confundir as mãos de Sasani com as de Ocean. Enquanto Sasani o apoia firmemente, um soluço de choro deixa seu corpo. Teo se deixa levar pelas lágrimas, seu luto chegando à garganta.

Quando consegue voltar, está completamente arrasado, mas algo foi purgado ali, pelo menos momentaneamente. Passa a mão no rosto e abre os olhos para ver Sasani segurando um copo, como se ele tivesse algum jeito de medir as necessidades corporais de Teo. Ele pega o copo e se arrasta para apoiar as costas nas pernas da cadeira.

Enquanto bebe, observa Sasani pela borda do copo. Não estava mentindo quando disse que Sasani era belo. Ele tem a pele bonita, olhos e cabelos pretos. Seu maxilar é bem definido, como se um artista o tivesse desenhado. Provavelmente é mais alto do que Teo. As roupas brancas que usa são pequenas, o tecido não cai bem nas longas pernas e as mangas estão curtas, mostrando os ossos do pulso. Por conta das roupas pequenas, Teo vê onde fica a tatuagem dele, uma ponta dela sendo exibida nas costas.

— Você bem leva jeito para o trabalho de mortemiano — diz Teo. — O que está fazendo na Aliança?

Sasani se ajeita no chão com seu copo de água, a alguns centímetros de Teo. Se ele percebeu que estava sendo observado, não diz nada.

Ele sorri.

— Me pergunto isso com frequência. Mas é um trabalho temporário.

Teo bebe mais água.

— Quais são seus planos para depois?

— Voltar para Prometeu. Ficar com meu pai.

— Seu pai, hein. — Teo vasculha seu dossiê mental e apanha o arquivo de Sasani, sem dificuldade; sempre se manteve informado sobre as pessoas que estão perto de Ocean. Os pais de Sasani serviram na Aliança, mas a mãe dele não está mais presente. — Você não tem uma pessoa bonitona esperando por você lá?

A pergunta foi feita para soar brincalhona, mas Sasani responde:

— Estou noivo.

Teo engasga com a água.

— Isso é... surpreendente.

— É mesmo?

— Foi seu pai quem arranjou o noivado?

Sasani franze o cenho ao responder:

— Foi. Acredito que ele achou que me faria feliz. Eu a conheço desde que éramos crianças.

— E isso *faz* você feliz?

— O objetivo do casamento é a felicidade? — Sasani parece realmente curioso.

— Essa é a saída de assunto mais reveladora que já escutei. — Uma batida na porta os interrompe, e Teo abaixa a cabeça. — Salvo pelo gongo.

A porta se abre e o peito de Teo se alivia ao ver Ocean. Ela entra, seguida por um hesitante Von. Ambos estão com roupas brancas. As barras da calça de Ocean foram dobradas algumas vezes, e a camiseta é bem grande. Mas, antes que Teo possa observar mais detalhes, Von sai correndo e o arrebata em um abraço.

— Sinto muito, Teo — diz ele. Teo passa um dos braços pelo pequeno e caloroso Von, que o abraça forte.

— Está tudo bem — murmura ele para o cabelo de Von. Aparentemente, é o que se deve dizer. Mais uma vez, Teo é um impostor. Os pêsames não devem ser direcionados a ele. Não foi a ele que coisas horríveis aconteceram. Foi a *eles*.

Uma mão pousa no topo da cabeça dele. A mão de Ocean. Ela se senta ao lado de Teo, os joelhos se esbarrando de leve. Ele solta o abraço de Von.

— Vocês poderiam ficar aqui comigo por um tempo? — pergunta Teo a eles. Von se senta do outro lado de Teo, que se move até que o joelho esteja tocando o de Ocean novamente. Sasani se levantou, e Teo consegue ouvi-lo servindo mais copos de água. Ele entrega um para cada e substitui o de Teo. — Então, Ocean, você acha que meu irmão e o seu estão se divertindo juntos?

Ela não responde de imediato. Mas, quando o faz, o encara de frente.

— Acho.

Teo ri. Ele não consegue evitar. Ocean recua.

— Mentirosa — diz Teo. — Sei que você acha que a morte é o fim. Quando você visita Hajoon, quando derrama soju na lápide dele, para quem você faz isso? — Ele imagina Ocean visitando o túmulo de Hajoon, oferecendo ao irmão sua comida favorita enquanto conta a ele o que não conta a mais ninguém. O estômago dele logo se enche de arrependimento. Ele deveria pedir desculpas, mas, em vez disso, pergunta para seu copo: — Isso melhora?

— Não. E sim — responde Ocean. — Não sei.

A resposta o acalma mesmo quando as chamas da pira improvisada tremulam. Eles escutam o chiar do fogo, e Teo finalmente se pergunta onde Sasani encontrou os materiais para isso, se eles tiveram de preparar a ventilação da sala ou desativar os alarmes de incêndio para que a cerimônia acontecesse. E então as chamas lhe trazem outra lembrança, uma que o faz tremer.

— Lembra quando Declan pegou você roubando o carro do seu pai no meio da noite?

A pergunta de Ocean tira Teo dos próprios pensamentos. Ele se surpreende ao se ouvir rir.

— Minhas orelhas se lembram. Ele me arrastou de volta para casa pelas orelhas — explica ele a Von e Sasani. — Eu tinha o costume de sair de fininho de casa, no meio da noite, para me encontrar com uma garota sem acordar ninguém. Eu empurrava o carro do meu pai até o meio da rua, para só depois dar partida. Precisava apagar o histórico do carro cada vez que o usava. Mas valia a pena.

— Você me contou que ele ficou muito bravo.

— Ficou. Mas depois de me levar pra casa, ele empurrou o carro de volta, para que eu não ficasse de castigo. Meu baba acordou e pegou ele fazendo isso. — Teo balança a cabeça com a lembrança do pai furioso, as luzes se acendendo pela casa, e Declan sendo jogado na sala. Teo desceu correndo para intervir, mas Declan ficou na frente dele, dissuadindo-o. Ele sempre foi tão grande. — Meu irmão me dava cobertura toda vez. Na época ele era maior do que eu. Mais amplo. Em experiência, inteligência, idade... Achei que eu conseguiria me igualar a ele quando ficasse mais velho. Mas só passei a cometer erros maiores.

— Eu achei que a esta altura já teria entendido melhor as coisas — diz Von. — Acho que só estou mais confuso. As coisas que eram preto no branco agora me parecem ter tons de cinza.

Teo não consegue evitar uma bufada.

— Hoddeok, você pode achar que está vendo tons de cinza, mas eu posso garantir que seu ponto de vista é muito mais tecnicolor do que qualquer outra coisa.

— Não é!

— Ocean me contou da vez que você foi assaltado em Seul.

— Assaltado? Quando eu... Ah, não, aquilo foi uma pessoa que precisava de instruções para chegar ao metrô. — Von para, depois continua: — E de dinheiro para usar o metrô. Eu queria ajudar o cara a chegar em casa.

— Ele teve sorte em encontrar você. A humanidade tem sorte em ter você.

Alguém bate à porta novamente e, quando ela se abre, Teo se surpreende ao ver Phoenix e Gemini. A roupa branca os serve bem, então deve ser deles mesmos. Honestamente, Teo está surpreso por terem encontrado tantas roupas brancas.

— Se você não se importar, viemos prestar homenagem — diz Phoenix.

A expressão dele é neutra, sem nada da zombaria extrema que Teo viu há pouco tempo. A pele de Phoenix é dourada como os cabelos, olhos azuis penetrantes e sobrancelhas que só podem ser descritas como aristocráticas. No mínimo se percebe que foi bem criado. O nariz dele é torto, provavelmente por ter sido quebrado algumas vezes, mas isso acaba acentuando seus outros traços. Teo sempre foi, claro, fã de pequenas imperfeições.

Ele abre a boca para mandar Phoenix à merda, mas Gemini pigarreia. Teo pensa. Engole a raiva e se encolhe.

— Claro — responde ele, com um sorriso. — Obrigado. Ainda que minha família fosse se sentir escandalizada com isso.

— Nunca conheci eles. Mas conheci as naves deles — admite Phoenix, enquanto atravessa a sala para sentar-se ao lado de Von. Ele usa a língua comum com um sotaque conhecido, mas que Teo não consegue identificar.

Gemini também se senta, com as pernas cruzadas, atrás de Ocean. Teo mal pode esperar para ouvir aquela fofoca, mas, em vez de chamar a atenção para eles, se dirige a Phoenix.

— Sei muito bem disso.

— Você tem uma queda por mim, Teophilus? — pergunta Phoenix. — Me sinto lisonjeado.

Teo o ignora.

— Por exemplo, seu lendário roubo de suprimentos, há cinco anos.

Os olhos de Phoenix se iluminam ao responder:

— Ah, aquilo. É, foi bem divertido.

— Mas acho que você pode ter exagerado um pouco em Saturno. Precisava deixar os guardas pelados?

— Cada um me rendeu cento e vinte e cinco marcos. Foi por esse tanto que vendemos cada uniforme. Sabe por quanto tempo uma família consegue sobreviver com esse dinheiro? — Phoenix dá de ombros.

— Não posso reclamar. Meu pai me deixou desenhar o novo uniforme deles. Então, acho que devo agradecer — diz Teo.

Ele prometeu ao pai que faria uniformes melhores, com menos dinheiro. Foi apenas por isso que o pai dele *permitiu*, ênfase do próprio, que Teo fizesse isso. O filho não ouviu uma palavra de gratidão depois, ainda que os uniformes tenham ficado muito melhores. Teo engole em seco.

— Foi você que desenhou? — Phoenix apoia os cotovelos na perna. — Acha que consegue fazer modificações no nosso traje espacial? Eles estão meio sem... *je ne sais quoi*? Cass fez pinturas lindas neles, mas ela mesma disse que tinha um limite ao que ela poderia fazer.

Desenhar os novos uniformes da tripulação de Phoenix *em pessoa*? Não existe dinheiro no mundo capaz de pagar esse tipo de publicidade.

— Trajes espaciais têm mais limitações de design, mas Yi Jeong fez um trabalho incrível para a embaixada Seonbi há pouco tempo. — Teo tenta encontrar as próximas palavras. — Quer dizer... eles...

O barulho do fogo, o brilho das peles, o cheiro de carne queimada, tudo o assola. Phoenix espera, mas Teo perdeu a linha de raciocínio.

— Sinto muito — diz Phoenix. Aquelas malditas palavras de novo, agora vindas de *Phoenix*. — Também sinto muito pela sua família. Seu irmão também.

— Eu também — responde Teo, a garganta seca e ardendo. — Você sabe quem faria isso? Ou por quê?

— Existem muitas possibilidades. Sua família tinha muitos inimigos. E o motivo... Bem, é meio óbvio, não é?

Teo se encolhe ainda mais ao ouvir isso, e Gemini diz, em tom de aviso:

— Phoenix...

— Ele perguntou — responde o saqueador.

— Você tem muita coragem... — começa Teo.

— Acredite, eu tenho bastante coragem...

— Ah, vamos, não briguem! — Von entra no meio dos dois.

— Quem é *você* para julgar a minha família? — grita Teo.

— Quem sou eu? Você acha que me conhece? Lixo humano, não é? Um criminoso ignorante e burro?

— É você que está dizendo isso, não eu.

— Causei muito menos mal do que a Anand Tech.

— Mal? — repete Teo, raivoso. — Meu pai... — Teo engasga, mas se força a continuar. — A Anand Tech ajudou muitas pessoas desde a sua criação.

Phoenix o encara.

— Você acredita mesmo nisso? É tão inocente assim?

Essa discussão é familiar, e deveria ser fácil para Teo abandoná-la. Mas, por um breve e sombrio momento, ele sente um ódio verdadeiro por Phoenix.

— A Anand Tech representa o desejo de fazer o bem pelo Sistema Solar — responde Teo, com o maxilar quase travado.

— O bem pelo Sistema Solar? — repete Phoenix, o rosto pálido. — Você está ouvindo o que diz? E os planetas que vocês deixam no limbo, as pessoas que vocês exploram de toda forma só para que a Anand Tech possa ganhar seu maldito dinheiro?

Enquanto ele rosna, o sotaque fica mais nítido, enfatizando as vogais longas como se fossem mais importantes. Agora faz sentido.

— Você é de Mercúrio, não é?

— Isso significa algo para você, Teophilus? — Pontos vermelhos brotam na bochecha de Phoenix. — Não sei o que seria pior, você realmente acobertar o seu pai ou ser tão estúpido assim. — Ele balança a cabeça. — Mas a verdade é que as pessoas que têm poder normalmente não precisam se esforçar para encobrir nada, não é? Você é só um garotinho rico que é burro o suficiente para acreditar no marketing da própria família.

E, simples assim, a raiva de Teo se esvai.

— Eu sabia o meu lugar. Sempre fui um vilão quando isso foi necessário.

Phoenix bufa.

— Achei que você tinha vindo aqui para prestar homenagens. — Sasani se insere na conversa, como um cavalheiro pedindo a próxima dança.

A voz baixa, mas firme, faz Teo observar seu entorno. Gemini está falando com Ocean, que escuta, mas observa Teo. Ela balança a cabeça uma vez, algum tipo de sinal que ele não consegue entender agora. Von se distanciou para não ser pego no fogo cruzado. Os olhos dele parecem os de uma criança que está ouvindo os pais explicarem o que significa a palavra divórcio. Phoenix pisca enquanto encara Sasani. Passa as mãos nos cabelos e se levanta.

— Foi um erro meu — diz ele, baixinho. Na direção de Teo, ele fala: — Sinto muito.

Ele sai da sala, e Gemini se levanta como uma sombra para acompanhá-lo.

***

A capitã Song entrou na sala comunal depois que todos tinham saído. Haven ficou lá, em vigília. Ele se perguntou se ela apareceria. Todos os outros tripulantes da *Ohneul* apareceram, e até Aries tinha passado para ficar um pouco com Haven e Anand. A capitã continua com o uniforme da Aliança e, quando se aproxima da pira, faz a jeol tradicional coreana para funerais, mãos na testa, testa no chão. Ela se levanta e repete o gesto. Duas reverências para o morto, uma para o enlutado. Como Anand não está ali, Haven recebe a última.

    Ele deixou um copo de água pronto caso ela resolva ficar. A capitã se ajoelha em frente ao altar. O pai dele um dia falou que Haven se surpreenderia com o quão longe um copo de água pode chegar. Muitos ritos fúnebres envolvem comida, e parte do que ele quis dizer é sobre a importância de atentar ao corpo físico. Mas essa ideia também se alinhava à vontade do pai de mostrar para Haven a importância dos detalhes, de apenas prestar atenção.

    — Obrigado por vir — diz ele.

    — Teophilus Anand não está aqui? — pergunta a capitã Song.

    — Consegui convencê-lo a ir descansar um pouco.

    — Você vai avisar a ele que passei aqui?

    — Claro. — Haven hesita, depois pergunta: — Você conhecia bem a família dele?

    — Está perguntando se eu conhecia como Ocean parece conhecer? — A capitã solta uma risadinha. — Eu nem sonharia em respirar o mesmo ar que eles. — Ela olha para o altar. — Mas eu os conheço. Quem não conhece? A Anand Tech permitiu que a viagem espacial fosse mais fácil, mais barata. Não acho que eu estaria comandando a *Ohneul* se não fosse por eles. — Ela faz uma pausa. — Ainda que esses dias tenham acabado, imagino.

    — Sinto muito pela sua nave.

    — Eu também. Minhas umma me ajudaram com o dinheiro da entrada para pagar a nave. Eu estava quase acabando de pagar. E agora, por causa de Ocean, ela se foi.

— Por causa da segunda-oficial Yoon?

— Segunda-oficial, shibal — xinga a capitã. — Ela trouxe Teophilus Anand para a minha nave e fez com que fosse explodida.

É uma simplificação grosseira dos acontecimentos, mas ele diz:

— Ela também é a razão pela qual estamos vivos. Poderíamos estar na nave quando ela foi destruída.

Amarga, a capitã diz:

— Por que todo mundo sempre fica do lado dela?

— Porque ela fica do nosso — responde Haven.

Porque ela trouxe presentes para os colegas. Porque conversou com Thierry e a tirou da beira de um precipício, literalmente. Porque protegeu Anand desde o segundo em que ele chegou. Porque ela o empurrou da moto para salvar a vida dele. Como a capitã Song poderia entender isso quando, logo no primeiro dia, pediu que Haven a chamasse de Dae noona? Apesar do sonho do pai dele, a Aliança acabou não sendo o que ele queria para Haven, mas talvez Yoon seja.

— Não — diz a capitã. — Ela sempre fica do próprio lado. Fui eu que fiquei do seu lado. Eu que contratei você.

— Você me contratou porque queria o dinheiro extra — responde Haven, calmo.

— Claro, isso fez parte, não vou mentir. — A capitã bebe um gole de água. — Mas por que você vê tudo com uma lente tão simples? A maioria das pessoas nem consideraria contratar um abutre. Muitos capitães fariam da sua vida um inferno e evitariam apertar sua mão. Eu fiz tudo por você. Sabia que o treinamento na Aliança não devia ter sido fácil.

— Não sei o que está querendo dizer.

Os ombros de Haven ficam tensos. Ele não quer pensar nas pequenas agressões que sofreu durante o treinamento da Aliança. Os cuspes na comida, as roupas roubadas enquanto ele tomava banho, a limpeza de qualquer superfície que ele tocava. A ideia de que a capitã Song o contratou porque sentiu pena dele não o faz se sentir nem um pouco melhor do que ser usado para um pagamento extra.

— Sei que você sabe. Eu sou *coreana* e foi impossível para mim. Entrei na Horangi porque minhas duas mães são da Aliança. Eu estava cercada de riquinhos coreanos que aproveitavam qualquer oportunidade de me humilhar. — Ela amassa o copo de papel. — E não acabou quando me formei. Quando se é pobre, quando se é mediana, você não entra nas naves famosas, não recebe tarefas importantes. Mas achei que, quando tivesse minha própria tripulação, minha própria nave, tudo valeria a pena. Eu finalmente seria parte da Aliança. Aquela nave era o meu lar, e eu fiquei assistindo enquanto ela era destruída. E a tripulação nunca foi *minha*. Não sei como isso aconteceu, mas sempre foram de Ocean. O que eu vou fazer depois disso?

Haven serve outro copo de água para substituir o amassado na mão da capitã. Ele poderia perguntar por que ela está trazendo essas questões, por que fazer isso aqui e agora. Mas ele já sabe o que um encontro com a morte pode trazer à tona: compaixão ou ressentimento há muito guardado.

— Meu pai queria que eu entrasse na Aliança, capitã Song. Podemos dizer que ambos fomos trazidos aqui pelos nossos pais, mesmo que não fosse o que escolheríamos... — Haven se perde. — Você não estava errada sobre minha experiência durante o treinamento da Aliança, mas estou começando a apreciar o fato de meu pai querer que eu encontre algo que me faltou a vida toda. A sensação de pertencer a algo sem ser obrigado a me defender o tempo todo por isso.

Haven se levanta e faz uma reverência para a capitã Song, uma repetição da jeol dela de antes, ainda que só uma vez.

— O que está fazendo? — pergunta ela, brusca.

— Mais uma vez, sinto muito pela sua nave. E sinto muito que eu não tenha ficado do seu lado. — Ele para, depois diz, baixinho: — Mas talvez seja importante pensar como sua tripulação precisava que você tivesse ficado do lado deles também.

A capitã não responde, e Haven não sabe interpretar exatamente os lábios torcidos e os olhos baixos. Ela vai embora logo depois de tomar toda a água do copo, mas Haven fica ali, esfregando os olhos ressecados. De repente, sente uma saudade avassaladora de seu pai, que vai se culpar pela morte de Haven. Pela primeira vez em muito tempo, ele se permite pensar na mãe. Haven nunca perguntou ao pai se ainda mantém contato com ela. Se não mantiver, ele vai conseguir contar a ela sobre Haven?

A última vez que Haven a viu foi décadas atrás. Ela estava fazendo as malas no quarto. Só quando lutava para fechar o zíper, ela o viu na porta e parou. Não era muito mais velha do que ele é agora. Seus pais se casaram e o tiveram quando ainda eram muito jovens. Nas fotos que o pai cuidadosamente preservou e escondeu, ela parece ainda mais jovem. Ele gostaria de se lembrar mais do rosto dela. Mas todos os detalhes se perderam no poliéster áspero da mala contra as pernas dele quando Haven se sentou em cima dela para que a mãe pudesse fechar o zíper com mais facilidade.

Ele tem quase trinta anos e está ainda mais confuso do que era há uma década. Passou grande parte de sua vida pensando sobre quem é, o que é, e talvez pensar nisso tenha levado a resposta para ainda mais longe. Então, em vez disso, ele pensa nos momentos em que se sentiu próximo da paz. Ouvir histórias antigas como as páginas de um livro muito querido enquanto estavam reunidos em torno do korsi na casa de Esfir, sentindo-se sonolento e aquecido por mais do que apenas o calor. As mãos hábeis de seu pai sobre as de Haven, guiando o bisturi em um modelo. Gotas de chuva iluminando o céu enquanto a voz de Yoon responde a qualquer coisa que ele possa perguntar a ela.

DEZOITO

O volante da *Pandia* é padrão, assim como os controles. Pelo que Ocean consegue ver da porta, a cabine não é diferente de outras naves da Aliança que ela já viu.

Aries está na posição principal e, sem se virar, ele bate a mão no assento ao seu lado e pergunta:

— Quer dar uma olhada?

As mãos de Ocean chegam a coçar. Ela não toca em um volante desde a missão em Sinis-X. Mas ela não se move.

Aries se vira.

— Phoenix pediu que eu mostrasse nossos controles para você, mas, pelo que Gemini me falou, você não precisa de nenhuma apresentação.

Por fim, Ocean entra na cabine e se senta no lugar indicado.

— Já pilotei um Tambor.

A *Pandia* se parece com uma Pril-80. Tudo que vem antes da 70 é considerado transporte, boas para voos atmosféricos e para chegar perto do chão, mas naves como esta são carinhosamente chamadas de Tambores entre os pilotos.

— Está bem. Você é boa com modelos de nave, não é? Vá em frente, se quiser.

Ocean passa a mão pelo volante. A superfície é lisa onde as mãos costumam ficar. As teclas mais usadas do teclado também estão desgastadas, como o *E* e o ⊏. Mas, de modo geral, não é muito diferente do painel da *Ohneul*.

— Você é o piloto da *Pandia*? — pergunta ela.

— Acabo sendo. Mas ouvi dizer que você estaria à altura da tarefa.

— Gemini chegou a me oferecer o cargo, mas acho que era só brincadeira dele.

Aries desrosqueia a tampa de sua garrafa térmica e serve um líquido cor de âmbar.

— Quer chá oolong? — Ele oferece uma xícara a ela. — Com ele, às vezes é difícil ter certeza. Mas Gemini tem um bom faro para escolher em quem confiar.

Ocean quase ri.

— Acha que pode confiar em mim? Eu já atirei em você.

— Não levo para o lado pessoal — responde Aries. — Mas preferiria que você não fizesse isso sempre. — Ele bebe da garrafa enquanto se recosta no banco. — Se bem que, sendo sincero, fiquei surpreso que ele tenha entrado no poço da Aliança por sua causa.

— Qual é o problema da Aliança?

Aries lança um olhar de soslaio para ela, uma observação plácida, como a encarada de cima a baixo que ela recebeu na garagem da Aliança.

— Na minha opinião? Nenhum. Mas algumas coisas nunca mudam na Coreia, não importa o milênio em que estamos. Quer dizer, sua capitã ainda usa a bonguk geom quando está lutando.

— Você acha que eu deveria sair? — Ocean não consegue disfarçar um tom de desafio nessa pergunta.

Aries muda de tela para mostrar a planta da nave. Ocean observa o diagrama, que também é mais ou menos familiar. Ele tecla algo antes de responder.

— Acho sempre uma boa ideia pensar nas opções que se tem. Sou mais um cara de estatísticas e fatos, então normalmente sugeriria uma lista de prós e contras. Mas, no meu ramo de trabalho, percebi que números precisam de contexto.

— Seu ramo de trabalho?

— Cuido das finanças da *Pandia*. Eu era contador. Em uma grande empresa marciana.

Ocean bebe um pouco de chá. Aries amarrou a parte de cima do macacão na cintura, e a regata exibe braços e trapézios definidos. Sem pensar muito, ele passa a mão pela cabeça raspada.

— É uma trajetória comum? — pergunta ela. De contador a saqueador. De membro da Aliança a saqueador. Ela não sabe dizer o que parece mais improvável.

Aries sorri enquanto seleciona um arquivo. Uma grande planilha se abre, algo bem estranho para Ocean. O cursor dança pelas colunas de números.

— Eu costumava ficar o dia todo em uma mesa, pegando o metrô para o trabalho, pegando o mesmo metrô para voltar, caindo de cansaço na cama. O tempo só... passava. — Aries enche a xícara dela mais uma vez. — Um dia, estava sentado na minha mesa e pensei: *Passo tanto tempo querendo que o meu dia acabe*. É isso que se chama de crise de meia-idade? Não sei. Não sou o tipo de pessoa que lamenta o fim da juventude. Mas não queria mais viver só riscando os dias no calendário.

Aries beberica um pouco do chá. Ele está descrevendo sua antiga vida como um purgatório, e Ocean percebe que precisa descobrir como ele escapou.

— Então você virou um saqueador — sugere Ocean.

— Então — continua Aries —, aos trinta anos, respondi a um anúncio bem peculiar nos classificados.

Ocean solta uma risada.

— Um anúncio nos classificados?

— Era para uma consultoria. Desde o começo, Gemini foi bem claro sobre os requisitos do trabalho. Eu disse a ele que não sabia por quanto tempo ficaria no cargo. Mas já se passaram cinco anos. — Aries serve o restante do chá na xícara de Ocean. — Talvez este não seja o seu lugar. Mas poderia ser um caminho de transição, não um destino. — Ele fecha a planilha. — E não que isso vá convencer você, mas eu ficaria mais do que feliz em entregar o volante para outra pessoa.

Ocean espera que ele continue, mas Aries só abre outro arquivo, com linhas de código em uma coluna e datas e números nas outras. Ele não parece precisar dizer mais nada.

Ela pergunta:

— Você sente vontade de voltar para Marte?

— É um lugar estranho. Parado no tempo. Me sinto mais marciano quando não estou lá, se é que isso faz sentido.

Ocean se lembra de estar sentada em um barco, balançando com as ondas. Ela deixa a xícara de lado e olha embaixo do painel.

— Estas naves não foram feitas para sutilezas — diz ela. — Nada que é automático tem sutileza. A questão é que não posso pilotar a nave assim.

Eles provavelmente precisariam deixar Maggie ter acesso aos mecanismos internos da nave. E o trabalho de reconectar uma nave, reconfigurar os pedais, não é pequeno. Isso daria a eles, e a ela, uma saída fácil. Ocean levanta a cabeça, mas Aries parece inabalado, selecionando uma coluna de números na tela.

— Do que você precisa?

A câmera vai dos enlutados fazendo reverência no altar para os Seonbi que estão no caminho. Filas e filas de cestas cheias de comida cobrem o chão. O jornal passa para outro ângulo, onde uma mortemiana, com roupa de seda em tons de vermelho, cor-de-rosa e verde dança gut. Ela está completamente cercada por coreanos batendo em janggus, tocando gayageums e kkwaenggwari. Quando uma voz se levanta em uma melodia de lamento, ela balança uma borla longa. As camadas se mexem no ar conforme a dança evolui. Teo pediria que Ocean assistisse à transmissão de Artemis com ele, mas não sabe quais lembranças isso traria; Jejudo e os arredores ainda performam funerais tradicionais. Ele também está curioso para saber se Sasani aprendeu essa dança, se os rituais xamânicos coreanos são uma especialidade dele também.

— E ainda que não esteja completamente recuperado, Declan Anand fez questão de prestar homenagem...

Teo desliga a tela.

Ele sente um enjoo na boca, suor escorrendo pelas palmas das mãos, e então escuta um barulho.

— O que está fazendo aqui? — pergunta Teo.

— É a sala comunal — responde Phoenix. — A sala comunal da minha nave, por acaso.

— Entendi. — Teo se levanta, as mãos para cima. — Vou deixar você aqui na sala comunal da *sua* nave.

— Espera — diz Phoenix, e entra na frente de Teo. Quando ele faz uma expressão de surpresa, Phoenix dá um passo para trás, também colocando as mãos para cima, os dois na mesma posição. — Vim me desculpar.

— Você já fez isso. O que você quer?

Phoenix observa Teo sem vergonha, como se fosse conseguir alguma informação só com o olhar.

— Estou tentando decidir para onde levar você — responde Phoenix.

— Temos um acordo. Não vou pagar a menos que me deixe em algum lugar seguro.

— Vênus é o planeta mais próximo com uma base da Aliança, então poderia deixar você e o pessoal da Aliança lá de uma vez. Existem muitos lugares bons para se esconder em Vênus. — Phoenix faz uma pausa. — Ou...

— Ou?

— Podemos ir para Mercúrio.

— O que tem lá em Mercúrio?

— Nosso LP. É possível que ele nos dê mais informações sobre quem pediu o serviço da *Ohneul*. Na verdade, eu também queria dar uma olhada nele. Ele não está respondendo, e isso é... preocupante.

Teo franze o cenho.

— Você está... me oferecendo ajuda?

Phoenix morde o dedão antes de responder:

— Se você quer mesmo encontrar respostas, acho que merece conseguir.

— Não acha que eu quero de verdade? — Teo fecha as mãos em punho com tanta força que as unhas deixam marcas de meia-lua nas palmas. As palavras saem cada vez mais rápido. — Eles mataram a minha família. Botaram fogo nos meus colegas. Roubaram o rosto do meu irmão, depois de matá-lo. Não consigo *dorm*...

Teo para de falar, dobrando o corpo. Tudo tem sido um borrão confuso desde o ataque à *Scadufax*, mas isso não o impediu de ficar formulando perguntas na madrugada, enquanto encarava o teto. Ele tenta puxar o ar, mas algo impede que chegue nos pulmões. Tenta de novo, sem sucesso. Uma dor lancinante parte seu coração, ele leva a mão ao peito.

— Teophilus, respire — instrui Phoenix. Teo levanta a cabeça e vê o saqueador agachado ao seu lado, os olhos azuis o mantendo ali. — Respire. — Phoenix coloca a mão sobre a de Teo que está no peito. — Vai passar.

— Não — consegue responder Teo, balançando a cabeça.

— Vai passar — repete Phoenix, firme. Teo está gelado, mas suando, sua visão está embaçada, mas ele foca no olho direito de Phoenix, na parte preta dentro do azul. — Do que você precisa? — pergunta o saqueador.

Teo aperta a mão dele e, ainda que ele use muita força, Phoenix não recua. Ele nem sabe por quanto tempo ficam ali, agachados, mas Phoenix não mexe um dedo. Devagar, os músculos de Teo se soltam e ele consegue mexer a perna. Phoenix o ajuda a se sentar no chão. Teo coloca a cabeça entre os joelhos e deixa o ar encher os pulmões. Respira fundo algumas vezes.

— Do que você precisa, Teophilus? — pergunta Phoenix mais uma vez.

Teo responde, muito baixo:

— Vamos para Mercúrio.

Phoenix se levanta e solta o ar devagar. É alto o suficiente para que Teo escute e delicado o suficiente para que o acalme.

— Muito bem. Vamos — diz Phoenix. A gratidão que inunda Teo é tão repentina que seus olhos se enchem de água. — Mas você deveria ficar na nave. Você... chama um pouco de atenção.

— E você não? — Teo consegue levantar a cabeça.

— Eu deveria avisar que você não é muito querido em Mercúrio. Além disso, se você morrer, quem vai me pagar?

Se o saqueador pudesse conseguir aquele dinheiro ao partir Teo no meio, como um cofrinho, ele o faria.

— Sinto muito — diz Teo. É quase um alívio ser a pessoa que diz essa frase. — Pelo que acabou de acontecer.

— Não precisa se desculpar por isso — responde Phoenix. Ele passa a mão pelo cabelo e observa Teo. Os olhares se encontram e Phoenix abre a boca, mas é interrompido por uma batida na porta.

— Teo. — Ocean está parada ali. Quando vê o rosto de Teo, seu semblante se suaviza. Ela levanta a sobrancelha para indicar uma pergunta, e Teo balança a cabeça como resposta. — Vocês dois precisam comer. Maggie cozinhou.

Ocean deixa os dois a sós, e Teo pressiona as têmporas ao olhar para Phoenix. O saqueador, por sua vez, passa a mão no cabelo de novo. Depois, como se estivesse relutante, oferece a mão a Teo. A mão dele é calejada, uma história entremeada de cortes, uma jornada que os dedos de Teo poderiam percorrer. Ele levanta Teo, que passa um dedo no outro e então coloca as mãos no bolso.

— Vamos lá, vamos comer — diz Teo.

Quando ele passa para o corredor, o cheiro da comida o captura. Seus olhos lacrimejam antes que ele entenda o que está causando essa reação emotiva.

Lar. É o cheiro do lar dele.

Ele passa o dorso da mão nos olhos enquanto vai atrás do aroma, Phoenix o segue. Música eletrônica vem do cômodo que funciona como cozinha e refeitório. Vozes oscilam enquanto Teo se aproxima da porta. No fogão, Von não deixa Aries pegar comida escondido; enquanto isso, Maggie vira um pão naan no grill e depois o passa para Sasani. Todos estão ali, inclusive uma pessoa que Teo só viu de relance. Elu tem pele clara e um nariz pequeno, o cabelo prateado está com um corte tigela. Está curvade em um canto, perto de Dae.

— Teophilus! — exclama Maggie. — Eles não tinham o tipo certo de arroz, e precisei improvisar com alguns temperos, mas isso é um retrato da vida, não é?

— Como...? — Teo observa a cozinha e acha Ocean diante da bancada. Ela balança a cabeça e aponta para Maggie com o dedão.

— Senta! Senta! — ordena Maggie.

Von segura um prato cheio de arroz e coloca curry vermelho por cima. Ele passa o prato para Ocean, que pega um pedaço de naan do prato de Sasani e coloca tudo na mesa. Teo se senta de frente para o prato. Vapor sobe pelo seu rosto junto do cheiro de tomate e creme. Garam masala, açafrão, cominho. Apesar do que Maggie disse, ela pelo menos conseguiu os temperos principais.

Von serve outros pratos e os passa. É uma mesa grande, mas não tem lugar para todo mundo. Ocean continua na bancada, Sasani se encosta em uma parede perto dela. Phoenix puxa Cass para dividir uma cadeira e Maggie observa a todos. Ela abaixa a música com uma mão e distribui colheres com a outra, como se estivesse dando alpiste a passarinhos.

— Pega! — grita ela.

Gemini pega a dele no ar, uma das poucas que não cai no chão. Teo pega uma que caiu na mesa.

— Oops! — Maggie dá de ombros. — Bon appétit!
— Jal meokkesseumnida — dizem Ocean e Dae.
— Buen provecho.
— Bon apeti.
— Daste shomâ dard nakone.
— Thanks for the meal!
— Dhanyavaad — diz Teo. E ele está sendo sincero com isso.

Haven sempre adorou o silêncio em lugares normalmente barulhentos. Salas de aula vazias; templos depois do anoitecer, quando são iluminados apenas por velas apoiadas em restos antigos de cera em camadas parecidas com xales de renda. Em parte pela solitude, em parte por sentir que está observando algo que a maioria não vê. A nave está escura, e ele escuta um zumbido quando sai do quarto que divide com Anand e Gemini, um barulho que não conseguiu ouvir durante o dia. A única outra pessoa acordada é Lupus, teclando na sala de controle. Haven viu Lupus pela primeira vez no jantar, e agora elu está assistindo a um filme 2D em um de seus monitores, com concentração demais para se preocupar com Haven espiando para dentro da sala.

Na sala comum da nave, ele se senta no parapeito da janela e pega seu dispositivo, desenrolando os fios do fone de ouvido. Depois de um exame cuidadoso, Gemini deixou que ele o mantivesse porque só toca música, um modelo jurássico. Haven está passando pelas músicas, sem saber o que quer ouvir, quando sente o peso específico do olhar de Yoon.

— Você vai entrar? — pergunta ele.

Haven ainda fica incerto perto dela. Sempre que acha que conseguiu firmar seu corpo, a areia muda. Yoon entra na sala e vai até ele, sentando-se também no parapeito. Haven tira o fone e ela estende o braço para ele, que fica absolutamente imóvel, mas ela para o movimento antes de tocá-lo.

— Não precisa parar de ouvir — diz ela. Depois aponta para o dispositivo que ele carrega. — É seu?

— Meu pai me deu.

— Não se faz mais coisas que durem tanto tempo assim.

Yoon parece impressionada, mas Haven gosta da nimbus que costuma ficar no pescoço dela, gosta da auréola que cria em volta dela. Faz tempo que associa as duas coisas.

— Sua nimbus também não é muito comum.

— Ah, era do meu irmão.

Haven assente, permitindo que a resposta fique no ar.

— Como ele morreu?

Yoon assume a postura vigorosa de alguém que está acostumado a explicar uma tragédia.

— Um acidente bizarro. Ele era piloto da Aliança, mas não estava em nenhuma missão. Estava levando alguns amigos para Vênus. E Dae tem razão: um mínimo erro, uma checagem de rotina que não foi feita e... — Ela balança uma das mãos. — O reservatório do fluido de arrefecimento estava velho e a nave explodiu. Meus pais ficaram destruídos. Ele era o menino deles, o filho mais velho. Depois disso, vim para a Aliança.

— Você veio para a Aliança por causa dele?

— Achei que isso me deixaria mais próxima dele.

Yoon encosta a cabeça no vidro da janela e fecha os olhos. Haven se pergunta se ela está lhe contando isso por ser mortemiano ou por ser ele.

— Depois que uma pessoa se vai — diz ele, devagar —, acho que uma das coisas mais difíceis de entender é como ainda resta tanto a aprender sobre ela. Talvez isso seja bom. Como se não existisse um fim para ela.

— Não acho que eu o conhecia. Nunca o conheci bem o suficiente para além desse ideal de pessoa. Como alguém pode competir...?

Ela para. Mais uma vez, Haven consegue sentir uma emoção cozinhando abaixo da superfície das palavras dela, Yoon está sempre se segurando.

— Você tem raiva dele por ter ido embora?

— Não posso ter raiva dele. Ele morreu.

— Você pode ter raiva de fantasmas. Ou ter raiva porque alguém não está mais aqui. — Haven não precisa nem quer explicar mais. Yoon continua encostada no vidro, olhos fechados. Ele encosta a cabeça perto da dela e fala em um tom mais baixo: — Anand disse que você não acredita que seu irmão esteja com o dele. O que acha que acontece depois da morte?

Yoon não responde de imediato, mas Haven já está acostumado com esse ritmo entre eles. O que quer que ela diga, não vai ser apenas algo para preencher o silêncio.

— Talvez você chegue a outro tipo de existência e comece a ter outra compreensão — diz ela. — Mas, quando morrer, tenho certeza de que eu serei... — Ela balança a mão direita mais uma vez.

— O quê?

— Nada. Eu serei nada.

Yoon abre os olhos, e só então Haven entende o quão perto as palavras dela o trouxeram. Ele engole em seco e observa como o olhar dela desce pelo pescoço dele.

— Não sei o que existe para além desta vida, não com certeza, mas acho que é algo além do nada. Acho que se você morresse... — A luz suave acalenta a pele de Yoon. O mundo está tão parado que Haven acha que consegue ouvir a pulsação dela. Abruptamente, ele se endireita e desenrola o fio do fone de ouvido que esteve ansiosamente embaraçando. — Não acho que viraria nada — termina. Ele se concentra em ajeitar o fio dos fones e depois, casualmente, oferece um a Yoon. — Quer ouvir comigo?

Yoon pega o fone e os dedos deles se tocam. O toque é uma faísca quente, e Haven puxa a mão para trás.

— Sinto muito — ela se apressa a dizer.

— Não, eu... — Ele balança a cabeça. — Eu não... — Aflito, ele coloca o outro fone no ouvido e olha para o aparelho. Haven pisca, encarando a tela brilhante, e mais uma vez se pergunta o que poderia ouvir. Yoon chega mais perto, o fio do fone forçando a proximidade dos dois. Ele percebe o quão próxima ela está, e o quão distante permanece. — Faz um tempo que quero perguntar uma coisa a você — diz ele.

— O que é?

Ele a conhece bem o bastante para perceber a preocupação em sua voz.

— Uma vez, vi você dançando — diz ele. Yoon vira a cabeça de uma vez para encará-lo, mas Haven continua olhando para o aparelho de música.

— Como assim?

— No metrô. Na noite antes do baile.

— No metrô? Como...? Ah.

— O que você estava ouvindo? Você lembra? — Yoon faz um gesto e Haven cuidadosamente entrega o aparelho a ela, que abre o teclado e digita algo no campo de busca. Quando encontra a música, ela dá play. Um piano começa a tocar e depois vem a percussão. O tom suntuoso do trompete logo acompanha. — O que é isso?

— "My Funny Valentine." Miles Davis.

— Isso... combina com o que vi.

— Combina? Dança era minha disciplina eletiva na Sav-Faire. — Isso explicaria a Vaganova. Haven imagina Yoon, os braços abertos, a perna levantada, os dedos apontando para longe. — Você também dança, não é?

Haven se controla para não passar a mão no pescoço.

— Às vezes os abutres precisam ser convencidos a descer. — Ele estica o braço, os dedos se desenrolando. Haven para no meio do gesto, deixando que a mão caia de volta em seu colo. — Temos um ritual para encorajá-los.

— E funciona?

— Para mim, é mais um reconhecimento do equilíbrio das coisas. De nossa resiliência uns com os outros. Abutres e humanos. Vida e morte.

O trompete sobe um tom e ambos escutam enquanto ele dança, a música se transforma em algo mais lúdico. Haven acha que é o fim da conversa, mas Yoon fala de novo, e sua voz revela uma melancolia surpreendente.

— Você parece ter tanta certeza das coisas — diz ela.

Haven a encara, mas ela está olhando para longe. É assim que ele vai se lembrar dela: esse olhar que não é um olhar, os breves momentos em que conseguem se encarar.

— Não de tudo — responde ele.

DEZENOVE

— Você quer?

Phoenix oferece a arma para Ocean. O desenho branco da grua não desbotou em todos esses anos, o ponto de tinta vermelha parece uma coroa.

— Você acha que isso é uma boa ideia?

A mão de Phoenix não titubeia. Gemini observa o entorno, parecendo despreocupado apesar da história dos dois envolvendo armas. Todos os outros estão na nave estacionada. Phoenix chamou Ocean mais cedo, perguntando se ela gostaria de ir no lugar de Teo. Agora, estão percorrendo o túnel que liga a garagem à cidade mineradora de Penélope.

— Não quero que você seja um ponto fraco — responde Phoenix. — E não acho que você vá atirar em mim ou em Gemini, ainda mais com seus amigos lá na nossa nave.

— Meus colegas de tripulação — corrige Ocean.

O comentário faz com que a atenção de Gemini se volte instantaneamente para ela.

— Muito bem, seus colegas — diz Phoenix, devagar.

— Atirar em você não é a única coisa que eu posso fazer para estragar tudo — diz ela.

— Vamos chamar isso de teste. Um teste para a nossa química. — Phoenix joga a arma para ela. Mais uma vez, como quando Teo o fez, ela não se incomoda com o peso em suas mãos, sua mão se encaixando perfeitamente no cabo desgastado. — Vamos lá.

Phoenix e Gemini estão na frente, e Ocean precisa correr um pouco para alcançá-los.

— Deve ter um coldre no forro da sua jaqueta — diz Gemini.

Ele disse que as roupas dela eram coreanas demais, então Lupus emprestou uma jaqueta a Ocean. Elu normalmente fecha a jaqueta até em cima, ou usa casacos de capuz. Enquanto fecha a jaqueta até cobrir metade do seu rosto, ela tenta lembrar se já viu a boca de Lupus, ainda que já tenham partilhado refeições. Ocean pode não ter um rosto tão conhecido quanto o de Teo, mas não faz mal ser cuidadosa.

A Aliança não tem base em Mercúrio, e pedidos de mercurianos são raros. Ocean observou interessada quando Aries ligou e pediu que abrissem o porto. Não foi preciso nenhuma medida de segurança, nenhuma identificação, só entraram. Até onde Ocean sabe, os poucos portos do planeta estão ligados a duas ou três cidades. Mercurianos não podem expandir para além de pequenas comunidades encapsuladas em polímero de vidro que os protege do ambiente externo. O planeta é rico em minérios, rico em recursos, e a vida nesses espaços fechados está focada na mineração. Contudo, mesmo os espaços que foram transformados em habitáveis são inóspitos. O ar seco faz a pele de Ocean coçar, um aviso de que ela pode ser mumificada ali. Eles pousaram durante um ciclo diurno, e ela não está acostumada a ver o Sol tão grande.

— Primeira vez? — pergunta Gemini.

— Sabia que eu nunca vi o céu daqui sem ser pelo vidro? — Phoenix vira a cabeça para trás. — Tempestades de plasma solar, mercurimotos, temperaturas que variam de cento e oitenta graus negativos a quatrocentos e trinta positivos. Mas isso parece habitável para a Aliança, não é? Tudo está bem contanto que as minas continuem produzindo. — Phoenix volta a encarar Ocean. — O pai de Teophilus, claro, era o maior comprador.

— A Coreia sempre fez parte da corrida tecnológica. Mas parece que ela nunca lembra que estar em primeiro lugar tem um custo. — Gemini enumera nos dedos. — Ponte Seongsu. Loja Sampoong. O ironicamente nomeado porto Haetae. Minas Penélope.

— Minas Penélope?

A boca de Phoenix se torce.

— Você deveria perguntar sobre isso a Teophilus. Ainda que talvez ele saiba menos do que deveria sobre o envolvimento da Anand Tech.

Ela fica em silêncio quando o túnel se abre para um lugar repleto de prédios decrépitos. Eles se arrastam pelas ruas sujas, e o ar fica amargo na boca de Ocean.

— Você é de Mercúrio? — pergunta Ocean a Gemini.

— Cass e Phoenix são. — Gemini aponta para Phoenix. — Ele é um herói local. Cass implorou que a recrutássemos porque cresceu ouvindo histórias sobre ele. Phoenix me recrutou na Terra.

— Esse idiota tentou me furtar na Guatemala.

— "Tentou." Ele fala como se não lembrasse.

— Só disse "tentou" porque eu não tinha nada para ser roubado.

— Acho que saiu uma mosca do seu bolso quando tentei abrir. Erro de principiante. Eu deveria ter lido melhor as coisas.

— Você estava muito impressionado com o meu carisma para reparar em outra coisa.

Gemini e Phoenix gracejam em um jogo de vai e volta. Descem as ruas, claramente familiares, sem precisar pedir informações. É Ocean quem finge estar relaxada, o queixo levantado enquanto caminha. Ela observa como as pessoas reagem ao trio, imagina o que cada prédio abandonado pode ter e se sobressalta ao som de um sino eletrônico quando uma criança sai de uma loja de conveniência.

Phoenix entra em um bar andando devagar. No primeiro passo lá dentro, ele se transforma: a postura fica mais proeminente e ele balança o cabelo de um jeito dramático. No fundo do bar, o atendente se retesa. O barulho da bomba de água gaseificada se alonga, um som que sempre lembrou a Ocean alguém que se prepara para cuspir. Enquanto se aproximam, ele prepara três copos no balcão. O copo gelado transpira, assim como o rosto do bartender. A arte imita a vida.

— O que vão querer? — Ele inspeciona Ocean e o pedaço de rosto que ela deixou visível.

Phoenix dá uma piscadela para ele.

— O de sempre pra mim.

— Pra mim também. — Gemini se senta no canto, olhando para a entrada.

Ocean observa as poucas pessoas no bar, letárgicas como o ventilador de teto, com movimentos lentos como se fossem figurantes de um filme.

— E você?

Ocean aponta para a água.

— Nada. — Ela não vai abrir o casaco para beber.

— Pode dar para ela um igual ao meu? — pergunta Gemini ao bartender. — Ela é a motorista da rodada.

Ocean abre a boca para protestar, mas Gemini balança a cabeça, bem de leve.

— Você precisa estar com um drinque na sua frente. Para se misturar.

— Você não bebe? — pergunta Phoenix enquanto o bartender passa o copo para ele, que beberica o líquido com cor de uísque.

— Não gosto.

— Nem eu — diz Gemini. — Faz as pessoas ficarem descuidadas.

O bartender coloca dois copos idênticos na frente dela e de Gemini. Ele toma tudo de uma vez, depois levanta a sobrancelha para Ocean e forma as palavras "chá gelado" com a boca, sem som.

Phoenix sorri.

— Devemos contar para nossa nova amiga aqui como você fica quando bebe um pouco?

— Por favor, não faça isso.

— Ela é nova, Phoenix?

O bartender não está mais lá, e outro mercuriano, grande e de bigode, saiu da porta atrás do bar. Um modelo diferente, mas a mesma marca de suor. Ele dá um aperto de mão forte em Phoenix e um aceno para Gemini e Ocean. Coça o pescoço, e a barba ali é grossa o suficiente para que Ocean escute o barulho que faz contra as unhas dele.

— Ela está em teste — responde Phoenix.

O homem balança a cabeça para Ocean.

— Corra o mais longe que você conseguir, garota. E não olhe para trás.

— Para com isso — diz Phoenix. — Você vai dar a ela uma impressão totalmente errônea de mim.

— Totalmente? — pergunta Ocean.

— Ah, mas qual seria a graça de contar isso para você? — responde Phoenix, rindo.

Ele olha de soslaio para Gemini, que inclina levemente a cabeça. Só depois disso Phoenix se encosta mais no balcão, a voz baixa.

— Como está nosso amigo Portos? Não tive mais notícias dele.

— Ninguém teve.

Phoenix franze o cenho.

— Alguém foi lá?

— Não nos últimos tempos.

Phoenix abaixa o olhar.

— Obrigado.

— Sem problemas. Avisa se precisar de algo.

O homem acena para os três e sai.

— Se você tem contatos aqui, por que não pediu que algum deles fosse até o LP? — pergunta Ocean.

— Foi o que eu disse, mas Phoenix prefere o contato pessoal — responde Gemini.

Phoenix bebe o restante do uísque e se apoia no bar, mas a preocupação não sai do seu rosto. Gemini solta alguns cliques com a língua enquanto afasta o cabelo da testa. De repente, Ocean repara no brilho prateado na orelha dele, uma asa estampada. Ela estende o braço, mas ele pega o pulso dela muito rápido.

— Finalmente reparou, hein? — pergunta Gemini, os olhos travessos procurando uma reação.

— Meu brinco. — Ela toca as orelhas. Como antes, uma com brinco, outra, sem. — Quando você pegou?

— Vai ter que descobrir. — Ele levanta o queixo para Phoenix. — Atenção.

Ocean olha para o espelho atrás do bar e observa um homem vindo em direção a eles. A sujeira na pele dele tem camadas, como se desse para saber sua idade pelos anéis de sujeira. Ele faz barulho entre dentes. Três pessoas seguem atrás dele, dois homens e uma mulher, vindos para a penumbra do bar.

— Você não é o famoso Phoenix?

— Infame — corrige Phoenix. — E sim. Você não vai achar mais ninguém parecido comigo na galáxia.

Ele se vira no banco e coloca as costas no bar, os pés no apoio do banco. Gemini ainda está com um dedo no copo, observando o resto do chá. Ocean também continua sentada, imitando os dois.

— Estão oferecendo uma recompensa pela sua cabeça.

— Ah, é mesmo? Que simpático da sua parte vir me contar. Acho melhor a gente se esconder, Gemini.

Gemini pega o drinque de Ocean e bebe todo. Os três se levantam, mas o homem fica na frente.

— Não, você não entendeu.

— A gente entendeu — responde Gemini, frio. — Você que é lento.

O homem encara Gemini.

— Quem é você? Também está na lista dos procurados? E essa aqui também? — Ele saca a arma e aponta para Ocean.

Gemini fala, claramente:

— Namisa.

Mas quando Ocean o encara, surpresa, ele já passou. Em um flash, ele está atrás do homem, torcendo-lhe o braço. Os movimentos são tão silenciosos que o barulho dos ossos do homem e seu grito de agonia ficam ainda mais em evidência. Depois de alguns barulhos, três armas estão rapidamente apontadas para Gemini. A mão de Ocean vai direto para a jaqueta, mas Phoenix segura o braço dela.

— Espera — diz ele.

Os músculos dela param. Os olhos de Gemini também estão nela. Ele não deveria se preocupar com Ocean; Gemini tem coisas muito mais importantes a tratar, mas, enquanto ele segura o braço do outro homem, levanta a sobrancelha para ela. Ocean relaxa e Phoenix solta seu braço.

— Agora... — O homem que está sendo segurado por Gemini tenta parecer despreocupado, o que não funciona depois do guincho de dor. — Você vai...

Mas eles não escutam o que Gemini deveria fazer, porque uma explosão acontece, o homem convulsiona, sangue jorra. O tiro faz o ouvido de Ocean zunir, e Gemini se esforça para colocar o corpo do homem para trás.

— Não atirem! — grita o homem. Ele está de cabeça para baixo, o corpo nas costas de Gemini, como um escudo. Os três guarda-costas dele já estão paralisados, surpresos com a acrobacia inesperada do amigo.

— Não permito armas no meu bar. — O bigodudo de antes diz, do balcão. A arma dele está preguiçosamente erguida, o cano ainda soltando um pouco de fumaça. — Normalmente, pediria que levassem a briga para outro lugar, mas você precisa de uma lição, meu amigo.

— Você atirou em mim!

— Atirei, no braço. Vai sarar — diz o homem, despreocupado. — Este é Phoenix. Você não vai ameaçar esse cara aqui. — Ele inclina a cabeça para Phoenix. — Peço desculpas por isso ter acontecido no meu estabelecimento.

— Na verdade, poderia ter acontecido em qualquer lugar — diz Phoenix. — Eu acabo chamando a atenção das pessoas, é só isso. — Ele dá alguns passos e se agacha na frente do homem de ponta-cabeça. — Mas eu agradeceria se você não quebrasse esse lugar. Não tolero ninguém lucrando em cima de outra pessoa.

— Você é um *saqueador* — responde o homem.

— Se seu problema é puramente financeiro, então só precisa pedir. Gem? — Phoenix acena para Gemini, que solta um suspiro e pega um cartão prateado, um pouco translúcido, do bolso da jaqueta. Ele coloca a mão para baixo e o cartão acaba na altura dos olhos do homem. — Meus contatos. Posso ajudar você a encontrar um trabalho em outro lugar. E... você deveria ir cuidar desse braço. Hector aqui pode indicar alguém.

— Ele é todo seu — diz Gemini para os três capangas enquanto larga no chão o homem, que está com o semblante de uma personagem de desenho animado com pássaros voando em volta da cabeça. Gemini esfrega as mãos ostensivamente, como que para limpá-las.

— Hector, vou deixar isso com você — diz Phoenix. Ele pisca para Ocean e sai do bar.

Gemini revira os olhos e o segue.

— Você é tão exibido — diz ele para Phoenix, quando já estão do lado de fora.

— Eu? Foi você que decidiu ser fodão e pisotear o cara.

— Vai mesmo ajudar o cara se ele ligar? — pergunta Ocean, quando os alcança.

— Depende — diz Phoenix. — Vamos ouvir o que ele tem a dizer, pelo menos. "Se você permite que seu povo seja mal-educado e que seu comportamento seja corrompido desde a infância, e depois os pune pelos crimes para os quais sua primeira educação os dispôs, que outra coisa deve ser concluída além de que primeiro você faz os ladrões e depois os pune?" Thomas More disse isso.

— É um bom sinal que ele tenha amigos dispostos a ajudar — continua Gemini. — E que eles não atiraram depois que usei o cara de escudo.

— E se eles tivessem atirado? — pergunta Ocean.

— Daí eles teriam matado o amigo — responde Gemini, sem se preocupar. — Se deixamos pessoas assim saírem ilesas, elas acham que de alguma forma ganharam. Isso infla o ego delas. Teriam lambido as feridas e depois voltado para destruir o bar de Hector. — Ele dá uma joelhada atrás da perna de Phoenix. — Não preciso nem dizer, mas não vai ser Phoenix que vai vetar o cara se ele nos ligar.

— Ei! Como assim "Não preciso nem dizer"?

— Se fosse por você, ajudaríamos todo chorão com uma história triste e provavelmente perderíamos a cabeça no processo — responde Gemini. — E minha cabeça é tão bonita.

— Está dizendo que eu sou mole ou que minha cabeça não é bonita o suficiente?

— As duas coisas.

— Nossa. Pode retirar o que disse. Tenho uma cabeça bastante bonita.

Delicadamente, Gemini dá batidinhas na nuca de Ocean e diz:

— Foi graças a Phoenix que Hector conseguiu construir o bar. — Gemini disse que Phoenix cuidaria de Ocean, e agora ela está começando a entender o que ele quis dizer. — Você é muito mole, mas eu sabia onde estava me metendo desde o começo.

Gemini puxa a arma da jaqueta e Ocean a reconhece como a do homem que ameaçou Phoenix. Ele desmonta a arma e joga os pedaços longe, guardando apenas as balas.

— Quando conseguiu pegar isso?

— E quando eu não consigo? — refuta ele. A mão de Ocean vai até a orelha e Gemini sorri. Depois se aproxima de Phoenix e bate o ombro nele. — Phoenix não é bonito, Ocean? — pergunta Gemini, fazendo Phoenix resmungar.

— Você chama bastante atenção — responde ela.

— Calma, calma, coração — diz Phoenix.

"Chamar a atenção" é a melhor resposta em que ela conseguiu pensar. O Phoenix andando ao lado dela, a mesma pessoa que fez aquele monólogo na *Ohneul*, é uma pessoa bem diferente do que ela viu na nave dele.

— Ele faz mais o tipo do Teo — diz ela.

Phoenix não se vira quando fala:

— Ele não está saindo com aquele ator?

— Acho que eles nunca saíram de verdade.

— Tinha foto deles no jornal. Ouvi dizer.

— Tem foto dele com muitas pessoas.

— Não com você. — Gemini fica um pouco mais para trás, para andar ao lado de Ocean. — Na verdade, se Lupus não tivesse conseguido aquele vídeo antigo da *Hadouken*, nunca teria ligado vocês dois.

— Você viu o vídeo? — Ocean observa as costas de Phoenix em busca de alguma reação.

— Lupus conseguiu alguns arquivos. Não sou muito fã de ser surpreendido nos meus relacionamentos, seja por negócios ou prazer. Eu encontro, verifico e depois convido. Como eu disse, se dependesse de Phoenix, receberíamos qualquer vira-lata.

— O Sistema Solar tem muitos bons pilotos. — E provavelmente vários deles não entrariam para o grupo de Phoenix, sob o risco de complicar ainda mais a relação com as próprias mães.

— Nenhum que eu tenha gostado — diz Gemini. — Até agora.

Ele sorri, exibindo os dentes. Ele poderia ter corrido com os lobos da Sav-Faire. Facilmente. Mas faz tempo que Ocean se cansou do jeito escorregadio como as pessoas usam as palavras.

— O que você quer de mim? — pergunta ela.

— Estava pensando... — Gemini levanta uma sobrancelha. — Se Phoenix faz o tipo do Teo, quem faz o seu?

Ocean não sabe se o tipo dela existe. Ela diria que a questão é mais que ela mesma nunca foi o tipo certo, mas daí se lembra de coisas como Sasani esticando o braço na noite passada. Eles estão no século XXIII e Sasani ainda usa fones de ouvido com fio, que ele pacientemente desenrola. Os movimentos dele são deliberados, certeiros e corretos, mesmo os passos mais casuais e o dar de ombros mais elegante. Ocean olha para o céu, e lá está, a costumeira exaustão.

— Acho que estou procurando alguém que esteja fora do tipo.

— Estamos chegando — diz Phoenix, tão casualmente que Ocean não percebe que ele mudou de assunto até que Gemini fique atrás dela.

Phoenix muda a postura para uma confiança solta. Não é o andar de ostentação que ele sempre porta, e definitivamente não demonstra que ele tem duas armas no coldre embaixo da blusa. Ele vira à direita na esquina, entrando em um beco escuro. Um cheiro pungente toma conta do ar. Ocean vigia as janelas de parapeito côncavo. Na metade do caminho, Phoenix desce os degraus de pedra até uma porta. Gemini fica no alto, alerta.

Phoenix bate à porta, e eles esperam.

— Gem? — chama Phoenix.

Do meio-fio, Gemini pula até alcançar o parapeito da janela do andar de cima, ao qual consegue se segurar e se içar para cima. Ele pega uma bolsinha de couro no bolso da jaqueta e tira dali um instrumento longo, que coloca atrás da orelha. Depois pega um pedaço de metal em formato de L e se encosta na janela, bloqueando a visão de Ocean.

— Então ele tentou roubar você? — diz Ocean, enquanto observa.

— Todo time precisa de um bom ladrão. — Phoenix sorri. Para Gemini, ele diz: — Não quebre o vidro desta vez.

— Então diga a Portos para atender logo. Não estamos aqui por vontade própria.

A janela se abre e Gemini consegue entrar. Um alarme dispara, ficando cada vez mais alto. São sons curtos e fortes.

— Isso é novo — observa Phoenix. — Achei exibicionista demais para o estilo de Portos.

Ainda que Ocean tente se controlar para não conferir o beco à procura de alguém vindo por conta do alarme, Phoenix continua assobiando. O alarme é suspenso quando a porta da frente se abre.

— O alarme é novidade — diz Gemini.

— Portos não está? — pergunta Phoenix.

Gemini abre mais a porta.

— Está, mas não acho que ele possa nos ajudar.

Phoenix entra imediatamente, e Ocean corre para descer a escada e o acompanhar. Os olhos dela levam um tempo para se ajustar e compreender que a decoração ali não é intencional. O lugar todo foi destruído, móveis jogados, estantes derrubadas no chão.

— Gemini, você não precisava de *tudo* isso para desligar o alarme — diz Phoenix, calmo.

Ocean anda e pisa em vidro. Phoenix e Gemini estão do outro lado da sala, no corredor, e Ocean os segue com cuidado. Nenhum deles pegou uma arma, mas Ocean saca a dela só por via das dúvidas. Quando chega ao cômodo em que eles estão, ela para, as mãos coladas ao lado do corpo.

Computadores preenchem todos os espaços, e todos os monitores estão quebrados, os fios expostos e cortados. Ocean vê sangue por toda parte, e o corpo de um homem está em uma cadeira de frente para o maior monitor. A pele dele é clara e os olhos estão arregalados, como um peixe morto que boia de barriga para cima em uma gruta escura. Mas é o cheiro que a faz parar; ela cobre a boca com a mão, por reflexo, como se isso a fosse impedir de sentir o odor podre.

— Não temos muito tempo, Phoenix. — Gemini está com luvas e por isso consegue lentamente levantar alguns detritos do chão.

— O alarme vai alertar as autoridades? — pergunta Ocean.

— Quais autoridades? — Gemini puxa a gaveta de um armário que foi parcialmente destruído. — O alarme não era de Portos. Ele preferiria não chamar a atenção de um invasor. Um alarme assim é para assustar as pessoas, ou para chamar a atenção de alguém que está por perto.

— Descanse, meu amigo. — Phoenix fecha os olhos de Portos. Ao contrário de Gemini, ele não está tentando encontrar algo nos destroços. Está agachado no chão, o rosto sereno e toda sua atenção voltada a Portos, que não pode mais agradecer a consideração. As entranhas do homem estão expostas a partir de um corte na barriga. Ocean coloca a mão no corpo, mas é claro que já está frio há tempos. O rosto do homem continua contorcido em dor, mesmo depois de Phoenix ter fechado os olhos dele.

— Estou pronto, Gem. Vamos. — Phoenix se levanta e saca a arma. — Porta da frente?

— Qualquer saída serve. Vai ser tão boa ou ruim quanto qualquer outra — responde Gemini.

Os olhos azuis de Phoenix estão glaciais quando ele diz para Ocean:

— Não temos tempo de explicar agora, mas as coisas podem ficar cabeludas. Vamos voltar para a nave o mais rápido possível.

Atrás dele, Gemini murmura no comunicador:

— Estamos voltando. Preparem-se para decolar.

— Aqui a idade tem mais prioridade do que a beleza. — Ocean faz um gesto para que Phoenix vá na frente. Ela já está com a arma em punho, mas balança o braço esquerdo para se aquecer. Então passa a arma para a mão esquerda e rotaciona o ombro direito. Como sempre, está rígido, mas nada que ela não consiga compensar.

Phoenix solta um sorriso de apreciação.

— Isso quer dizer que você vai começar a me chamar de oppa?

O coração dela salta, mas Phoenix já está descendo pelo corredor e não vê o quanto isso a afeta. Ainda que Phoenix não tenha tido tempo para explicar, Ocean conseguiu entender a situação. O LP deles foi assassinado, o corpo foi deixado ali para que eles o encontrassem. Eles acabaram disparando um alarme ao entrar, e é provável que o assassino esteja vigiando o local. E, se alguém fez tudo isso para destruir as evidências, não vai hesitar em matar os três também.

Na entrada, Phoenix vai para um lado da porta e Gemini para o outro. Ocean segue o segundo, abaixando-se para ver as casas do outro lado da rua. Os dois saqueadores também estão observando, as cabeças virando de um lado para o outro antes de trocarem olhares. Phoenix sai primeiro, arma em punho. Depois de um segundo, Gemini toca o ombro de Ocean e indica que ela deve ir. Eles não parecem se importar com o fato de estarem armados em plena luz do dia no meio de uma área residencial. Estar em frente à casa de Portos, acima do nível da rua, os deixa muito expostos. Phoenix se mantém perto dos prédios, deixando que bloqueiem pelo menos um lado dele, enquanto desce a rua silenciosa. Cada sussurro do ar arranha a pele de Ocean. Ela tenta ouvir algo além dos passos deles e da respiração de Gemini atrás de si.

— Garrett — chama uma voz. Phoenix ignora, até que ele para tão abruptamente que Ocean quase vai de encontro às costas dele. A voz continua: — Por que não estou surpreso de encontrar você aqui?

Bem na frente deles, alguém sai das sombras. É um homem grande, mas é difícil identificar qualquer outra coisa, porque está quase tão coberto quanto Ocean, deixando exposta apenas a pele escura de suas mãos e dos olhos. Ele segura duas armas.

— Amell — diz Phoenix, pesaroso. — Não posso dizer que sinto o mesmo.

— Amigo seu, Phoenix? — pergunta Gemini enquanto ele e Ocean flanqueiam o saqueador.

Amell quase não olha para Gemini, passando por ele como se fosse um pequeno pedregulho em um riacho.

— Parece que você encontrou novos coleguinhas. É por isso que está aqui? — Mesmo com o rosto coberto, a voz dele é clara.

— O que Corvus está aprontando? — pergunta Phoenix, sem cerimônia.

— Isso não é mais da sua conta, não é? Você teve sua chance com ele. Ainda assim, não acho que ele vá gostar de saber que foi *você* quem disparou a armadilha dele. — Ele lança um olhar despreocupado para Ocean. — Essa pessoa aqui toda coberta. Você está escondendo alguma coisa?

— Mostro o meu se você mostrar o seu — responde Ocean.

Amell arregala os olhos e depois responde, parecendo se divertir:

— Por que a gente não...?

O que quer que ele fosse dizer se perde quando Gemini se vira e esbarra nas costas de Ocean para chegar até Phoenix e chutá-lo na parte de trás dos joelhos. Assim que Phoenix cai no chão, balas atingem o local onde ele estava.

— Parem de atirar! — grita Amell.

— Porra. — Phoenix se apoia no chão para levantar e esfrega a perna. Gemini oferece a mão em ajuda. — Que porra é essa, Amell?

Uma mulher salta de uma altura impossível e cai tão pesadamente na frente deles que o chão treme e um círculo de poeira sobe. Ocean cobre os olhos com o braço e escuta um zumbido e um clique. A mulher se endireita, puxando o capuz para trás. Tem cabelos dourados e olhos escuros, a boca fina. O rosto é angular, faminto por algo além de comida.

— Temos ordens diretas, Amell — diz ela.

— As ordens não são absolutas, Emory. Este é Garrett.

— Não uso mais esse nome — diz Phoenix.

— Você deve conhecê-lo como Phoenix — corrige Amell.

Desdenhosa, Emory observa Phoenix de cima a baixo, mantendo o dedo no gatilho. Ocean dá um passo para trás, preparando-se.

— Corvus disse que ninguém que entrasse ali deveria ficar vivo.

— Eu juro que Corvus vai ficar *muito* bravo se você atirar em Garrett — diz Amell. — Ele pode até matar você.

Emory continua olhando para Phoenix, tentando avaliá-lo.

— Vou perguntar mais uma vez, Amell — diz Phoenix. — O que Corvus está aprontando?

— Você poderia ter feito parte disso — responde Amell. — Mas não teve a coragem necessária.

— Não sinto que me faltou nada — diz Phoenix, frio.

— Acha que sua consciência levou você a algum lugar? Ela fez algo pelas pessoas que você ama? Pelo planeta que você diz ser o seu? — Amell quase rosna. — Não. Em vez disso, você a usou como desculpa para abandonar nosso verdadeiro salvador.

O cenho franzido de Phoenix é profundo.

— Salvador? Você acha que Corvus é capaz de algo além de destruir?

— Phoenix. — Gemini esfrega os olhos. — Estou entediado. — Ele dá um tapinha nas costas de Phoenix e passa o braço pelo ombro de Ocean. — Vocês podem colocar a conversa em dia em outra oportunidade, que tal?

Eles conseguem dar alguns passos antes que Amell pergunte:

— Vocês estão com ele?

Phoenix para.

— Ele quem?

— Você aceitou o trabalho? A Aliança foi chamada depois que a nave foi destruída, mas não encontraram corpos.

— A Aliança? — repete Phoenix, surpreso, enquanto se vira. Ele diz, desdenhosamente: — Você sabe que não mexo com eles. Se aumentarem ainda mais a recompensa pela minha captura, vou ter que acabar me entregando. Só viemos aqui hoje pegar mais um trabalho. Se quiser conferir isso, pode olhar os registros de Portos.

— Ele destruiu tudo antes de chegarmos. — Emory vira a cabeça de lado. — Ele não era seu amigo, era?

Ocean se lembra de como Phoenix fechou cuidadosamente os olhos de Portos, cruzou os braços e observou o corpo dele enquanto Gemini dava tempo e espaço para que ele fizesse isso. Ela se lembra da preocupação nos ombros dele lá no bar e na *Pandia*.

— Ele era um bom LP — diz Phoenix. — Vai ser um saco achar outro.

— Você é um mentiroso — diz Amell.

— Quem? Eu?

— Você não fala com ninguém, não encontra ninguém, não fica amigo de imediato. Você é só coração, Garrett. Você entrou na nave antes de explodir tudo? Achou outro cachorro sem dono para resgatar? Mesmo que ele seja o príncipe nojento daquela Anand?

Phoenix dá de ombros.

— Não sei do que você está falando.

Amell estreita os olhos.

— Vai ficar do lado *dele*? Esqueceu o que os Anand fizeram com a gente? Você virou as costas para Mercúrio depois que abandonou Corvus?

— Não esqueci nada. Aqui é a minha casa.

Mas Ocean percebe o tremor na voz dele, e Amell consegue farejar a mentira.

— Não se você estiver com ele. O que ele ofereceu? Dinheiro? Não, não pode ser isso. — Amell chega mais perto de Phoenix, observando bem o rosto do saqueador. — Então talvez os rumores sejam verdadeiros. Corvus tentou ganhar o cara, sabe, mas ele não foi. Mas talvez Corvus não fizesse o tipo do príncipe.

Phoenix fica rígido, mas Amell continua. Ele baixa o capuz e mostra o rosto. Uma cicatriz se esparrama de sua boca, e o cabelo escuro está preso em um rabo de cavalo curto no topo da cabeça. Ele faz um gesto para Ocean com a arma.

— Agora você. Quem é você?

Gemini dá um passo e fica na frente de Ocean.

— Se não se importar, prefiro manter o rosto da minha namorada só para mim.

Amell leva um susto e depois ri, enquanto o rosto de Emory se torce em desprezo. As palavras de Gemini soaram casuais, mas os ombros dele se movem em movimentos calmos e deliberados. Sua postura é ampla, e a mão em suas costas está posicionada de forma que ele possa puxar Ocean para longe de Amell. Ele dobrou os dedos, mas o indicador e o polegar continuam esticados. Ele se inclina para a frente, mas a jaqueta é justa o suficiente para revelar o formato do objeto que há por baixo.

— Não podemos matar Garrett — diz Amell. — Mas pelo menos podemos dar um jeito nos outros dois.

— Ah, podem mesmo?

Mas, enquanto Phoenix pergunta, distraindo Amell e Emory, Gemini se move. Os dois dedos estavam demonstrando a posição do ataque, e Ocean entende isso quando o saqueador se move em diagonal para a direita. Ela desvia para a esquerda quando a arma de Emory começa a disparar balas de laser. Gemini atinge Emory na perna e Phoenix atira enquanto Ocean posiciona a própria arma.

Da última vez que disparei esta arma, matei uma pessoa, pensa ela. Mas a arma já está na mira, o gatilho já foi pressionado, porque ela é uma máquina, nada além de precisão; ela nunca erra.

O tiro de Phoenix atinge Emory antes do de Ocean. Barulhos como de sinos chegam até eles, e um escudo azul se ilumina por debaixo das roupas de Emory. Os tiros a fazem recuar, mas não machucam. Vários tiros da arma de Gemini a atingem, e o corpo brilha mais uma vez. Emory encara Ocean.

— Você é *minha* — diz ela, e corre, com uma velocidade sobre-humana.

Ela dá um giro e bate a perna contra Ocean. Enquanto Ocean sai voando, sente como se tivesse sido atingida por um pedaço de madeira, um cano de aço, um tanque. Ninguém tem uma perna tão forte, a não ser... O escudo azul agora faz sentido. Emory tem melhoramentos no corpo. A arma de Ocean é praticamente inútil nessa situação, a não ser que o escudo tenha um ponto fraco.

Emory pula para a frente. Quando pousa, Ocean escuta o mesmo barulho mecânico que ouviu quando ela saltou do telhado. Emory levanta a arma, mas, a uma distância tão curta, é um erro de principiante. Ocean dá um soco e se prepara para o impacto enquanto o punho bate no metal da mão de Emory, ambas gritam. O tiro de Emory é desviado, mas dor e sangue surgem no nó dos dedos de Ocean. Usando a própria arma como vantagem, ela bate e tira a arma da mão de Emory. Depois Ocean joga o corpo todo contra a oponente. É a mesma sensação de bater em uma parede de cimento, mas ambas caem. Ocean observa de soslaio a outra briga: uma confusão de membros e movimento. Phoenix levanta a jaqueta de Gemini para que ele pegue outra arma. Ele atira no ombro de Amell. O atacante grita, aparentemente não tem o mesmo escudo da parceira. Emory rola no chão, pega Ocean e a joga por cima do ombro, enquanto ela tenta pegar a arma novamente.

Quando Ocean cai, ela se esforça para que o ar deixando seus pulmões forme uma sílaba.

— Gem!

Gemini empurra Phoenix, e tiros iluminam a distância entre os dois. Ele escorrega por entre as pernas de Amell, levanta os braços, agarra a jaqueta do mercuriano e se vira até sentar-se nos ombros dele. Ele pressiona a arma contra a cabeça de Amell, mas Ocean vê quando ele faz um sinal para Phoenix, pedindo confirmação. Ele rapidamente muda a mira e atira no ombro de Amell enquanto pula para longe. Emory grita e solta uma saraivada de balas. Gemini e Phoenix correm para tentar se esconder. Phoenix acha um espaço atrás da escada de outra casa, e Gemini corre para o beco, deixando Ocean para trás, que luta para se levantar.

Amell e Emory se viram e apontam as armas para ela. Ambos os ombros do mercuriano estão sangrando e até ficar parado deve doer, mas é o rosto de Emory que está distorcido em fúria.

— Que namorado ruim que deixa você para trás assim — diz Amell.

Ocean ergue os ombros, em vez de fazer um gesto de dar um tapinha no ombro, que costumeiramente se usa na Aliança.

— É um escudo ruim quem fica preso na própria raiva e não cuida do parceiro.

Emory empalidece. Ocean adivinhou corretamente que, já que apenas ela tem traje aprimorado, provavelmente é o trabalho dela proteger os outros. Qualquer um deles poderia atirar nela, mas Ocean provocou Emory por um motivo. Ocean gira o braço, mirando Amell, e atira. Em vez de disparar o próprio tiro, Emory mergulha na frente de Amell. As balas de Ocean atingem o escudo de Emory, que fica azul novamente. A força do impacto a empurra contra Amell e ambos caem para trás. Amell aperta o gatilho enquanto se estatela sob o peso de Emory, e Ocean se joga no chão para escapar de suas balas. Uma delas a acerta na perna, e seu sangue se mistura com a poeira da rua.

— Fique aí, Ocean!

É bom que ela esteja totalmente destruída. Vento sopra acima dela. Um estrondo ribomba no ar. No momento em que ela levanta a cabeça, Amell e Emory estão enterrados sob camadas de chapas de metal. Emory agarra o metal e o tira de seu corpo, ajudando um Amell que geme.

— Aqui é o meu território — diz Phoenix da escada. — Achou que *você* poderia me emboscar aqui? Você é mais inteligente do que isso, Amell.

Ocean vê Gemini ao mesmo tempo que Amell e Emory. Ele está agarrado à lateral de uma casa com a faca em punho, tendo cortado o painel que bateu neles. Os oponentes balançam as armas levantadas, mas Gemini se solta da parede em queda livre. Ocean prende a respiração enquanto ele vira e pousa levemente como um gato. Phoenix sobe a escada. Gemini fica ao lado dele, usando-o para esconder o próprio corpo. Isso faz Amell parar, mas Emory não hesita. A arma dela já está pronta, e ela não tem a mesma compostura que o parceiro está demonstrando.

Ocean se apoia no joelho bom e mira. Enquanto o braço se levanta, reto, todo o restante parece desacelerar.

Até que para.

De vez em quando, a visão dela converge para um único ponto. O corpo todo se transforma em uma batida do coração, um grande bum.

O tiro de Ocean acerta a mão de Emory. O escudo está protegendo aquela mão, mas a força da bala é suficiente para fazê-la perder a mira. Depois, enquanto Amell ainda está concentrado em Phoenix, Ocean mira nas costas dele.

Por um milésimo de segundo, ela se pergunta se deve ou não o matar. Sente uma mão apertando seu ombro e uma voz sussurrando em seu ouvido: *Muito bem, Atiradora.*

Ela aperta o gatilho.

O mundo volta a girar. Sangue esguicha das costas de Amell e ele cai. Emory grita e o pega antes que o corpo chegue ao chão. Ela procura pela própria arma na poeira da rua.

— Você não vai querer fazer isso — diz Ocean, assim que ela levanta.

— Não me diga o que fazer — grunhe Emory.

— Ele não morreu — diz Ocean, e Emory para, com a arma em punho.

— O quê?

— Ele não morreu. Mas se você não o levar para um médico agora, ele vai morrer. — Ocean guarda a arma. — Não atingi o coração dele, mas ainda assim é um ferimento de bala, ele está perdendo muito sangue. É melhor você decidir logo o que vai fazer. Pode continuar brigando com a gente, ou salvar a vida dele.

Emory encara Ocean, sem expressão. E então o rosto dela se transforma em puro ódio. Ela iça Amell com os braços, se levanta e sai correndo, o barulho mecânico a acompanhando enquanto uma nuvem de poeira fica em seu rastro. Phoenix mantém as duas armas apontadas para Emory ao se aproximar de Ocean. Durante esse meio-tempo, Gemini deu um jeito de ficar mais perto de Ocean, e ele guarda a faca em algum compartimento secreto. Ambos estão com as costas parcialmente viradas para Ocean e, ao se levantar para ficar entre eles, com a cabeça leve, ela pensa no que isso significa. Ocean dá um passo para a frente, mas sua visão fica branca e, quando ela se apoia na perna direita, perde a noção de direção.

— Opa, calma aí.

Phoenix segura o braço dela enquanto a cabeça de Ocean parece girar. Ela não sabe se fechar os olhos vai melhorar a náusea repentina que a acometeu, mas agora ela realmente, *realmente* precisa vomitar.

— Vamos, coloque ela nas minhas costas.

— Nas suas? Você é só um pouco mais alto do que ela, Gemini.

— Prefere que ela vomite em *você*, Phoenix?

— Bom argumento — concorda Phoenix. Ocean quase não reclama quando Gemini se agacha na frente dela e Phoenix a ajuda a subir nas costas dele. Agora que a adrenalina está se esvaindo do corpo dela, Ocean se sente mole e sem forças. — Espera um pouco. — Ele pega um lenço e amarra na perna dela.

— Garrett não combina com você — diz Ocean, ainda tonta, enquanto ele amarra o tecido.

A risada de Phoenix é baixa, como se estivesse rindo de si mesmo.

— Que bom que concordamos nessa.

Ocean apoia a cabeça no ombro de Gemini, o nariz contra o pescoço dele. Quando ele se levanta, ela fecha os olhos e passa os braços ao redor dos ombros dele. Espera não vomitar em cima dele.

Como se ouvisse os pensamentos dela, Gemini diz, baixinho:

— Aguenta firme, Ocean.

— Não estou tão mal assim — diz ela. — Eu fiquei bem pior depois da vez em que conheci você.

— Não pode me culpar por tudo aquilo.

— Você me fez cair na água. — Ocean tenta manter o tom calmo. — Eu tive de *nadar*.

— Eu ofereci ajuda para levantar você. E um emprego. Talvez a queda tenha atrapalhado sua memória.

A memória de Ocean está bastante boa. Ela se lembra do corpo de Gemini se agachando perto dela, da curva do sorriso dele, do cabelo ondulado que ficou liso por conta da chuva e de como ele lhe estendeu a mão.

— Acho que consigo andar.

— Eu sei, mas não precisa, então fica aí.

Eles vão chegar na nave mais rápido se ela for carregada, então Ocean faz o que ele diz.

— Qual é o seu nome de verdade? — pergunta Ocean.

Ele não responde por um longo tempo, longo o suficiente para Ocean não ter certeza de que ele ouviu a pergunta. Talvez ela não tenha falado em voz alta.

— Hurakan Castillo — diz ele, por fim. — Foi minha mãe quem escolheu.

— Hurakan — tenta ela. — Combina com você.

Ele não responde de imediato e ajeita o corpo dela para ficar mais no alto.

— Não me importo se você me chamar assim.

Ele e Phoenix andam rápido, mas os passos dele são suaves como se estivessem planando. Ocean fica em estado de semivigília e só se dá conta de que chegaram porque a temperatura cai assim que entram no hangar onde a *Pandia* está. Ela escuta uma comoção, alguém correndo. Uma voz frenética ecoa na garagem, muito alta. Tão alta que Ocean acha que está se confundindo. Nunca ouviu Sasani tão agitado.

— O que aconteceu com ela? *Ela está bem?!*

Ocean abre os olhos e vê Sasani com a mão estendida. Mais uma vez acha que algo está errado. A pele dele está pálida demais, a expressão é aflita. Mas, apesar da tontura, ainda consegue ver todos os detalhes daquele rosto. A manga da camisa está dobrada e o cabelo está molhado; quando ele se vira, ela percebe que um pedaço do undercut dele acabou de ser raspado. O restante está igual a quando ela o viu pela última vez, nesta manhã, e Ocean estende a mão. Não sabe se faz isso para confirmar que o cabelo só foi cortado até um ponto, ou se é uma resposta à mão dele.

Gemini a segura com mais força e contorna Sasani.

— Ela vai ficar bem. Vem comigo e vou levar você a um lugar onde vai poder cuidar dela.

Eles embarcam na nave, e Ocean volta a fechar os olhos, apoiando a cabeça no pescoço de Gemini mais uma vez.

VINTE

— O nome dele é Corvus — diz Phoenix. Já voltaram ao espaço, e quase todo mundo está na cabine, ainda que Aries esteja concentrado no volante. Ocean e Sasani continuam na enfermaria. Está bem lotado em volta da mesa, mas todos dividem o espaço surpreendentemente bem. Teo não sabe se isso é porque eles se esforçam o melhor possível em situações complicadas ou se o conceito de normal fica sempre mudando. — Ele é... — Phoenix não sabe como continuar. — Nós já trabalhamos juntos.

— Você trabalhava com a pessoa que matou a minha família?

— Não grite com ele — diz Cass, calorosamente, mas Phoenix levanta a mão.

— Ele é de Mercúrio, como eu. — Phoenix passa a mão no cabelo. — Corvus sempre teve raiva da Anand Tech por explorar Mercúrio. Por isso ele também odeia a Aliança, já que o contrato deles com seu pai levou Mercúrio ao extremo. O planeta sempre dependeu do comércio que nos criou. Todos os nossos recursos são usados por outros planetas, pela Anand Tech, pela Aliança. Além disso, seu pai fala muito sobre protelar a terraformação...

Falava. Teo não corrige Phoenix. Em vez de pensar quando e como aquela correção se tornou automática, ele escapa para outros pensamentos tumultuosos.

— Corvus estava lá? — pergunta Teo, tenso. — Você viu ele?

— Não, mas encontrei outra pessoa do time dele. Estava com uma pessoa nova, com um traje melhorado.

— Um traje melhorado? — As mãos de Teo tremem e ele precisa lutar para que não subam até seus ouvidos para estancar o som dos ossos quebrando, a coluna da Dayeon quebrando.

— Não reparei na hora, mas é um dos antigos designs de Corvus. Ele nunca teve dinheiro para produzi-los. — Phoenix aperta os olhos. — Agora, vocês já podem entrar em contato com seus familiares. Corvus me conhece bem o bastante para saber que eu não mataria ninguém na *Ohneul*, então não adianta esconder vocês. Mas teremos algumas restrições...

Teo se levanta, dor florescendo nele, enquanto Maggie fala sobre as esposas. Von coloca a mão no braço de Teo, mas ele se esquiva.

— Como você trabalhou com alguém assim? Você nos odeia tanto assim?

— Não era pessoal com vocês — responde Phoenix.

Teo ri e Phoenix se encolhe um pouco.

— Era geral? Bem, o que Corvus quer agora, Phoenix? Minha família morreu. Mas ele continua usando o corpo de Declan, o rosto dele, a imagem. O que ele quer?

— Aniquilação total — responde Phoenix. O rosto está inexpressivo, e os olhos parecem cheios de dor, mas Teo não consegue identificar o porquê ou por quem. — Eu não deveria ter buscado vocês.

As palavras martelam dentro de Teo, deixando que uma náusea incapacitante tome conta dele.

— Tínhamos um acordo. — A voz de Teo treme. — Você disse que me ajudaria. Eu posso... — Teo para. Ele odeia o quão patético parece. — Posso pagar mais.

O rosto de Phoenix se fecha.

— Não é por conta do dinheiro. — Ele diz, de uma vez: — Existem limites que não vou cruzar, Teophilus. Talvez você não entenda isso porque se manteve cego durante todos esses anos para os limites que sua família ultrapassou. Acha que pode controlar as pessoas por causa do dinheiro da sua família? Do poder deles? Já até fez Ocean apertar o gatilho por você!

As palavras de Phoenix são mais pessoais do que todos os problemas e desvios que o destino colocou na vida de Teo. Ele cambaleia e Phoenix para, a pele ficando mais pálida.

— Obrigado por me ajudar a conseguir respostas — responde Teo, forçando as palavras a saírem. — Quando colocar as mãos em Corvus, não vou precisar que ninguém aperte o gatilho.

Teo empurra a cadeira para longe da mesa e sai da sala.

Ocean observa o curativo na perna, tão bem-feito que poderia ser usado como exemplo em um livro didático. Sasani estava calmo e centrado quando costurou o ferimento e ainda conferiu a mão dela antes de ir buscar gelo na cozinha. A cabeça de Ocean está menos confusa agora, e ela se pergunta o quanto do que viu no hangar foi real.

Nesse momento, a porta se abre, e ela vê Sasani, novamente indecifrável. A camisa continua com as mangas dobradas e o cabelo continua úmido. Ele oferece um pacote de gelo e uma lata de refrigerante de lichia. Quando ela o olha, surpresa, ele já se virou e agora seleciona o que sobrou das bandagens que podem ser guardadas.

— Você deve tomar remédio para dor por um tempo — diz ele. — Eles têm vários aqui, ainda que não tenham muita coisa além disso.

— Obrigada. Parece que eu sempre estou tendo que agradecer a você.

Sasani para em meio à ação de enrolar a bandagem.

— Se isso incomoda a você, talvez pudesse tentar não se machucar.

— Estou sempre tentando não me machucar — responde ela.

Por fim, Sasani a olha, e alguma emoção consegue passar pelo rosto que estava, até então, frio.

— Está mesmo? — pergunta ele. Ocean sente um frio na barriga, como se estivesse tonta. Sasani vira para longe dela de novo, abrindo uma gaveta ao lado da maca, mas não gosta do que vê lá dentro. Ocean imagina que seja pela bagunça. Ele gosta da rotina e de cuidar do espaço ao redor. Quando estavam na *Ohneul*, era metódico em varrer a pequena enfermaria todas as noites. E aqui na *Pandia*, está constantemente se movendo, sem perceber, sempre recolhendo a bagunça que Teo faz com os pacotes de lanche, automaticamente arrumando os sapatos que foram jogados ao lado de alguma porta. — Ainda assim, você é a única que se machuca aqui. — Ele fala por cima do ombro, e o sorriso é mais evidente nos olhos do que na boca. — Acho que isso não deveria me surpreender.

Ocean se concentra em colocar o saco de gelo na mão, atribuindo a repentina pontada em seu peito à sensação gelada. Ela segura o refrigerante de lichia na outra mão.

— Isto é um bônus?

— Achei que faria você se sentir melhor.

Ela abre o lacre com apenas uma mão e toma um longo gole. As bolhas fazem barulho, aliviando o silêncio entre eles. Mexe o lacre algumas vezes, um gesto que denota nervosismo.

— Quer experimentar? — pergunta ela, oferecendo a lata.

Sasani encara Ocean, depois a lata. Delicadamente, aceita o refrigerante da mão dela. Ele para com a lata quase tocando os lábios, e Ocean observa as clavículas dele; a camiseta é fina o bastante para que ela observe o corpo que está por baixo. Ela o escuta engolir antes mesmo de virar a cabeça para tomar um gole. Um filete do líquido escapa da boca dele, descendo pelo pescoço. Ela observa a tatuagem do lado de dentro do braço dele. É a primeira vez que Ocean a vê, além do pedacinho que às vezes fica visível no pescoço. Deve tomar todo o espaço das costas dele e estender-se até o cotovelo, como asas. As asas são pretas, mas a ponta das penas é prateada. Ele levanta o braço para limpar a boca e, quando Ocean encara os olhos de Sasani, percebe que ele estava observando ela encará-lo.

— Yoon, se algo acontecesse a você... — tenta dizer ele. Ocean consegue acompanhar a respiração de Sasani conforme o peito dele sobe e desce, o movimento breve nos lábios entreabertos. É um processo tão natural, que acontece quase sem o envolvimento de um raciocínio, mas agora é tudo no que ela consegue pensar, a respiração desigual de Sasani neste aposento silencioso. — Não sei o que eu faria — termina ele, por fim. Os olhos estão escuros como vidro vulcânico, grudados nela. — E não sei exatamente o que isso significa para mim. Mas o que me faz ficar acordado a noite toda não é saber exatamente o que sinto, é não saber o que você sente.

O coração dela para de bater. Ele está se abrindo, mas, apesar de a voz na cabeça dela gritar para que responda, tudo o que Ocean consegue fazer é devolver a lata. Sasani a aceita, colando os lábios onde os dela estiveram. Depois, ele a devolve.

— Sabe, me inscrevi para a sua nave depois de ler o relatório da *Hadouken* — diz Sasani. — Eu vim aqui por sua causa.

— O relatório da *Hadouken* — repete Ocean. O coração dela se contrai dolorosamente, fazendo-a lembrar que tem um, afinal. — Você veio aqui por causa dele? Viu o vídeo?

— Não. Li as transcrições.

Uma risada amarga consegue sair dela. Claro que ele não viu o vídeo. Ela coloca a lata de refrigerante na mesa entre os dois.

— A *Hadouken*. Todo mundo parece curioso para saber sobre ela.

— Anand disse que você salvou a vida dele — diz Sasani.

— É um jeito simpático de explicar a situação. A verdade é que eu sabia o que ia acontecer. O saqueador ia atirar na cabeça de Teo. A capitã não estava errada. Baixar as armas resultaria em menos vítimas. Mas...

— Mas ele ia matar Anand.

Ocean concorda.

— Eu mirei na saqueadora ao lado dele. Uma garota.

Sasani balança a cabeça.

— Não entendi.

— Na Sav-Faire aprendi que sempre se deve descobrir o que é mais importante para as pessoas, o que elas salvariam de um incêndio, quem significa mais para elas — explica Ocean.

Ela coloca o pacote de gelo perto da lata de refrigerante. Os dedos estão gelados e isso faz com que desabotoar a jaqueta seja difícil. Ela mexe na jaqueta até encontrar a arma, fingindo não perceber como Sasani se retesa. Se alguém da Sav-Faire visse como Sasani olhou para ela quando Ocean chegou no hangar hoje, como olhou para ela há apenas alguns minutos, ele estaria perdido. Ela sentia pena de qualquer pessoa que a olhasse assim.

— E então se usa o que descobriu contra eles — continua ela. — Muitas pessoas reparam no que os outros estão olhando. Mas, normalmente, o mais importante é o que as pessoas evitam olhar. Tomas não olhou para

Diana nenhuma vez. Mas eles sabiam o tempo todo onde o outro estava. Poderiam ter sido parceiros em um jogo de tênis. — Ela se força a encarar os olhos escuros e insondáveis de Sasani. Achou que estava sendo sincera com ele ontem, que poderia contar tudo a ele. — Se eu atirasse em Tomas, ainda existia a chance de ele apertar o gatilho. Por isso mirei em Diana, a coisa mais importante para ele. O objetivo dele se transformou em me impedir.

— Mas você salvou...

Ocean destrava a arma, fazendo com que ele pare de falar. Quando ela trava a arma de novo, o som é de um staccato seco.

— Tomas tirou a mira da cabeça de Teo para poder me parar. Então imediatamente atirei na mão dele, atingindo o dedo que estava no gatilho. Depois, atirei nele de novo, no peito. A cabeça de Teo estava perto do coração de Tomas, mas eu estava confiante de que conseguiria só arranhar Teo e atingir Tomas. — Sasani estremece e o estômago de Ocean dá um nó. — Matei os outros saqueadores depois disso.

Desta vez, enquanto Ocean escuta a respiração entrecortada de Sasani, o momento se alonga, horrível e minúsculo como uma lembrança podre.

— Você me contou sobre o seu irmão — diz Sasani. — Como você pôde...? Tirar uma vida não significa nada para você?

Mas a decisão dela não foi sobre uma vida perdida. Foi sobre não ter sabido o momento exato em que o irmão morreu no espaço, foi sobre enfrentar um futuro em que Teo morria porque ela não fez nada. Foi sobre a certeza da arma na mão, a confiança de que poderia fazer alguma coisa certa, *ser* alguma coisa certa.

— Você leu o relatório, Sasani — diz ela. — Já sabia que eu tinha matado aquelas pessoas.

— Sabia, mas pensei...

— Presumiu que eu lamentaria por isso. — Ocean guarda a arma na jaqueta. — Pensei sobre como o último momento deles deve ter sido. Pensei sobre como os amigos e familiares deles devem ter se sentido. Eu os matei e acabei com qualquer chance que tivessem. — Sem misericórdia, Ocean empunha cada palavra como uma faca. — Isso melhora as coisas, Sasani? O fato de eu ter pensado? Já era. Não posso mudar nada disso.

— Você pode se importar com a forma como vive agora. Pode fazer escolhas diferentes a partir de agora.

— Eu faria tudo de novo — diz ela. Sasani curva o corpo, mas não antes que ela veja a expressão horrível em seu rosto. Ocean pega o pacote de gelo de novo, como se a conversa tivesse acabado, e o coloca na mão. Espera que isso a amorteça, mas o frio parece apenas amplificar a dor. — As pessoas me chamavam de Atiradora. É porque eu não erro.

A porta se abre. Teo está no batente.

— Ocean. — O rosto dele desmorona. — Não quero ter que pedir isso a você. Mas eu não... não sei o que fazer. — Ele entra, cambaleante, e só então parece perceber que Sasani está ali. Ele estica a mão como se fosse se apoiar no ombro do outro, mas para no meio do gesto. — Sasani, acho que o bloqueio dos comunicadores acabou. Podemos ligar para as nossas famílias. Achei que você gostaria de saber.

O rosto de Sasani relaxa de alívio. Teo continua andando e se joga perto de Ocean. Ele encosta a cabeça no ombro dela e Ocean relaxa enquanto os corpos encontram a posição já conhecida. Exausto, ele levanta uma mão em punho. Ocean faz o mesmo e encosta na dele. Ela não repara se Sasani olha para os dois antes de sair.

Teo acorda no susto, o fedor de carne chamuscada em suas narinas, chamas entalhadas em sua retina. Freneticamente, passa a mão pelo corpo antes de perceber que o líquido que cobre sua pele é suor, não o fluido inflamável. A respiração dele esfola um quarto desconhecido e escuro.

— Você faz muito barulho para dormir. — Gemini está sentado na própria cama, de pernas cruzadas, os olhos brilhando na escuridão. Do outro lado de Teo, os cobertores e o colchonete de Sasani estão milimetricamente dobrados. Por reflexo, Teo olha para o pulso, para o comunicador que não está lá. — São duas e pouco da manhã. Ainda é hora de dormir — diz Gemini, a voz macia como veludo.

— Tente dizer isso aos meus pesadelos.

— Você vai ter pesadelos por um tempo. Eu diria para se acostumar, mas... — Gemini desce da cama e anda em direção à porta. — Venha comigo.

O corredor está calmo, silencioso e frio. Gemini desce pela escada, aterrissando no deck abaixo. Teo o segue pelo corredor até uma porta aberta. Lá dentro, Lupus está usando um teclado. Do lado delu, uma TV de tela plana passa um filme que Teo sabe ser antigo. Dinossauros animatrônicos andam por uma cozinha.

— Lupus, você conseguiu a pulseira REM que eu pedi? — pergunta Gemini. Lupus levanta um lado do fone de ouvido, fazendo com que o barulho do filme tome conta da sala, enquanto duas crianças correm pela tela. Gemini repete a pergunta, e Lupus abre uma gaveta, pega uma pulseira azul e joga para ele. Gemini a apanha com facilidade. — Obrigado, Lupus.

Os fones de ouvido logo voltam ao lugar, o olhar para a tela não foi interrompido, os dedos voltam a teclar.

— Qual é a história delu? — pergunta Teo quando saem.

— Conheci Lupus depois de elu ser despedide da Biblioteca Pública de Nova York.

— Sério?

— Pegaram elu hackeando o próprio sistema.

— O sistema da *biblioteca*? Existe algo ali para ser roubado?

— Não, mas é assim que hackers praticam. A biblioteca não ficou muito contente, claro, ainda que não tenha sido nenhum risco real. — Gemini dá de ombros. — Isso me interessou o suficiente para que eu continuasse acompanhando elu. Queria saber se ficaria com tédio ou se ficaria melhor.

— E como elu ficou?

O fino sorriso de Gemini se alarga. Ele oferece a pulseira que pegou com Lupus, e Teo examina o plástico.

— Isso vai registrar seu sono. Se estiver tendo pesadelos, ela vai vibrar o bastante para tirar você do sonho, mas não para acordar. Cass desenvolveu isso há anos para Phoenix, e eu pedi para Lupus desabilitar o comunicador. Ainda estamos monitorando as ligações de todo mundo.

Isso não importa para Teo. Ele não tem para quem ligar.

— Por que está me dando isso? — pergunta Teo.

— Ficar sem dormir é uma tortura — responde Gemini, voltando ao corredor. — A pulseira não vai resolver seu estresse pós-traumático, mas vai ajudar com os sintomas. Phoenix me disse para entregar isso a você.

— Por quê?

— Pergunte isso para ele, não para mim. — Gemini não se incomoda em virar. — Talvez ele soubesse que você acordar a cada hora me atrapalharia. Tenho o sono muito leve, sabe. Por isso normalmente fico sozinho no quarto. E também foi por isso que deixei vocês dois no meu quarto, para poder fiscalizar.

Teo vira o pescoço, olhando pelo corredor escuro.

— *Onde* está Sasani?

— Sasani é inquieto, mas é educado. Ele sai de fininho para ouvir música.

Gemini é tão silencioso que Teo poderia estar andando com uma sombra. As botas de Teo caem pesadas mesmo quando ele tenta ser cuidadoso. Ele nunca usava sapatos dentro de casa. Mas agora, quando vai dormir, não consegue parar de pensar em como seus dedos vão tremer ao tentar amarrar o cadarço caso eles sejam atacados. Ele sabe que é idiota, mas, agora que começou a fazer isso, parece que algo ruim vai acontecer se *tirar* os sapatos.

— Você também trabalhou com Corvus? — pergunta Teo.

— Nunca conheci o cara — responde Gemini. — Phoenix deve ter falado sobre ele umas duas vezes desde que o conheci.

— Phoenix vai me entregar para ele?

Gemini move um ombro, como um gato que evita um carinho exagerado.

— Estamos indo para Vênus, deixar as crianças da Aliança, mas posso falar isso para você: Phoenix sempre tenta fazer a coisa certa, mesmo que isso acabe com ele.

Teo costumava se orgulhar de pelo menos saber qual era a coisa certa, mesmo que não a fizesse.

— Esse não parece o tipo ideal de saqueador para seguir.

— É, ele não é o tipo mais comum. Ele é tão sincero que chega a dar vergonha. Anuncia todos os movimentos. É péssimo jogando poker. — Gemini estala a língua, depois dá um sorriso que Teo não entende. — Mas acho que eu estava procurando alguém fora do comum. Comecei a me perguntar como ele sobreviveu todos esses anos nesse ramo. Ele é tão óbvio que já deveria ter morrido numa vala há tempos, cheio de balas. Mas esse é o charme dele, sabe? — Ele vira a cabeça para Teo. — Claro que você sabe.

Gemini sobe a escada de volta, então Teo não precisa responder. Quando estão novamente no quarto, Gemini vai para debaixo das cobertas, e Teo faz o mesmo. Ele se surpreende quando Gemini fala na escuridão.

— Sinto muito pela sua família. E pela sua tripulação.

— É, eu também — responde Teo. — Sinto muito pelo seu amigo. Seu LP?

— Portos não era meu amigo, mas era amigo de Phoenix.

Teo hesita.

— Você já perdeu alguém?

— Já vi muita morte. Mas nunca tive alguém para perder. Pelo menos não até a *Pandia*. Existe um motivo para eu ser tão cuidadoso com quem trago a bordo.

— Por que escolheu Ocean?

— Existem muitas razões para se interessar por Ocean. — Quando Gemini não continua, Teo vira a cabeça para ele. Gemini se vira de lado e apoia a cabeça sobre o braço. — Ela se parece um pouco com Phoenix em algumas coisas.

— Ocean é tudo menos óbvia.

— Verdade, mas eu gosto de gente que cuida dos amigos. — Gemini se vira de novo, como se marcasse o fim da conversa.

Contudo, depois de uma pausa, Teo diz, para o teto:

— Você sabe que ela vai ficar comigo, não é?

— Não para sempre, Teo — responde Gemini, suave.

— Não a forço a fazer nada.

Mas mesmo enquanto está dizendo isso, ele sabe que é mentira. Gemini não responde, e sua respiração se torna mais constante e devagar. Teo não acharia possível que alguém dormisse tão rapidamente, mas o som é inconfundível. Teo não consegue dormir, porque Phoenix estava certo; não é justo que ele confie que Ocean vá apertar o gatilho por ele.

Quando Ocean mirou nele na *Hadouken*, quando a dor lancinante passou por sua bochecha, Teo achou que ela decidira atirar no rosto dele. E, se tivesse, ele teria agradecido. Confiaria na decisão dela mais do que em qualquer uma que ele mesmo já tenha tomado. Teria colocado a própria morte, o próprio sangue, nas mãos dela, sem pensar duas vezes.

Contudo, quando percebeu que o sangue não era dele, Teo não conseguiu decidir se sentia alívio ou decepção.

VINTE E UM

— Teo?

Da porta da cozinha, Von oferece a Teo um olhar suave. Ele parece preferir ser atingido por um raio a continuar falando. Teo sorri enquanto abre a caixa em suas mãos. Matar o mensageiro não leva a nada.

— Oi, Vonderbar. Quer uma barra Moon?

— Acho que você deveria vir ver o noticiário — diz ele, preocupado.

Teo tem tentado evitar o noticiário depois do funeral da embaixada Seonbi. A morte dos pais dele está lá, exposta para quem quiser ver. Ele não suporta ver seu doppelgänger enfiar a faca no corpo deles, sangue jorrando para todos os lados enquanto uma voz robótica descreve a cena. Teo não se importa se isso faz dele um covarde.

— Talvez mais tarde, hoddeok — diz ele.

— Você vai querer ver. — Phoenix aparece atrás de Von, que vira a cabeça de uma vez.

A expressão de Phoenix é neutra, mas Teo fica imediatamente tenso. Ele baixa sua barra Moon e faz um gesto para que mostrem o caminho. Teo os segue pelo corredor até a sala comunal, onde a tela está ligada.

O irmão dele está na tela. Ou melhor, quem quer que esteja se passando pelo irmão dele. *Meu deus*, é igualzinho. Ele está tão concentrado nas similaridades que demora para escutar o que Declan está dizendo.

— Ele é meu irmão, mas não posso tolerar as atitudes dele. Meus pais estão mortos por causa dele — diz Declan.

Teo se senta em uma cadeira e apoia o queixo nos dedos. Declan está usando um terno branco com fios dourados. Roupa de luto, mas o corte é muito bom. É novo; Teo nunca tinha visto. Os fios são sutis, mas brilham quando os flashes das câmeras disparam, o que acontece com frequência. Declan fala como ele falaria, até chega a colocar um cacho de cabelo atrás da orelha, como sempre. Teo se sente enojado.

— Você sabe quem é? — pergunta Teo, sem tirar os olhos de Declan. — É Corvus?

Phoenix se move atrás dele.

— Não é ele. Pode ser um cara chamado Hadrian. Ele... Costumávamos chamá-lo de Camaleão. Ele é muito bom em imitar as pessoas.

— Essa coisa que ele está fazendo, essa tecnologia, você conhecia?

— Não... Eu nunca teria imaginado que algo assim seria possível.

Declan olha para além da câmera, provavelmente para um repórter. Ele não vira a cabeça para ouvir nem titubeia com os flashes; em vez disso, dá a esse repórter sua atenção total. É uma tática que os dois aprenderam com o pai.

— Sim, estou cooperando com a Aliança para capturá-lo. Se alguém o vir, por favor, denunciem. Ele pode ser um perigo para as outras pessoas e para si mesmo. Ele claramente não está em posse de suas faculdades mentais e pode fazer qualquer coisa para convencer vocês de que não é culpado. Mas eu estava lá. Olhei nos olhos dele enquanto me esfaqueava. Eu o vi matar... — O impostor com o rosto de Declan começa a chorar. E é aí que a performance se desmonta. Não importa a situação, o irmão de Teo não perderia a compostura. Mas Hadrian está fazendo isso para o Sistema Solar. Se os papéis estivessem trocados, se Teo estivesse lá, ele sabe que não cairia bem ser tão resignado. — Ele é a única família que me resta, mas precisa pagar pelo que fez. — Hadrian se dirige à câmera e passa dois dedos na testa. Ele usa a mão esquerda. Aquele filho da mãe está zombando dele. — Teo. Babu, se você está vendo isso, por favor, venha para casa. Por favor. Você já causou mal o suficiente.

Teo quer ficar bravo, mas tudo o que consegue pensar agora é no irmão dele fazendo esse mesmo movimento. Todo o luto que ele manteve escondido vem à tona. Os pais dele eram tão *bons*. O irmão sempre tomou conta de Teo, mesmo quando ele não merecia. Mas agora eles simplesmente se foram, não vão mais poder ajudá-lo, deixaram-no com nada mais do que o gosto de sangue e vingança na boca. E, ainda assim, ele só quer fugir. O desejo que o toma é de se virar e não fazer nada. Teo se odeia por isso.

— Por que eu sou tão inútil? — sussurra ele, e só então se dá conta das lágrimas que correm pelo seu rosto. Braços estirados o rodeiam, e Teo permite que Von o abrace enquanto abaixa a cabeça e deixa as lágrimas fluírem.

— Você pode nos dar um minuto? — pergunta Phoenix.

Von aperta o braço de Teo, como confirmação.

— Teo?

— Pode ir. Estou bem. Não conte para Ocean que eu chorei.

Von se afasta. Teo o escuta ir embora, e passa a manga da camisa nos olhos.

— Aqui. — Phoenix oferece um lenço, porque é claro que ele é o tipo de pessoa que carrega um lenço.

— Você anda com isso caso encontre alguma donzela chorona? — pergunta Teo. Ele pressiona o tecido nos olhos, não quer mais esfregar a pele.

— Na maioria das vezes é para estancar sangue — responde Phoenix. Teo para e afasta o lenço dos olhos, olhando com desdém para ele. — Mas esse está limpo.

Phoenix se senta ao lado dele e, com um movimento fluido, tira o fantoche de Declan da tela.

— Já que você diz. Obrigado.

Teo poderia tentar adivinhar o que está acontecendo por trás dos vívidos olhos azuis de Phoenix, mas ele está exausto de tentar entender as pessoas.

Phoenix diz:

— Acho que devo desculpas a você.

— De novo? — diz Teo, mas sem nenhuma maldade. — Provavelmente poderíamos passar o restante do ciclo nos desculpando um com o outro.

— Estar perto de você... é como se meu corpo estivesse machucado e você apertasse todos os lugares errados.

— Estou lisonjeado.

— Deveria. Não é qualquer pessoa que consegue me afetar — responde Phoenix. Ele morde o dedo, e isso distrai Teo. — Corvus e eu... — Teo baixa o olhar. — É complicado. Os pais de Corvus eram cientistas, originalmente de Vênus. O trabalho deles foi usado pelo governo de Mercúrio para aumentar a produtividade das minas. Mas, quando eles tentaram se demitir, foram... eliminados. — Ele baixa a cabeça. — Meus pais também morreram trabalhando naquelas minas.

Algo se acende em Teo.

— Você vem de Penélope?

— Você sabe o que aconteceu?

— Vamos presumir que eu não saiba nada — responde Teo. Ele tem uma vaga memória do acidente. Era criança e só se lembra do pai arrasado, o miasma de desespero saindo do quarto dele por dias. — A maioria das pessoas sabe.

— Com certeza você sabe que a Anand Tech e a Aliança têm uma relação de mais de vinte anos — começa Phoenix. Quando Teo gesticula, ele continua. — Conseguir o contrato da Aliança, se tornar o único produtor deles, isso era, e ainda é, muito importante. Então seu pai foi para Mercúrio. O Sistema Solar todo sempre foi visto como um lugar a ser explorado até o limite. — Phoenix dá de ombros, o movimento é breve. — A Anand Tech estava desesperada para produzir para a Aliança. Meus pais foram parte do influxo de trabalhadores. Mas a empresa não tomou as precauções necessárias, e um dia as minas... — As mãos dele imitam uma explosão. — A pior parte é que eles continuaram. Até o nosso governo apenas escondeu tudo e continuou. Eles precisavam do dinheiro. Corvus e eu odiávamos Mercúrio por ter sido controlado dessa forma. Ter sido sugado por pessoas que não se importavam com a gente.

É uma mistura do que Teo sabe e não sabe. Ele achava que entendia o contexto daqueles jantares de negócios com mercurianos. Mas o ódio deles nunca pareceu justificado por toda a pesquisa da Anand Tech, por tudo que ele aprendeu sobre o trabalho do pai em outros planetas. A família dele era boa. Era para a Anand Tech fazer o bem. Ela *faz* o bem. Mas isso não significa que Phoenix esteja mentindo.

— Sinto muito — diz Teo.

— Não posso ajudar você contra Corvus — diz Phoenix, lentamente. — Mas posso pelo menos dar algumas informações sobre ele. Pedi que Lupus preparasse um relatório para você.

— Você tem alguma foto dele? — pergunta Teo. Phoenix abre uma pasta com um movimento do pulso. Quando a foto aparece, Teo prende a respiração. O rosto pálido, os olhos frios e acinzentados. — Eu conheço ele — diz Teo.

— Como assim?

— Ele veio falar comigo em um bar. Disse que tinha uma proposta para mim.

Como um idiota, Teo o ignorou. Corvus o procurou, para falar com ele antes da *Scadufax*. O corpo dele fica quente e depois frio. Ele se sentou na mesma mesa que Corvus, que provavelmente já estava colocando seu plano em ação.

— Teophilus — diz Phoenix. Teo fecha os olhos com força. Ele deveria ficar com raiva porque Corvus tinha sentado com ele. Mas, mais do que isso, está tomado pela culpa. Ele deveria ter descoberto o que Corvus queria aquela noite, levado ele a sério, levado a própria vida a sério. Mas, como sempre, não levou. Ele respira superficial e dolorosamente algumas vezes e de repente sente uma pressão quente sobre o peito. — Teophilus, do que você precisa?

Teo abre os olhos e vê Phoenix, que está com a mão contra o corpo dele como da última vez em que estiveram no mesmo ambiente. O olhar de Phoenix é afiado como uma lâmina. Teo luta para retroceder, e a expressão de Phoenix muda. Hesitantemente ele estica a outra mão sobre o corpo de Teo, que pode jurar que há calor emanando daquele corpo para o dele. Phoenix toca o queixo de Teo e o vira. O dedão passa pela bochecha de Teo, e a respiração dele fica travada na garganta.

— Isto é da *Hadouken*? — pergunta Phoenix, a voz baixa como um sussurro.

— É.

Phoenix tem uma pinta bem pequena perto do canto direito da boca, e Teo sente vontade de gritar, porque é *claro* que ele tem. O coração dele ameaça sair do peito. Agora ele poderia se perguntar por que *ele*? Mas

Phoenix se aproxima e os batimentos cardíacos de Teo atingem a velocidade de um beija-flor. Ele coloca a culpa em Donna e no pôster enorme de Phoenix. Ambos agora viraram cinzas.

Teo pergunta:

— Você ainda o ama?

As palavras fazem Phoenix parar. Ele encara Teo, as pupilas enormes. Os dois permanecem nessa posição por tempo demais, o suficiente para Teo memorizar cada detalhe, a aspereza dos dedos de Phoenix e o quanto ele quer que esses dedos passem por sua pele, seus lábios, seu pescoço. Phoenix baixa a mão e se afasta.

— Não. Mas ele sempre será parte de mim.

Phoenix não está mais o tocando, mas Teo ainda consegue sentir as mãos dele.

— Você me levaria a mais um lugar? Como um último favor? — pergunta Teo.

— Onde? — A resposta de Phoenix não contém hesitação.

Viva generosamente. Viva bem. O pai dele se foi. A mãe dele se foi. O irmão dele se foi. Mas ele ainda está aqui.

— Pode me levar para Artemis?

— Para a embaixada Seonbi na Lua? Você vai se entregar?

— Não necessariamente. Vou assumir minha responsabilidade.

Quando Haven veio para o quarto, Gemini se sentou na cama como se estivesse esperando por ele, ainda que fosse tarde. Gemini não está no ângulo da câmera, está sentado de pernas cruzadas, monitorando a ligação, assim como fez da primeira vez que Haven ligou para o pai. Eles poderiam ter montado tudo na enfermaria, ou no centro de controle de Lupus, mas Haven gosta mais do quarto. Ele gosta da quietude do espaço sideral lá fora, enquanto voam. Ele também não queria sentir que Gemini estava em cima dele nessa ligação.

— Drod, pedar.

Está muito escuro na nave, mas já é a manhã do dia seguinte em Prometeu. O pai de Haven esfrega os olhos.

— Haven? — diz ele. — Chi shode? Está tudo bem?

— Estou bem, não se preocupe — assegura Haven.

O pai dele relaxa e diz:

— Que bom. Você estar seguro é o principal.

— Vou para casa assim que puder. — Do canto dos olhos, Haven vê Gemini se mover.

— Você é adulto — diz o pai dele, doce. — Mas ainda posso me preocupar com você. Afinal de contas, fui eu quem fez você entrar para a Aliança.

— Você não me obrigou a nada.

— Não, mas era o meu desejo que você queria aplacar. Foi tolo da minha parte, agora entendo isso. Se não posso revisitar o meu passado, não deveria esperar que você o fizesse.

— Não foi você quem escolheu a minha missão. Acho que nenhum de nós previu tantas emoções.

— Foi um tremendo azar.

Haven encara a janela, a vastidão do Sistema Solar.

— Às vezes é doloroso, mas não me arrependo de estar aqui.

O pai dele o observa. Mexe no cabelo, tentando ajeitá-lo.

— Bem, acredito que nós veremos você em breve.

Nós.

— Gostei do seu cabelo — diz Haven. — Foi Esfır quem fez?

— Ela não fez um trabalho ruim — responde ele, passando a mão pelo cabelo. — Mas não tão bom quanto o seu.

Haven toca o próprio cabelo, que por fim terminou de cortar. Ele estuda as penas dobradas em seu braço, lembrando da forma como Yoon se maravilhou com elas.

— Esfır está aí?

O pai dele levanta a sobrancelha.

— Quer falar com ela?

A surpresa do pai parece uma repreensão.

— Se ela estiver dormindo, não quero acordá-la.

— Mesmo se ela estiver dormindo, ela gostaria que eu a acordasse — diz ele, levantando-se sem confirmar se Haven tem certeza do que está pedindo.

Alguns momentos depois, cedo demais, como se Esfır já estivesse do outro lado da porta, ela se senta em frente à tela. Talvez, da primeira vez que ele ligou, ela também estivesse perto, esperando para falar com ele, esperando que ele chamasse por ela.

— Haven — diz ela. O rosto relaxa quando ela o vê, e ele não merece isso. Ele merece acusações, raiva e decepção.

— Drod, Esfır.

O sol matinal de Prometeu destaca os fios cor de mel do cabelo escuro de Esfır. As penas dela são do abutre-de-bico-longo, e as penas douradas e brancas seguem desde o pulso até a parte de cima do braço dela. A luz também faz Haven se lembrar de como ela se senta no futuro, no dia seguinte. Mas Esfır sempre esteve à frente dele, em idade, em confiança. Totalmente formada de maneiras inimagináveis para ele. Estão prometidos há apenas alguns anos, mas a situação era previsível há muito tempo. E ainda assim.

— Estávamos tão preocupados — diz ela.

— Eu sei. Sinto muito. Não era minha intenção preocupar vocês.

— Claro que não. — Ela solta um bufo.

Ele relaxa e diz:

— Era você que sempre me importunava para sair da nossa lua perdida. Você e pedar. "Vá ver outros lugares", você disse. "Você não vai crescer se ficar aqui."

— Eu sabia que, se você experimentasse a vida fora de Prometeu, entenderia o porquê de eu estar insistindo. Era seu pedar que queria que você fosse para a Aliança de qualquer jeito. Eu poderia facilmente ter arranjado um lugar para você em Norswedes. Ainda posso.

— Queria agradecer você por ter voltado para Prometeu para ficar com meu pai.

— Não sabíamos o que tinha acontecido com você. Quando ficamos sabendo sobre a sua nave, achávamos que você poderia ter morrido.

— Sinto muito — diz ele, mais uma vez.

— Você sente muito por acharmos que você estava morto ou por não ter falado comigo até agora? — pergunta ela, gentil.

— Eu não tenho sido bom para você. Esfir... — As mãos de Haven se movem, sem motivo. Ele sabe o que precisa dizer; por isso é tão difícil. — Tenho muito a agradecer a você.

— Haven — diz ela; a preocupação em seus olhos agora é diferente. Ela balança a cabeça devagar.

— Você tornou minha infância tolerável. Não acho que teria sobrevivido sem você. Mas...

— Espera, Haven. O que quer que você vá dizer, pode esperar até você voltar.

Seria tão fácil postergar essa conversa, mas a voz suplicante dela é o que o faz se decidir.

— Acho que está na hora de você parar de esperar por mim, Esfir.

Uma frase. O suficiente para quebrar uma promessa, um noivado. Algumas emoções passam pelo rosto de Esfir antes de se transformarem em algo mais firme agora que ele falou.

— Haven, você sabe que eu te amo — diz ela. Gemini se levanta, fazendo com que Haven se lembre da presença dele. Quando ele encontra o olhar de Haven, coloca um dedo nos lábios e sai do quarto. — Você também me ama, eu sei disso. Talvez não do mesmo jeito. Sei disso há algum tempo. Mas outros casamentos já foram construídos sob situações piores.

Antes, ele poderia concordar com a lógica de Esfir, ainda que sentisse estar vivendo em areia movediça.

— Não é justo com você — diz ele.

— Você não pode decidir isso — responde ela, nervosa. Ela para. — Existe outra pessoa? — A pergunta é tão repentina que o pega de surpresa, ele solta uma respiração que se assemelha a uma risada. Ela alisa alguns cachos soltos no rosto. — Entendi. Haven, sempre entendi que nosso relacionamento era aberto...

— Não aconteceu nada — diz ele.

Nada assim. Ele nunca tocou Yoon fora da enfermaria, mas pode contar a quantidade de vezes em que estiveram próximos, pode medir a distância da pele dos dois.

— Ah, Haven.

Esfir vai para a frente, observando o rosto dele. Ele quer colocar a mão para cima, mas isso o faz lembrar de Yoon mais uma vez, como ela coloca a mão no rosto para se esconder. Ainda não sabe quais sentimentos são certos e quais são errados. Enquanto eles dividiam o refrigerante, Yoon tinha, vagarosa e deliberadamente, engolido Haven. Ele quis fechar os olhos e ficar naquele momento, banhar-se naquele calor, mas não parar de olhar para ela.

Ser mortemiano significa aceitar a morte, aceitar como as pessoas a encaram. E é fazer isso sem julgamentos. Quem era ele para dizer como Yoon deveria se sentir a respeito das vidas que tirou? As mãos dele foram feitas para curar. As dela, para matar. Ele achou que seria capaz de conciliar aquilo, mas agora sabe que isso pode quebrar sua existência. Tem sido fácil seguir os desejos do pai, a segurança de Esfir e até a confiança inabalável de Yoon como ele viu no relatório. Mas chegou a hora de escolher por si mesmo.

— Não aconteceu nada — repete ele. Haven coloca a mão no coração, o final da palma pressionado contra o esterno. — Mas tenho pensado no que é importante para mim.

— E eu não sou — diz Esfir.

— Não foi o que eu quis dizer. Você é. Sempre vai ser. Mas prometi a mim mesmo que voltaria a Prometeu. Sempre foi importante para mim honrar meu pai. Viver o legado dele. E quero ter algum tempo em casa.

Haven perdeu o último Noruz porque estava no treinamento da Aliança. Ele já imagina o pai na cozinha, farinha tomando conta do cabelo dele e uma mancha branca em formato de mão no avental verde-escuro. As mãos hábeis mexendo a massa com o recheio de amêndoas dos qottab. O barulho do óleo quente enquanto ele coloca cada um para fritar por imersão.

É uma boa vida que o espera. Haven não pode passar a vida toda atrás de uma ausência ou esperando que outras pessoas a preencham. Ele ainda está em formação, ainda está aprendendo, mas também quer se valorizar.

— Estar em casa vai ser o suficiente para você? — pergunta ela.

— Vai.

— E se não for?

Haven sorri.

— Se não for, vou ter de descobrir o que fazer.

VINTE E DOIS

Teo está na porta há um tempo. Bater ou não bater. Precisa decidir logo, ou vai acabar sendo pego espiando onde não deve.

A porta se abre quando a mão de Teo está no ar, então ele ainda parece idiota. Phoenix também está com a mão levantada, mexendo no cabelo, e para.

— Pois não? — diz ele. Ambos ficam parados como atores que esqueceram as próprias falas. — Esqueceu qual porta é a do seu quarto?

Teo se sente profundamente tentado a aceitar essa saída. Ele suspira e mostra o tablete que está segurando.

— Na verdade, tenho uma coisa para mostrar a você.

— Quer entrar? — Phoenix dá um passo para o lado. Sentindo-se como um vampiro que tirou a sorte grande, Teo segue em frente, mas Phoenix o para com uma mão no peito. O contato súbito faz Teo congelar. — Cuidado.

Leva um segundo para Teo perceber o fio fino na porta.

— O que acontece se alguém tropeçar nele? — pergunta Teo enquanto dá um passo por cima.

Phoenix sorri.

— Algo desagradável.

— Mas você mostrar isso para todo mundo que entrar não acaba com o propósito da coisa?

— Não convido muitas pessoas para entrar no meu quarto.

Phoenix vira de costas para Teo. O quarto dele não é muito maior que o de Gemini. A cama está encostada na parede oposta, e a pequena estante ao lado está repleta de livros. No topo dela, muitos papéis amassados e um par de óculos. A tela pendurada na parede tem uma rachadura por toda a altura. Para além disso, há uma mesinha com algumas canecas com variadas quantidades de líquido. Phoenix puxa a única cadeira para Teo e depois se senta na cama, que ainda está desfeita.

— Não está... — A cabeça de Phoenix percorre o aposento. — Não está em suas melhores condições.

— Não é isso que se deve dizer, mesmo que o lugar tenha sido limpo há pouco tempo?

Teo finge não perceber quando Phoenix chuta uma meia usada para debaixo da cama. Ele abre o que tem trabalhado no tablete, afastando a curiosidade sobre o quarto de Phoenix e evitando examinar cada título na estante.

— Aqui. — Teo entrega o tablete.

Phoenix observa a tela. Depois, para surpresa de Teo, pega os óculos que estavam na estante e os coloca. Ele olha novamente o tablete e vai para a página seguinte, e a seguinte.

— Isso... Você fez isso?

A tela ilumina o rosto dele, mostrando mais claramente sua concentração. Nervoso, Teo entrelaça os dedos.

— São só algumas ideias.

Ele tem feito alguns rascunhos, desenhando alguns novos designs de uniforme para Phoenix e sua tripulação.

— Isso... — Phoenix perde o rumo. — Eles são lindos.

O rosto de Teo fica quente bem a tempo de Phoenix ver. Mas não há nenhuma zombaria naquele olhar, apenas seriedade enquanto ele levanta o rascunho que está vendo. É de Gemini, com um uniforme que reflete a dualidade de seu nome, metade preto, metade branco. Teo adicionou algumas notas ao lado para explicar os fios prateados que vão cobrir a perna esquerda, acentuando o comprimento, além do material do capuz.

— Ouvi dizer que ele é o seu ladrão, então não quis fazer nada muito indiscreto. Tentei ser mais sutil. — Teo leva a cadeira mais para perto da cama, cheio de empolgação.

— Você aprendeu isso em algum lugar? — pergunta Phoenix. Ele se inclina sobre o tablete novamente, o cabelo dourado desalinhado.

Ali, Teo está mais próximo do cheiro dele, uma mistura de xampu genérico e, bem, Phoenix. O metal dos óculos brilha, e Teo precisa se controlar para não ficar encarando o perfil inesperado de óculos. Ele volta o foco para o tablete, que agora mostra o design feito para Lupus, um modesto e volumoso traje com um capuz grande como os que Teo já viu elu usando para se esconder.

— Tive aulas na Aliança. Os coreanos dizem que as roupas dão asas à pessoa, sabia? Cada linha, cada detalhe, representa algo significativo. Se você olhar o cinto de ferramentas de Maggie, é feito com cinco cores misturadas para emular o cinto tradicional coreano. Diferentes designs podem acentuar longevidade, harmonia ou dignidade. Também estudei moda e outras culturas sozinho, mas os uniformes da Aliança são um bom começo para misturar funcionalidade e beleza. Os trajes espaciais deles foram criados para mais do que apenas sobrevivência — responde Teo.

Phoenix vai para a próxima página e a mão dele para. É o uniforme dele. Em vez de apenas adicionar um aplique em forma de pássaro, Teo incorporou penas vermelhas, douradas e laranja nas mangas de um longo casaco, com aberturas dos lados para facilitar o movimento e imitar o esvoaçar das asas. Teo se aproxima e clica na imagem para dar zoom.

— Essas penas não são só enfeites. Eiji Nakatsu estudou corujas para fazer o trem-bala japonês, sabia? As penas menores conferem não apenas velocidade, mas também silêncio. Essas também... — Teo se perde; ele está falando sem parar e não deixa Phoenix comentar nada. — Me empolguei. São só os primeiros rascunhos. — Ele estica a mão para pegar o tablete, os dedos se esticando para esconder o desenho.

— Não. — Phoenix segura o pulso de Teo, contendo-o. — Não, eu amei. Deixe ele aqui. Só estou surpreso.

— Não sou só um rostinho bonito — diz Teo, loquaz, mas na verdade para esconder a palavra *amor* da conversa. Ele aponta o desenho com o queixo: — Sutil não foi o que pensei para você.

— É mesmo? — pergunta Phoenix, entretido.

— Você é uma pessoa completamente diferente lá fora — diz Teo. Vídeos de Phoenix e sua tripulação sempre foram populares, ainda mais na AV. Phoenix anda com uma malemolência convencida, como um vilão de desenho animado que enrola o bigode. Teo viu isso pessoalmente quando ele entrou na *Ohneul*. — Por isso, dei mais estilo a você. Afinal, sei como jogar com as câmeras.

Teo examina o desenho por outro ângulo agora que mais alguém o viu. Ele esqueceu que tinha pintado os olhos de Phoenix. Ao levantar o olhar, percebe que os olhos verdadeiros dele estão próximos, vívidos de uma forma que Teo jamais conseguiria capturar, não importando quanto tempo levasse pensando em cores. Também tem plena consciência de que Phoenix ainda está segurando seu pulso. Ele passa o dedão pela palma da mão de Teo. Levanta a outra mão para tocar sua bochecha.

— Eu também já tinha reparado em você — diz Phoenix. — Em fotos, você sempre vira o rosto para esconder a cicatriz.

Teo fecha os olhos. Respira fundo. Leva a conversa para águas mais seguras.

— Escrevi todas as instruções, mas sinto muito por não poder fazer eu mesmo os trajes. Certifique-se de que o costureiro tire corretamente suas medidas. É muito importante.

— É mesmo?

Phoenix solta a mão de Teo, o que é um alívio quase insuportável. Mas então ele se deita na cama, e tudo na cena grita para Teo. A postura, a cama desfeita. O que Phoenix tem que o leva para mais de uma década atrás, para a desastrada fuga para encontrar Elisabet Rawn?

— Absolutamente — diz Teo, maravilhado com como sua voz continua saindo regular. — Não quero medidas erradas estragando meu design.

— Por que não tira as medidas agora?

— Agora?

— Isso. — Phoenix se levanta, as mãos no cós da calça. — Precisa que eu tire a camisa?

Teo vê as mãos de Phoenix se movendo para a gola da camisa, e a boca dele luta para formar as palavras:

— Não. Não precisa.

— Você quem sabe.

Teo percebe que está agarrando as cobertas de Phoenix. Ele relaxa os dedos.

— Não tenho fita métrica.

— Mas sua pulseira com certeza tem uma função para tirar medidas. Phoenix saberia.

— Relaxe os braços — diz Teo enquanto examina a pulseira que era de Phoenix.

Ele encontra a ferramenta de medição e começa nos ombros de Phoenix. Desce pelo braço. A pulseira apita toda vez que um centímetro é adicionado, e Teo passa o pulso pelo corpo de Phoenix. Ele marca as medidas no tablete e faz a mesma coisa no outro braço, desenhando devagar uma linha. O único barulho no quarto é da pulseira, parecendo um monitor de batimentos cardíacos, a não ser pelo fato de ter batidas normais e não esse bumbo errático no coração de Teo.

— Levante os braços — instrui Teo, e Phoenix obedece.

Teo passa o pulso pelo peito de Phoenix, e os músculos do saqueador se contraem. Claro que são fortes. Teo poderia, deveria, fazer uma piada sobre o físico de Phoenix, mas está usando toda sua concentração para anotar as medidas com uma expressão neutra.

— Agora, a cintura — diz Teo.

Ele toca a cintura de Phoenix com o pulso, e Teo sabe que não está imaginando quando percebe Phoenix respirar fundo quando os dedos dele tocam o lado do quadril, não exatamente por acidente. Ele demora bastante ali, dando a volta no corpo do saqueador. A respiração de Teo é suave no pescoço de Phoenix, que treme, o som alcança o âmago de Teo. Ele levanta o pulso e anota o número.

Teo examina o que escreveu como se estivesse lendo um segredo proibido, e pergunta, casualmente:

— Devo continuar?

Ele levanta os olhos, mas não estava preparado para a atenção total de Phoenix. As bochechas vermelhas, o cabelo bagunçado, a camisa para fora da calça depois de ele ter se oferecido para tirá-la mais cedo. Teo sente vontade de soltar um palavrão.

— E agora? — pergunta Phoenix.

Teo se aproxima dele devagar, mas cada vez mais próximo. Phoenix volta para a cama e se senta, enquanto Teo continua se aproximando. Ele abre as pernas de Phoenix com o próprio corpo, ficando no meio delas. Com os olhos grudados em Phoenix, Teo se abaixa até que os olhos, o nariz e a boca dos dois estejam alinhados. Se Teo tentasse medir a distância entre eles com a pulseira, quantos bipes seriam? Teo tira os óculos de Phoenix e os coloca de lado, e ele fecha os olhos. Depois, bem devagar, dando a Phoenix a oportunidade de sair, ele coloca a mão em cima da do saqueador. Ele aperta as mãos juntas, palma com palma. Um beijo sagrado de mãos. Os dedos deles se entrelaçam. Teo se lembra daquela mão em seu rosto e quer que ela fique lá de novo, os dedos passando levemente pela cicatriz. Mas então ele se lembra de quem é o dono daquelas mãos.

— Você está só me usando? — sussurra Teo. Phoenix arregala os olhos e Teo percebe pânico neles. Mesmo esperando isso, mesmo tendo provocado a situação, ele precisa segurar a decepção que cresce em seu âmago. — Este é algum plano elaborado para que você finalmente consiga sua vingança?

Phoenix faz uma careta.

— Não é isso...

Teo empurra Phoenix na cama, fazendo-o parar de falar. Ele leva as mãos entrelaçadas para além da cabeça do saqueador, pressionando o lençol. Teo coloca a outra mão ao lado de Phoenix e seu corpo sobrevoa o dele.

— Não ache que sou bobo. Faz muito tempo que venho seduzindo pessoas com segundas intenções.

Ele aproxima o corpo de Phoenix, provocante, quase o tocando. O corpo de Phoenix fica tenso sob o dele, tremendo. Ele passa a língua pelos lábios, nervoso, e Teo observa a pintinha do lado da boca dele.

— Teophilus... — A voz de Phoenix é fraca, e o corpo de Teo responde ao chamado de seu nome com uma onda de calor, mesmo sem ele querer. — Teophilus, me beija logo.

Eles se encaram e, vagarosa e deliberadamente, Teo encosta os lábios no canto da boca de Phoenix. Ele recua só um pouco, só o suficiente para que sua respiração alcance a pele dele, e escuta Phoenix ofegar. Ele se aproxima mais uma vez e Phoenix o encontra no meio do caminho. Os braços ao redor de Teo, os corpos grudados. A boca de Phoenix está na dele e Teo tem a chance de respirar todo o aroma delicioso dele, enfiar as mãos naquele cabelo molhado. Eles se tocam com gana, famintos. Teo passa a língua pela boca de Phoenix, que geme, passando as mãos pela camiseta de Teo. O saqueador o segura com força, como se quisesse grudar o outro em todas as partes de seu corpo. Teo se distancia para conseguir respirar.

— Teophilus... — geme Phoenix em seu ouvido, e Teo quer segurar aquela voz, se afundar nela, porque é tão bom.

Ele já memorizou esse momento, mesmo sabendo que no futuro não conseguirá se lembrar disso sem sofrer. Ele está sendo usado, ele está se usando, não consegue raciocinar. A mão que ele levanta para afastar Phoenix acaba agarrada na camiseta do outro, puxando-o para mais perto.

E é então que tudo vira.

Teo sai voando da cama e, por um momento, desorientado, acha que Phoenix o empurrou. Mas ao seu lado, canecas rolam pelo chão. Algumas já estão quebradas em poças. Mais uma batida reverbera no quarto e as luzes piscam loucamente. O monitor de pulso de Phoenix pisca da mesma forma, e um alarme dispara. Phoenix se levanta da cama. Pisca para Teo, se senta, ajeita o cabelo e aperta o comunicador. Um pequeno vídeo de Aries aparece na tela.

— Fomos atingidos!

— Obviamente — diz Phoenix. Ele pigarreia, ajeitando a camisa. — Pelo quê?

— Outra nave! Phoenix, é melhor você...

— Estou indo.

Enquanto fala, a mão de Phoenix já está no painel. Ele mal espera a porta abrir para se enfiar para fora. E, assim, Teo fica sozinho. Está em um quarto com as luzes piscando e o alarme soando, e tudo o que pode fazer é colocar as mãos nas orelhas e se agachar no chão com as pernas dobradas até o peito. Ele sente o cheiro de queimado, escuta as chamas vindo até ele.

— Teophilus, você vem? — Phoenix está parado na porta. Antes que Teo consiga responder, ele já está estendendo a mão para ajudá-lo. — Vamos lá.

Ele mantém a mão na de Teo enquanto saem do quarto, pulando cuidadosamente a armadilha, e só solta quando chegam à escada. Teo desce logo depois de Phoenix e vê Ocean e Sasani se apressando pelo corredor.

— Você está bem? — pergunta Ocean enquanto eles correm juntos até a cabine.

— Estou ótimo. — O alarme continua e ele faz uma careta.

— Estão atirando na gente! — grita Aries.

— Quem está fazendo isso? — pergunta Phoenix ao entrar na cabine.

Aries está nos controles, uma mão no volante e a outra no teclado. Gemini está no outro console, olhando os arredores com uma mira.

— A nave que está atacando a gente — responde Aries. — Mas não consigo vê-los. Devem estar usando algum tipo de camuflagem.

— Lupus? — chama Phoenix pelo pulso. A figura de Lupus aparece na tela. — Relatório? De quanto tempo precisamos para achar a localização deles?

— Você vai saber quando eu souber.

Aries suspira.

— Minha resposta menos favorita.

— Cass está pronta quando você pedir — anuncia Gemini. — Vou rodar a nave para contenção de danos.

— Maggie pode ajudar — diz Ocean. — Se você precisar.

Gemini concorda com a cabeça e sai correndo.

— É agora mesmo, fazer o quê? — diz Phoenix para Aries. Ele aponta para Ocean, Sasani e Teo. — Vocês três fiquem longe das câmeras.

Teo aponta para trás e diz:

— Já estamos em um ponto cego.

A tela na frente deles pisca, e depois mostra um homem grande, de pele escura, com muitas cicatrizes na boca.

— Gostou do tiro, Garrett?

— Você nunca teve uma boa mira — responde Phoenix, calmo. — Pra que isso, Amell?

— Eu poderia ter atirado em você direto. Mas Corvus queria te dar uma última chance.

— Última chance de quê? — pergunta Phoenix. Teo percebe que o corpo todo dele se enrijeceu.

Alguém mais aparece na filmagem ao lado de Amell. Pele clara e olhos ainda mais claros, pálido como se toda cor tivesse sido tirada dele. O homem se senta ao lado de Amell e os lábios se abrem em um sorriso de bodhisattva.

Corvus.

— Garrett. Quis falar com você mais cedo, mas foi tudo corrido. Como pode imaginar.

— Na verdade, não posso imaginar — diz Phoenix, a voz aguda. — Esse é o problema.

— A escolha foi sua — responde Corvus, lacônico. Ele olha para algum lugar distante, e Teo se lembra de que, mesmo no bar, ele focava em outro ponto. — Foi você que partiu.

— Você sempre se achou melhor do que a gente — reclama Amell. Corvus coloca a mão no braço do amigo, que imediatamente silencia.

— Queríamos coisas diferentes — diz Phoenix, e Teo escuta a tensão na voz dele.

Corvus disse que Phoenix foi embora, mas é ele que se aproxima da tela, atraído pelo campo gravitacional do ex-parceiro. Pela primeira vez, Corvus olha diretamente para Phoenix.

— Não queríamos não — responde Corvus. As palavras não são direcionadas a Teo, mas é como se uma corrente elétrica passasse por ele. Teo morde o lábio com força suficiente para sangrar enquanto Phoenix desvia o olhar, como se tivesse encarado o sol. — Você está com ele, Garrett?

— Você precisa ser mais específico — diz Phoenix, com as mãos fechadas em punhos ao lado do corpo. — Como você nos encontrou?

— ID da nave: 0-1-8-7-8-4-0-8-2-3 — lê Amell, de uma tela secundária.

Phoenix balança a cabeça.

— Você disse que Portos tinha destruído os arquivos.

— Não conseguimos isso com ele. É o seu grupo, Garrett. Claro que encontraríamos alguém que sabia o número da sua nave. Sabe, *em caso de emergência*. Tentamos algumas vezes, matamos alguns moradores, mas acabamos fazendo um bartender sangrar para conseguir o número.

— Você não fez isso — engasga Phoenix.

Ele se apoia no console. Teo se levanta, mas a mão de Ocean pega o ombro dele. Ela balança a cabeça em negativa.

— Agora não — diz ela, baixinho.

— Não importa o quanto ele tenha oferecido pela própria liberdade, eu posso dar o dobro — diz Corvus. — Tenho muito dinheiro agora.

— Eu imagino — Phoenix se força a dizer. — Você precisa disso para o seu biotraje melhorado. Criou a tecnologia dos clones também?

— Não é tecnologia de clonagem. — Corvus se ajeita no assento, confortavelmente. — É um traje de clonagem. Um traje de clonagem deepfake.

— Um traje de clonagem deepfake? — repete Phoenix. — Como...

— Quanto mais imagens temos disponíveis, mais fácil é construir. E nada é mais fácil, claro, do que encontrar fotos e vídeos da família Anand.

— Você colocou o Hadrian no traje.

— Ele só precisava de uma ajudinha. Você sabe que ele sempre foi assustadoramente bom em imitar trejeitos e falas. Só precisou de um modulador de voz, uma ajudinha nas botas e pronto. — Corvus examina as próprias unhas. — Posso explicar os componentes usados nas tochas humanas também, se quiser.

— Valeu a pena? — pergunta Phoenix, amargo. — Sua vingança?

— O que é a vingança além de um pedido de empatia? Quando se busca vingança, o que se quer é que a outra pessoa experimente a mesma dor. Mas isso não significa que não me diverti com o processo. — Corvus dá de ombros. — Meu foco não é só uma vendeta pessoal, Garrett. Pense em quem fortaleceu os Anand: a Aliança. — Corvus sorri. — Depois disso, quem sabe?

Enquanto Corvus ri, Teo pensa em sua tripulação, seu irmão, sua mãe, seu pai. Ele se levanta, e a mão de Ocean aperta o ombro dele mais uma vez.

Ele se vira para encará-la, para tirar aquela mão, para rosnar em desafio, mas ela já saiu dali.

Ocean vai direto até a câmera. Aries e Phoenix prendem o ar, e Corvus estreita os olhos pálidos.

— Quem é você? — pergunta ele.

VINTE E TRÊS

— Quem é você? — repete Corvus.

— Você não teve o prazer de me conhecer — responde Ocean, enquanto pega a arma do coldre, mostrando para a câmera. — Mas Amell já.

— Ah, é você. — A cicatriz na boca de Amell se move com uma careta. — Teve uma chance, mas errou.

— Eu nunca erro — diz Ocean.

Corvus esteve observando a conversa e diz:

— Você é coreana.

— Obrigada — responde Ocean.

— Não foi um elogio — diz Corvus. — Deve ser da *Ohneul*.

— E você deve ser quem ordenou a destruição da nave. Seu plano é sempre aniquilação?

— Garrett sabe que nunca me contento com apenas uma parte. — Corvus vira a cabeça para Phoenix. — Você vai me entregar Teophilus?

— Não. — A resposta sai imediatamente de Phoenix, como se ele não conseguisse controlar.

— Você nunca foi bom em mentir. — A boca de Corvus se dobra para baixo, sulcos profundos.

— Se eu fosse bom em mentir para mim mesmo — diz Phoenix, tranquilamente —, talvez eu tivesse continuado com você.

Ele se move de onde estava, e Ocean reconhece o controle pensado para esconder emoções.

— O que acha que vai conseguir ficando com ele, Garrett? — pergunta Corvus, gélido. — Ele só vai morrer levando junto toda a sua tripulação por causa do seu falso senso de moralidade.

— Meu deus, nunca achei que esse dia chegaria — exclama Amell, rindo. — Nunca entendi o que Corvus viu em você. E agora finalmente posso transformar sua nave em um inferno.

— Então vai ser assim? — Phoenix encara Corvus, ignorando Amell. — Você vai apertar o gatilho?

— Lidar com a sua morte seria um tipo de intimidade — diz Corvus. Eles se encaram como se mais ninguém existisse. Phoenix é quem baixa os olhos primeiro.

— Se eu entregar Teophilus — diz Phoenix, devagar —, você deixa minha tripulação em paz?

Ocean fica imóvel. Teo faz um barulho atrás deles e Corvus mexe a cabeça. Mas ele não tem tempo de responder, porque Ocean já está com a arma na cabeça de Phoenix.

— Phoenix. — Ela imita o aviso que já viu Gemini e Cass usarem, com as sílabas arrastadas. — Só por cima do meu...

— Só por cima do seu cadáver, eu sei. — A mão de Phoenix gentilmente se fecha sobre a dela. Ele vira a cabeça, reposicionando o cano da arma em sua testa. — Mas, Ocean, eu só preciso de um pouco mais de tempo.

Antes que ela responda "Eu sei", a cabine brilha com uma luz forte.

Por um breve momento, Ocean acha que Amell cansou da conversa e explodiu a nave com a chamada ainda ativa. Mas o brilho vem de longe.

— Gostou do tiro? — diz Phoenix, ironicamente, enquanto se vira para Amell e Corvus. Ocean guarda a arma.

— Como...? — As luzes atrás de Corvus e Amell brilham e um alarme toca.

— Também nunca gostei de você, Amell. Você é pomposo e conivente. Sempre esteve impressionado demais com as tochas do seu fanatismo para ver que elas estavam criando um inferno para você.

— Corvus não é o diabo — rosna Amell.

— Não. — Phoenix se dirige a Corvus. A boca vai um pouco para o lado enquanto ele fala com rispidez. — Ele é a estrela da manhã. — Corvus se encolhe. — Também não tinha certeza de que esse dia chegaria. Agora é a sua chance; melhor não errar.

— *Garrett...*

Phoenix desliga a chamada enquanto Corvus uiva. Quando se vira, a pele clara e os olhos azuis estão brilhando. Ele abre janelas em todas as telas, quase rápido demais para Ocean acompanhar.

— Bom tiro, Cass — diz ele ao colocar a chamada com ela em uma das paredes. Ela está em um lugar desconhecido, com outros controles.

— Gemini me disse para fazer isso! — diz Cass, rápido.

Da própria tela, Gemini diz, preguiçosamente:

— A responsabilidade é toda minha. Mas o crédito vai para Lupus por ter conseguido a localização deles.

Phoenix abre mais uma tela com Lupus, que o cumprimenta com dois dedos.

— Valeu por conseguir mais tempo.

— Lupus, ótimo trabalho — diz Phoenix. — Cass, continue. As coisas vão ficar pesadas.

— Espero que eu não esteja olhando para o meu futuro, Phoenix — diz Cass. — Não ache que o tiro vai atrasá-los o suficiente. O controle central deles provavelmente está enterrado na nave, como o nosso.

A nave é atingida e balança. Phoenix pula para o lado para se equilibrar.

— Aries!

— Vou dar o meu melhor — resmunga Aries e vira o volante. — Mas não vai ser bonito.

— Só leve a gente inteiro até a Lua. É o lugar mais perto que podemos ir.

— Ocean, fique de segunda — diz Gemini.

Phoenix aponta o assento ao lado de Aries. Mesmo assim, ela não entende de imediato. Ocean balança a cabeça.

— Não consigo...

A cabeça de Maggie aparece em frente a Gemini.

— Ocean, você não *imagina* o tipo de coordenador de tarefas que Gemini é. Não temos tempo para rodadas de testes, você vai ter que confiar no meu trabalho.

Pela primeira vez, Ocean vê: os pedais instalados abaixo do painel. O peito dela se contrai.

— Ela está pronta para você — diz Phoenix.

— Eu *acabei* de apontar uma arma para a sua cabeça — diz ela, por fim.

Phoenix pisca e responde:

— A trava ainda estava ligada.

— Como você sabia?

Phoenix sorri e dá alguns tapinhas no banco.

— Seria bom contar com a sua ajuda — diz ele.

Sentar naquele lugar é como voltar para casa. Quando ela estica a perna, os pedais estão na distância certa. Ela apoia a mão direita de leve no volante e a esquerda vai até o câmbio. Tudo estava ali esperando por ela e, desta vez, ela não está esperando o aval de ninguém, não está esperando a decisão de ninguém.

— Estamos longe de Artemis? — pergunta Phoenix para Aries sobre os ombros de Ocean.

— Não é chegar lá que vai ser difícil. É passar pela barreira quando chegarmos — diz Aries, calmo.

— Preciso atirar? — pergunta Cass.

— Mesmo que você quebrasse o escudo deles, *não* seria uma boa primeira impressão a se deixar — diz Phoenix.

Aries vira de um lado para o outro, transformando-os em alvos mais difíceis enquanto Cass continua atirando para trás. Ocean não consegue ver a outra nave pela janela — ela continua invisível —, mas Lupus colocou uma mancha amorfa na tela para mostrar o alvo. Gemini tem razão; sem isso, eles não teriam ideia de onde mirar e de para onde sair.

— Precisamos avisar Artemis quando chegarmos mais perto — diz Phoenix. — Com certeza já temos a atenção deles. Teophilus, alguma chance de você contatar a pessoa que conhece lá?

— Depois dessa comoção, ela pode não querer mais nada comigo. Ela *não* queria envolver os Seonbi.

— Bem, sempre mantemos as coisas interessantes, não é? — murmura Phoenix. Aries resmunga. Ele joga o corpo para o lado enquanto vira o volante, como se isso fosse fazer a curva ficar mais acentuada. Um tiro de laser bate do lado deles, provando que a manobra não funcionou. — Inteiros, Aries! Inteiros! — rosna Phoenix da nova posição que assumiu, no chão.

Ficar de copiloto para Aries é como estar no banco de passageiro de um tio maluco dirigindo loucamente pela serra, ainda que seja cruel da parte de Ocean julgá-lo quando um mercuriano feroz o está perseguindo.

— Consegui uma chamada com a embaixada Seonbi — diz Lupus, da tela. — Prontos?

Phoenix levanta a mão, mas a tela do lado esquerdo já está ligada. Um coreano usando um hanbok cinza-claro os encara.

— Por favor, leve sua escaramuça para longe da Lua — diz ele.

— Na verdade, adoraríamos ter permissão para entrar em seu espaço aéreo, particularmente através do escudo que guarda sua troposfera. — Phoenix se levanta do chão, apoiando-se na cadeira de Ocean.

— Não queremos tomar parte nessa briga. Você é Phoenix, não é?

— Me conhece?

— Conheço.

A *Pandia* é atacada de novo, e o painel emite um bipe alto, em uma cadência diferente dos alarmes. Até Ocean, que não conhece bem os sinais da *Pandia*, pode imaginar o que isso significa.

— Mísseis guiados? — pergunta ela.

— Isso mesmo — responde Aries.

Atrás dela, Teo provavelmente continua sentado à mesa, o corpo ainda tenso desde que Corvus começou a falar. Mas agora ela não pode pensar em segurar suas mãos trêmulas ou em como trazer a cor de volta para os dedos dele.

Ocean ordena:

— Me deixe pilotar.

Nervoso, Aries encara Phoenix.

— Tem certeza?

— Sim — responde Phoenix, a atenção ainda na chamada de vídeo.

Os dedos de Aries voam pelas teclas enquanto Ocean coloca os pés nos pedais.

— Toda sua — diz ele no clique final.

— Segurem firme.

Ela gira o calcanhar direito para baixo e para o lado enquanto se ajusta aos propulsores, depois gira o volante, virando a nave em uma espiral apertada. As pessoas gritam enquanto as coisas voam. A *Pandia* é uma nave mais pesada do que Ocean está acostumada e, a julgar pelas manobras da outra nave, a deles é mais leve e mais rápida. Dois mísseis passam por eles e atingem o escudo que cerca a Lua, incitando uma tempestade de palavrões do Seonbi ainda na tela.

O voo manual é uma arte perdida. Os controles automatizados evitam que a nave caia e os estabilizadores a mantêm em linha reta, mas também não permitem que o piloto chegue a três metros de qualquer coisa. Se eles quisessem só fazer um pouso forçado na Lua, Aries daria conta. Mas Ocean precisa mantê-los vivos enquanto estão entre o escudo e uma nave muito mais ágil, determinada à destruição. Contudo, Aries trouxe a *Pandia* para a exosfera da Lua, o ponto de partida perfeito para Ocean. A densidade projetada de Artemis é muito menor que a da Terra, mas é suficiente. Ela inclina a nave de lado e voa adjacente à Lua. Então corta perpendicularmente e para longe. A nave que os persegue passa zunindo enquanto Cass atira, cantando no ar. A *Pandia* é volumosa, mas não quando os pedais estão sob os pés de Ocean. A nave é uma extensão de seu corpo, respondendo à ponta do dedo do pé e à elevação do pulso enquanto eles completam seu *pas de deux* no espaço.

Ocean examina a tela novamente. Se quiser, ela pode avançar e mutilar a nave de Corvus o suficiente para jogá-la no escudo de Artemis, transformando tudo no inferno com o qual Amell os ameaçou anteriormente. Mas ela se lembra da voz entrecortada de Phoenix ao ouvir sobre Hector, de suas mãos deslizando sobre as pálpebras de Portos e da expressão dele ao renunciar a Corvus. Ela olha para Sasani e para Teo ao lado dele. Teo balança a cabeça para ela, mas isso pode significar qualquer coisa: uma negação do que está em seu rosto ou um reconhecimento do que acontecerá a seguir.

Para ela, sempre foi fácil mirar e apertar o gatilho. Mirar e empurrar os pedais. De frente para o volante novamente, Ocean coloca a *Pandia* em rota de colisão com a outra nave. Seu calcanhar gira junto com a mão esquerda, mudando de marcha. Ela voa direto, ganhando velocidade.

E então, no último momento, ela se inclina para o lado, evitando por pouco a mancha na tela. Eles passam um pelo outro e Ocean dá voltas na nave como se estivessem em uma montanha-russa.

— Cass? — chama Ocean.

— Manda ver, maluquinha, estou pronta.

Ocean pisa no freio e usa o momentum para dar meia-volta. Quando a nave está de frente para o oponente, ela ativa o aerofreio. É o mesmo princípio usado nas aterrissagens antigas nas superfícies dos planetas, com um desacelerador aerodinâmico. Isso os deixa completamente expostos por um momento, mas, como prometido, Cass segue a todo vapor, abrindo fogo. O espaço diante deles pisca quando os tiros atingem a nave de Corvus e a invisibilidade é desativada. Ocean move a *Pandia* para a frente e para trás para fugir dos mísseis de Amell. Apesar de seus esforços, um deles passa e explode neles. Ocean avança e a nave dele salta agilmente para o lado, atingindo-os mais uma vez. Mais uma cadência de alarmes entra na briga.

— O que temos, Maggie? — pergunta Ocean.

— Notícias boas e ruins, chefe — grita Maggie, os alarmes pontuando sua fala. — A boa notícia é que ele atingiu nossos freios, então não vai nos afetar no ar.

— Por que você deu a sobremesa primeiro? — grita Gemini de fora da tela.

— A má notícia é que estamos praticamente preparados para pousar? — pergunta Ocean.

A confirmação de Maggie é sobrepujada pela voz de Phoenix ao lado dela.

— Você vai nos deixar morrer aqui? — acusa Phoenix, dirigindo-se ao Seonbi.

— Não negociamos com terroristas — responde ele, firme.

Ele vai deixá-los lutar entre si, morrer ou serem forçados a matar. Ocean sabe que a *Pandia* não consegue ir mais rápido do que a outra nave e não pode continuar assim para sempre.

— Preciso de uma entrada! — diz Ocean, entre dentes.

— Agora, se me dão licença — diz o Seonbi, com um tom de encerramento. Ele levanta a mão para fechar a tela.

— Aqui é o Teophilus Anand — anuncia Teo por cima do ombro esquerdo de Ocean, e alívio toma conta dela. — Você vai querer me aceitar. Vivo.

— Teophilus Anand?

— Alerte a Aliança — diz uma voz diferente da que atendeu a chamada. Ocean não pode se dar ao luxo de ver quem é.

— Você não vai avisar a Aliança, e vou dizer o porquê — diz Teo, calmo. Mesmo estando distraída, Ocean reconhece o tom: a voz de político, o filho do líder do Sistema Solar.

— Ah, é mesmo? Por que você está aqui se não é para se entregar?

— Você é um diplomata, não é? Então com certeza sabe que a Aliança envia regularmente uma embaixada para Marte, para manter a paz. — Ocean poderia rir da condescendência de Teo para com o diplomata. Mas um respingo de mísseis a faz engolir a diversão enquanto se concentra novamente nos controles. — A última coisa que Marte quer é provocar problemas. Eles só querem ser deixados em paz. — Ele faz uma pausa. — Eu estava lá quando a *Scadufax* foi atacada. E, se você pensou no incidente, sabe que não foram marcianos que nos atacaram. Sei quem foi e sei que eles ainda não terminaram e vão matar mais coreanos. Se você nos deixar morrer aqui, essa informação morre comigo.

— O que nos impede de entregar você?

— Lim Eunkyeong. Oh Haneul. Choi Hwanhee, Cho Gina, Kang Min, Park Minkyu. — Ocean morde os lábios. Teo está listando os nomes dos Seonbi que morreram na *Scadufax*. — Eu deveria protegê-los. Fracassei. Mas posso fazer algo para compensar isso. Se me entregarem à Aliança, tudo o que eu disser será engolido pela política, pela burocracia, pela pressa em mostrar que resolveram o problema.

A pausa na negociação é pontuada por um chiado da transmissão.

— Suponho que você queira acesso, mas não quer que a outra nave o siga.

— Isso seria o ideal — diz Phoenix.

— Será uma janela bem pequena.

— Ocean? — pergunta Phoenix.

— Eu consigo — responde ela. — Vou aceitar tudo o que você puder me dar.

— Você a ouviu — diz Phoenix.

— Estou lhe enviando as coordenadas.

Ocean as verifica depois que são carregadas na tela. Ela quase ri. A janela é tão pequena que talvez seja necessário inclinar a nave na diagonal para passar por ela. Mas não é nada surpreendente. Os Seonbi estão fazendo com que ela prove que a *Pandia* merece ajuda.

— Bom? — pergunta o diplomata, com a voz impecavelmente suave. — Queremos atrair o mínimo de atenção possível.

— Negócio fechado — diz ela.

A *Pandia* dispara pelo espaço sob seu controle e Ocean a aproxima novamente do escudo da Lua, a asa esquerda quase beijando a extremidade da abertura. Mas Ocean sabe que, se ela tocar no escudo, a nave já era. Ela fica de olho na nave atrás deles.

— Cass, deixe que ele chegue perto, okay? — diz ela.

— Pode deixar.

Ocean sente apreciação pela confiança de Cass. Ela sabe exatamente o que Ocean está pedindo. A piloto gira suavemente para a esquerda. As coordenadas estão em um mapa sobreposto à janela de direção. Ela pisa no acelerador enquanto gira o volante bruscamente para a esquerda antes de ir na direção oposta. A parte traseira da nave perde tração e dispara paralelamente à curva do escudo, mantendo a asa o mais próximo possível dele. Amell luta para recuperar o controle da nave de Corvus, despreparado para a manobra precisa de Ocean. Cass atira nele enquanto ele gira livremente no ar.

Ocean já está se encaixando, girando a nave de lado. A abertura no escudo está na frente deles. Ela dá um solavanco no ar e, por um momento brilhante, seu corpo se levanta do assento. Ela não tem peso, mil novelos de luz atravessando o tempo. Então seu corpo cai de volta. A nave estremece quando suas asas raspam pela abertura estreita. Assim que passam, o escudo se fecha. Os tiros da nave de Corvus ricocheteiam em vão. Ocean observa enquanto Amell mergulha para segui-los, mas bate no escudo e é forçado a recuar.

— Ocean, estamos queimando! — grita Aries.

Eles conseguiram entrar, mas aquele inferno furioso ainda pode estar em seu futuro. As mãos de Ocean apertam o volante e suas costas estão escorregadias de suor. O corpo dela está tão quente que ela pode estar se liquefazendo.

— Preciso de um touchdown com gancho de parada — diz ela, laconicamente. — Talvez vocês tenham campos de treinamento?

— O que isso significa? — pergunta o diplomata.

— A nave está pegando fogo — intervém Maggie. — E nossos freios foram atingidos. Você tem uma área de treinamento para esse tipo de coisa?

— Hangar B — diz o primeiro coreano.

— Leve-os até lá — ordena o diplomata. — Discretamente.

A aterrissagem deles será tudo menos discreta, mas não adianta explicar isso. Ocean direciona o nariz da nave para cima, aproximando-se o máximo possível do escudo enquanto espera as coordenadas aparecerem na tela. Quando o fazem, ela as considera.

— Maggie? — pergunta. Ela nunca fez um pouso forçado como esse fora das simulações.

— Me envie as especificações do Hangar B — pede Maggie, comandando o Seonbi. — Em menos de um minuto, ela relata: — Setenta e oito nós.

— Setenta e oito?

Aries se inclina para a frente e digita no teclado, abrindo outra tela que mostra a velocidade atual da nave. Eles estão com noventa e três.

— Quanto espaço de manobra eu tenho? — pergunta Ocean.

— Você quer a verdade?

— Sempre, Maggie. — Ocean permite que seus lábios se curvem em um sorriso. — Quando chegar a hora, você pode soltar o gancho de parada?

Ela precisará se concentrar na velocidade da nave.

— Pode deixar!

Ocean vira a nave, vasculhando o horizonte. Ela e Phoenix veem ao mesmo tempo.

Ele xinga e grita:

— Segurem-se, pessoal!

Ocean cerra os dentes e mergulha. Ela avança em direção a uma floresta próxima e a barriga da nave atinge as copas das árvores. A nave estremece e Ocean consegue trazê-la para cima. Oitenta e quatro. Ela mergulha na floresta novamente.

— Você sabe o que significa discreto? — grita um dos Seonbi.

O corpo de Ocean salta no assento. Setenta. Ela verifica a localização do hangar. Eles podem conseguir. Uma mão no volante e a outra na alavanca de câmbio.

Setenta e cinco.

Oitenta e quatro.

A mão está escorregadia na alavanca de câmbio, mas os movimentos de Ocean são automáticos enquanto ela olha para o velocímetro da nave e também para o hangar que se aproxima. Ela volta para as árvores e depois sobe.

Setenta e seis.

Oitenta e dois.

Ocean avista a longa pista que leva ao Hangar B. Uma enorme piscina demarca sua extremidade, junto a uma linha de titânio que se estende por todo seu diâmetro. Tudo depende da velocidade de entrada de Ocean e da capacidade de Maggie de soltar o gancho no momento certo. A oitenta nós, Ocean bate no chão. A estrada explode diante deles, esculpindo a terra e jogando areia para o alto. Eles deslizam para a frente.

— Espera! — grita ela, esperançosa pela última vez.

No último segundo possível, Maggie solta o gancho traseiro e ele fica preso na linha. A nave cai na piscina e um tsunami atinge o hangar. As ondas bloqueiam a visão de Ocean, como se ela estivesse se afogando novamente. Ela pensa em como esteve errada o tempo todo. Apesar de suas tentativas de fugir, apesar das tentativas de *afastá-la*, talvez ela sempre tenha sido destinada à água.

A chicotada do gancho joga todos para fora de seus assentos e os faz bater contra as paredes e o chão. Ocean está no chão, ofegante. Ela sente gosto de sangue na boca e os ouvidos estão zumbindo estridentemente. Ela pressiona as palmas das mãos contra o chão para se levantar.

— Todo mundo está...?

Alguém se joga contra ela e grita enquanto Teo a abraça. Phoenix sobe em cima deles e Ocean é achatada ainda mais quando Aries desaba sobre a pilha. Aplausos irrompem atrás deles, fracos pela tensão, e Ocean se vira para ver Von e Dae aglomerando-se na porta. A torcida vem de Von, os braços apertados em volta de Dae, girando os dois. Ocean está embaixo de todo mundo, mas está feliz, aliviada e sentindo uma alegria enorme. Ela levanta as mãos para ver o quanto estão tremendo.

— Vejo todos vocês em breve — diz o diplomata na tela, mas todos estão ocupados demais para responder. Quando Ocean consegue girar a cabeça em direção à tela, ela já está em branco.

— Relatório de status da nave? — oferece Maggie.

— Não, por favor, não — geme Phoenix, do chão. — Apenas traga sua bunda aqui, Maggie. Precisamos lhe dar uma medalha ou algo assim.

Ocean se apoia nos cotovelos e encontra os olhos de Sasani. Ele ainda está deitado de bruços debaixo da mesa e levanta o queixo enquanto lhe dá um sorriso suave e lento. Mas antes que Ocean possa responder, Gemini se joga no chão entre eles, bloqueando sua visão.

— Ocean — diz ele. — Que voo.

Ele estende as mãos para ela e Ocean as agarra enquanto ele a puxa em sua direção. A pilha precária cai e ele a ajuda a se levantar. Gemini lança seu sorriso de partir corações, uma fração do sorriso deslumbrante que ela recebeu na ponte. O sorriso de resposta de Ocean é grande demais para ser contido, transbordando em uma risada feita de algo brilhante e feroz.

— Hurakan... — Ocean experimenta o nome. — Obrigada.

Os dedos de Hurakan apertam seus braços, mãos quentes contra a pele de Ocean. Os dois ainda estão frente a frente quando Sasani se levanta do outro lado da sala. Ele acena uma vez para Ocean e depois vira a cabeça, segurando os cotovelos.

— Eu sempre quis um piloto assim — comenta Phoenix, espalhando seus braços e pernas pelo chão, como um anjo de neve. — Ladrão, hacker, lutadora, contador e agora piloto. Minha tripulação ideal está quase completa.

— Sua ideia incluía um contador? — brinca Teo. Ele está deitado de bruços e apoia a mão no ombro de Phoenix.

— Ei — protesta Aries fracamente.

— Prenderam Capone por evasão fiscal — diz Phoenix. — E eu não fui feito para uma cela. Falando nisso, precisaremos de suas habilidades específicas para nos manter fora de uma.

Teo se levanta, sorrindo primeiro para Phoenix e depois para Ocean.

— Eu vou cuidar disso.

AGRADECIMENTOS

Minha irmã e eu sempre falamos sobre como nossa mãe é uma boa motorista. Ela não é uma especialista em descidas que consegue contornar curvas íngremes de montanhas, mas sua baliza é linda. Duvido que tenha sido natural para ela. Acho que ela se tornou uma das motoristas mais tranquilas que conheço ao acumular experiência. Minha mãe nos criou sozinha. Ela se sacrificou muito para nos sustentar em todos os sentidos, levando-nos à biblioteca, às audições e à escola quando perdíamos o ônibus da manhã.

Tudo isso para dizer: devo tudo à minha mãe. Ela queria que eu tivesse sucesso na vida e sabia como a arte é vital. Então, tudo o que escrevo é graças a você, umma. *Godori* está em dívida com você. Obrigada por seu trabalho meticuloso traduzindo músicas haenyeo e por estar sempre à distância de um telefonema ou katalk quando eu queria a melhor receita de bugeo guk ou precisava verificar o hangeul. Mas obrigada acima de tudo por me criar.

Todos os dias, de um milhão de maneiras diferentes, sinto-me sortuda por ter izmeister como minha irmã. Izzy é a grande responsável por me fazer voltar a escrever livros, e acho que estou sempre escrevendo para ela, tentando criar mundos para ela aproveitar. Temos uma grande diferença de idade, mas desde cedo ela se tornou alguém que eu admirava por sua consideração constante e por sua hilária sagacidade. Para este livro, obrigada especificamente por ajudar na tradução, por verificar o glossário de

Maggie e por sempre ser minha referência quando quero saber o que os jovens descolados estão fazendo.

Não importa o quão bem (ou mal) você se sinta em relação a uma obra acabada, você nunca sabe se ela se conectará com alguém. Entra Amy Bishop-Wycisk, agente extraordinária, que se arriscou comigo e enxergou além das armadilhas da ficção científica até o coração de *Godori*. Obrigada por sua experiência em cada passo do caminho — desde o seu trabalho no livro até todos os detalhes essenciais fora da história — e por ser a melhor. Não sei quantas vezes expressei aos outros o quão maravilhosa você é e o quanto sou grata por você ser minha agente.

Sareena Kamath é uma editora fenomenal e é realmente uma alegria trabalhar com ela. Graças a ela e à equipe da Zando, esta foi a melhor experiência possível de estreia de autor. Sempre senti que estava em boas mãos com você, Sareena. Obrigada por criar este livro comigo, por transformá-lo na melhor história possível e por compreender as personagens e o que eu estava tentando dizer desde o início. Trabalhar com você tem sido um sonho.

Sou particularmente grata (e tenho muita admiração) por Tiff Liao e TJ Ohler. Obrigada por pegarem o bastão e me levarem até a linha de chegada. Estou em dívida com vocês por todo o cuidado.

Quando vi pela primeira vez a linda capa criada por Jee-ook Choi e Evan Gaffney, uma das primeiras coisas que pensei foi que esperava que minha história lhe fizesse justiça. Obrigada a ambos pelo lindo trabalho. Também sou fã de Jee-ook há anos, então ter uma ilustração dela foi um sonho que se tornou realidade.

Agradeço também à família Hillman Grad: Lena, Naomi e Rishi. Sou muito grata por todo o trabalho que vocês fazem. Obrigada por celebrarem e abrirem espaço para artistas como eu não apenas se expressarem genuinamente, mas também para nunca sentirem que têm de justificar seu lugar ou o que têm a dizer. Estou realmente honrada por estar nesta jornada com vocês.

Obrigada a Sage Cruser e Lara Kaminoff, da Elliott Bay. A Sage, pelas nossas inúmeras caminhadas e conversas sobre a vida e a arte e por ser uma das primeiras pessoas a ler este livro quando eu estava na fase "O que é isso?" e me assegurar de que ele realmente *era* alguma coisa. A Lara, por seu incentivo e por aparar com precisão um rascunho para torná-lo brilhante para submissão. Agradeço a ambas por inspirarem a mim (e a outros!) com sua criatividade e seu espírito generoso.

Matt Choi, obrigada pelos passeios noturnos, por seu humor e sua gentileza. Estar na sua família sempre foi um privilégio, passar um tempo com você é sempre um presente especial.

Obrigada a Y. Zin, cujo lindo livro *Haenyeo: Women Divers of Korea* foi um recurso inestimável enquanto eu pesquisava para o meu.

Muito, muito obrigada a Whitney Bak, por sua edição meticulosa e cuidadosa para polir *Godori*.

Obrigada a Yuki Hayashi, que nunca conheci pessoalmente, mas cuja música maravilhosa alimentou 95% da escrita e edição deste livro. O que eu teria feito sem você?

E, finalmente, se sou grata à minha mãe por me criar, sou muito grata a Sam por quem sou hoje. Obrigada, obrigada ao meu marido, Sam, que acreditou neste livro desde o início. Obrigada por seu apoio infalível, por ser o melhor parceiro que eu poderia ter esperado. Obrigada por ser meu primeiro leitor e líder de torcida. Você sempre soube do que eu precisava, se eu queria ajuda para elaborar o ritmo da história, as hipóteses tecnológicas, as ramificações geopolíticas ou os corações das personagens. Obrigada por acreditar em minhas personagens, mas acima de tudo por acreditar em mim. Este livro não seria o que é sem você. Obrigada por torná-lo melhor, mas, mais do que isso, obrigada por me tornar melhor e pelo seu amor que sempre me permitiu ser mais, e não menos.

SOBRE A AUTORA

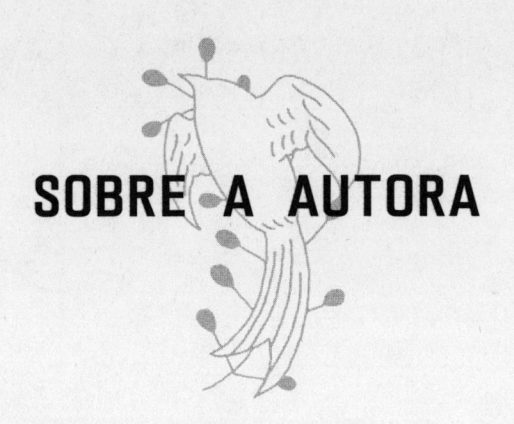

Elaine U. Cho pode ter se mudado para o noroeste do Pacífico por causa da chuva. Se você a encontrar por aí, ela provavelmente estará entre livros, no cinema ou apontando os melhores cães (todos eles). Ela tem mestrado em Flauta pela California Institute of the Arts e é praticante de kyudo, arte marcial de tiro com arco. *Godori* é seu romance de estreia.

**Acreditamos
nos livros**

Este livro foi composto em Quinn Text, Cake Mono,
Rix Rak Sans Pro e Nanum Myeongjo e impresso pela
Lis Gráfica para a Editora Planeta do Brasil
em fevereiro de 2025.